LE RETOUR
DES HIRONDELLES

Jacques Mazeau

LE RETOUR DES HIRONDELLES

ÉDITIONS FRANCE LOISIRS

Édition du Club France Loisirs,
avec l'autorisation des Éditions de l'Archipel

Éditions France Loisirs
123, boulevard de Grenelle, Paris
www.franceloisirs.com

ISBN : 978-2-298-07927-2

1

Armand s'affala dans un fauteuil et soupira d'aise. Durant ces mois de collaboration avec Blanchard, sa situation s'était améliorée. Lors d'une récente vente à la bougie, il avait acquis pour une bouchée de pain une maison sur les quais de Loire, ce qui lui avait permis de quitter sa minable chambre.

Malgré son âge, il se sentait l'envie de soulever des montagnes. Il ne buvait plus, fumait raisonnablement et marchait régulièrement, comme le lui avait conseillé son médecin. Il soignait également sa mise. Il se faisait confectionner des costumes sur mesure à Nevers, achetait ses chaussures chez un bottier et arborait des galures et des écharpes hors de prix.

N'eût été sa haine envers tout et tout le monde, il aurait été le plus heureux des hommes. Mais il en voulait à la terre entière. Aux politiciens de Vichy, trop mollassons à son goût, aux Allemands qu'il trouvait trop tendres, à ceux qui avaient profité des largesses de la vie bien avant lui, aux femmes qui ne le regardaient plus et enfin aux communistes et à la racaille des résistants !

Il détestait aussi Blanchard pour son aisance intellectuelle, son élégance et ses succès féminins. Mais son exécration s'adressait d'abord à Emma et à ses deux youpins de chiards ! Margot disparue, ce qui d'ailleurs avait provoqué chez lui une frustration intense, il avait reporté son ressentiment sur la jeune femme. Un jour ou l'autre, elle paierait le prix fort pour les humiliations qu'elle lui avait fait subir !

Malheureusement, Blanchard refusait de la dénoncer pour récupérer la maison de la Coulisse, ses dépendances et ses terrains. Chaque fois qu'Armand abordait la question, le notaire le rembarrait en affirmant qu'il s'en occuperait personnellement. Armand commençait à trouver son refus suspect. Au point qu'il le soupçonnait de vouloir la protéger…

Or, pour lui, plus question de tergiverser ! Trop longtemps qu'il attendait ! Puisque le notaire demeurait inerte, lui allait prendre les choses en main.

Marie s'approcha de la fenêtre. La pluie ne cessait de tomber depuis le matin. De lourds nuages gris couraient dans le ciel. Des bourrasques effeuillaient les arbres. Le jardin qu'elle avait tant soigné ces dernières semaines était détrempé. Au loin, une nappe de brume stagnait au-dessus des champs.

À l'entrée du chemin des Quatre-Vents, les sentinelles du poste de garde, engoncées dans leur capeline imperméable, s'étaient réfugiées dans la guérite.

Pour échapper à la sensation de tristesse qui l'envahissait, elle alla s'asseoir devant l'âtre où se consumait un amas de bûches. La chaleur et les flammes virevoltantes la rassérénèrent. Elle en avait besoin. Depuis des jours, l'angoisse ne la quittait plus !

Au travers de ce qu'elle lisait dans les journaux et de ce que lui confiait Mayer, elle sentait que la situation se tendait. La guerre prenait une autre dimension. Pas un jour ne passait sans qu'elle apprît qu'on déportait des juifs à l'Est. Elle avait cru au début qu'il s'agissait de déplacements de populations. Maintenant, elle savait. Klaus le lui avait avoué à mi-mot. Écœurée, elle avait violemment réagi. Jamais elle ne pourrait accepter une telle horreur ! Mayer n'avait pas pipé mot. Cela l'avait rassurée. Il doutait…

Au cours de l'une de leurs récentes conversations, il l'avait mise en garde au sujet d'Emma et de ses enfants. Leur arrestation n'était qu'une question de jours, voire moins. Dans ces circonstances, il ne restait qu'une alternative : soit organiser leur fuite vers la zone libre, soit conseiller à Emma de collaborer en échange de la protection de sa famille. Ce ne serait pas la première qui accepterait un tel marché !

Après réflexion, Marie avait conclu que cela l'arrangerait. Emma lui était devenue indispensable. Non seulement elle s'occupait de Lou à merveille, mais surtout elle l'apaisait.

Elle alluma une cigarette et aspira une bouffée. Cela ne la détendit guère. Tant d'autres interrogations l'assaillaient ! Qu'allait faire Blanchard ? Il avait désormais des ambitions politiques et collait à Déat pour les réaliser. Il lui avait confié qu'il s'engageait dans le combat contre « la juiverie » qui avait tant contaminé la république précédente ! Nul doute, dans ce contexte, qu'il n'hésiterait pas à dénoncer Emma, d'autant que celle-ci l'avait naguère dessaisi du dossier de La Vernière. Enfin, le notaire s'était attaché les services complices d'Armand, dont le ressentiment envers Emma était encore pire que le sien. À eux deux, et grâce à leurs relations à la

Gestapo, ils pouvaient sans difficulté faire déporter Emma et les enfants… Il fallait donc trouver un moyen de les neutraliser.

Elle ne doutait pas qu'ils eussent été à l'origine de l'arrestation de Marthe… Savoir cette dernière emprisonnée, seule et sans doute torturée, l'angoissait. Plusieurs fois elle avait tenté d'en savoir davantage en interrogeant Mayer. Vainement. Selon ses dires, et elle le croyait, cela ressortissait de la SS et de la Gestapo… Une manière de lui dire qu'il était impuissant.

En revanche, il était préoccupé par l'enquête au sujet d'Albert. Celle-ci piétinait. Aucun élément nouveau ne permettait d'expliquer sa disparition, et ses supérieurs, exaspérés par les interventions répétées de son père, exigeaient la résolution du problème dans les plus brefs délais.

Marie ne croyait guère à l'hypothèse de la fugue. Albert n'avait pas disparu, on l'avait exécuté. Était-ce le fait de la Résistance ? Un règlement de comptes entre collaborationnistes, comme cela arrivait parfois ? Un assassinat crapuleux ? Elle l'ignorait. Toutefois, son instinct la portait à croire qu'il n'était plus de ce monde…

À ce sujet, elle était en désaccord avec Mayer. Celui-ci soutenait qu'il avait suivi un jupon. Marie devinait qu'ainsi il choisissait une explication qui l'arrangeait. En effet, si Albert avait été assassiné, cela le plaçait dans une position inconfortable tant vis-à-vis de sa hiérarchie que des collaborationnistes. Il porterait inévitablement le chapeau. Au mieux, on lui reprocherait son laxisme et on le contraindrait à mettre en œuvre une politique de répression qu'il ne souhaitait pas ; au pire, il serait envoyé sur le front de l'Est.

Pour échapper à ces réflexions désespérantes, elle gagna la chambre de Lou qui se réveillait. Son seul havre de paix.

Blanchard sortit du lit de la fille sans lui jeter un regard, puis il gagna la salle de bains. À quoi bon s'attarder pour bavarder ? Cette grisette ne présentait aucun intérêt. Aucune classe, peu de conversation et aucune virtuosité physique ! Ah, qu'il regrettait Marie et Marthe qui, chacune à sa manière, avaient su le combler.

Sa toilette terminée, il ressortit et compta quelques billets pour la femme qui fumait, allongée dans une posture supposée lascive. Sans doute, pensa-t-il en lançant l'argent sur le lit, imitait-elle la star hollywoodienne d'un film récent ? Il grimaça un sourire et la salua en lui promettant une prochaine fois qui ne viendrait jamais.

Dehors, il gagna sa voiture, garée à une centaine de mètres dans l'artère principale. Un petit crachin donnait à la ville un air plus triste que d'habitude. Dieu qu'il haïssait Nevers !

Les façades des immeubles paraissaient plus sales à cause de la grisaille. Des nuages effilochés de fumée noire, venus des cheminées, étaient rabattus vers le sol. Des feuilles mortes virevoltaient sur le trottoir.

Il croisa une femme qui promenait un chien. Elle le salua. Il fit mine de ne pas entendre, mécontent d'avoir peut-être été reconnu. Pourquoi n'avait-il pas attendu la nuit ? Au moins, il serait passé incognito.

Il démarra et prit la direction de La Charité. Avec ce temps de chien, il désirait rentrer chez lui et s'affaler dans son fauteuil préféré, face à la cheminée où crépiterait un bon feu !

À cette perspective, il accéléra. Excepté des convois militaires allemands, il croisait peu de véhicules. Tout en roulant, il réfléchissait. Riche, pas mal conservé, il était devenu une personnalité du département. Notaire, ami de Déat, décoré de la francisque, on le respectait. Après la victoire des Allemands, dont il ne doutait pas, il se voyait mener une carrière politique brillante. Que de fois avait-il ressassé dans sa tête les discours enflammés qu'il prononcerait à la tribune d'une future Chambre des députés ?

Cependant, ce n'était pas alors sa préoccupation essentielle. Son activité de « négociateur de biens », ainsi qu'il se désignait pour dissimuler son trafic de propriétés juives, était florissante. En partie grâce à Armand, qui s'était révélé fort habile à repérer les bonnes affaires. Avec son flair et de bons tuyaux, il réussissait toujours à débusquer le juif caché derrière une fausse identité…

Son succès commençait d'ailleurs à agacer Blanchard. Il se sentait humilié de voir ce vieux jeton réussir mieux que lui. Surtout, il ne supportait pas de devoir lui lâcher des commissions élevées. À ce rythme-là, il finirait par devenir son obligé…

Cette situation ne pouvait perdurer. D'autant moins qu'Armand le harcelait pour dénoncer Emma et ses enfants, ce qu'il refusait. Non pour sauver cette « salope » qui lui avait retiré la gestion de ses affaires, mais parce que cela ne rentrait pas dans ses plans. La livrer aux Allemands reviendrait à s'opposer frontalement à Marie et à Mayer, qui possédaient à eux deux un redoutable pouvoir de nuisance. Mieux valait attendre.

Toutefois, convaincu de ne plus pouvoir retenir son associé, il songea qu'il faudrait bientôt le neutraliser… Ne restait qu'à choisir la bonne méthode pour y parvenir !

Malgré la pluie, Emma avait demandé à Bertaud, l'épicier, de la mener au cimetière de Narcy où reposait Margot. La veille, Marie lui avait donné congé pour qu'elle pût s'y rendre. Elle avait besoin de se recueillir sur sa tombe. De lui parler.

Elle avait conscience du caractère enfantin de sa démarche. On ne parlait pas aux morts, pas plus qu'ils ne vous répondaient. Cependant, elle pensait que l'esprit survivait au décès et qu'il était possible d'entrer en communication avec lui.

Tandis que Bertaud l'attendait dans son camion, Emma se rendit jusqu'à la sépulture. Il subsistait de nombreux bouquets. Quelques-uns, récents, témoignaient de l'attachement qu'on vouait à Margot. Cette femme avait aimé et l'avait été bien au-delà de La Vernière.

Emma lui raconta sa vie aux Quatre-Vents auprès de Marie, ses interrogations sur son avenir et celui des enfants. Elle devait trouver une solution pour échapper aux griffes de la Gestapo, sans en voir aucune. Fuir n'avait aucun sens, rejoindre le maquis dans les Bertranges pas davantage. De toute manière, elle ne souhaitait pas abandonner Colette et Marcel. Elle espérait avoir l'inspiration car le temps pressait. La répression contre les juifs devenait chaque jour plus féroce. Elle lui redit aussi l'amour qu'elle portait à Paul, même si elle ne croyait guère en leur histoire. Mais au moins son corps exultait chaque fois qu'ils se voyaient.

Elle lui rapporta l'arrestation de Nicole, Marthe et Romain. Son chagrin de ne jamais revoir son amie, probablement dénoncée. Ses regrets de ne rien pouvoir faire pour elle.

Elle lui demanda son aide. Qui sait ? Peut-être l'entendrait-elle ? Machinalement, elle récita une prière, puis elle se retira en lui promettant de revenir.

De retour dans la camionnette, elle éclata en sanglots. Bertaud posa une main sur son épaule et démarra. Eh ! c'est que la Margot, il l'aimait, lui aussi !

Ils roulèrent jusqu'à la Coulisse sans échanger un mot. Emma l'invita à venir prendre un café. Grâce à Marie, elle en avait du vrai. L'épicier accepta. Dame ! cela faisait un bout de temps qu'il n'en avait avalé un !

Les enfants jouaient sur le lit d'Emma. Marcel lisait le journal. Colette s'activait devant la cuisinière avec le peu de réserves dont elle disposait.

Depuis l'arrestation de Marthe, il leur avait fallu s'approvisionner de nouveau par eux-mêmes. Cette mission avait été dévolue à la jeune femme, qui savait se montrer efficace. Ce qu'elle glanait s'ajoutait à ce qu'Emma rapportait de La Vernière et à ce que leur donnaient Bertaud et Paul quand ils passaient. Du coup, ils arrivaient à manger presque normalement. Toutefois, cela coûtait cher et Emma s'inquiétait de voir fondre sa cagnotte.

Colette se retourna à peine pour saluer Bertaud et Emma qui s'attablaient avec Marcel. Elle n'avait guère envie d'écouter leur conversation, encore moins d'y participer. Depuis la disparition d'Albert, la tristesse ne la quittait plus. Une seule question l'obsédait : pourquoi avait-il disparu ?

Elle avait imaginé toutes sortes d'hypothèses. Aucune ne s'était imposée. Il était sans doute mort !

Au début, cette pensée la faisait pleurer. Maintenant, ses yeux demeuraient secs. Le chagrin avait fait place à la volonté de découvrir la vérité et de venger Albert, si cela s'imposait. Elle ignorait comment s'y prendre pour recueillir les informations que la police avait été incapable de réunir. N'empêche, elle avait la certitude que la providence l'aiderait à un moment ou un autre.

Comme Emma insistait, elle finit par les rejoindre. Ce n'était pas de gaieté de cœur. Elle devrait subir leur conversation insipide et croiser le regard de Marcel, chargé de convoitise.

Ces derniers temps, celui-ci se faisait plus insistant. Lorsqu'ils étaient seuls, il se montrait prévenant et consolateur. Il l'aidait dans ses tâches, l'invitait à se promener en sa compagnie, lui offrait des fleurs. Elle trouvait cela gentil, voire émouvant, mais cela n'éveillait en elle aucun sentiment. Un jour, elle le lui avait sèchement signifié afin de mettre un terme à son attente. Sans parvenir à le décourager !

Comme elle s'y attendait, la discussion ne présentait guère d'intérêt. Ils évoquaient certains voisins, parfois pour faire leurs louanges, le plus souvent pour les critiquer. Ils condamnaient le collabo, le maréchaliste, ce qui pour eux revenait au même. Ils se moquaient de la mesquinerie de l'un et de la cupidité de l'autre. Ils s'apitoyaient aussi sur les malheurs de certaines familles, frappées par la répression allemande. Pourvu, disaient-ils, que le conflit prît fin et que Blanchard, Armand et consorts fussent châtiés.

D'autres trouvaient grâce à leurs yeux. En particulier, ceux qui avaient choisi de rejoindre le maquis ou plus modestement, comme la boulangère des Bertins, ceux qui résistaient en aidant les plus démunis. Enfin, ils encensaient ceux dont on savait qu'ils avaient commis un sabotage ou tué du Boche.

Secrètement, Marcel trouvait leur admiration déplacée. N'était-ce pas lui le véritable héros ? Lui qui avait rectifié ce salaud d'Albert, acquis aux nazis, et à qui Paul avait confié la dangereuse mission de surveiller la Coulisse ?

Il aurait aimé les interrompre et leur révéler son glorieux crime ! Seulement voilà, il était condamné au silence. Il faisait partie de ces résistants anonymes tenus au secret... Ainsi, il feignait d'ignorer le vrai motif de son mutisme. Avouer à Colette qu'il avait tué Albert était inimaginable.

Une autre raison, plus insidieuse et autrement plus insupportable, l'incitait également à se taire. L'intérêt répété de Paul à l'égard de ce nanti avait jeté le trouble dans son esprit. N'avait-il pas commis une bévue ? En effet, il avait compris qu'avec la disparition d'Albert la Résistance avait beaucoup perdu.

Heureusement, entendre parler de ce fils de riche le mettait dans une colère noire, ce qui le protégeait contre ses propres doutes. Lesquels s'estompaient lorsqu'il se retrouvait en compagnie de Colette. Son acte trouvait sa justification dans le fait qu'il l'aimait.

Ce mois de septembre était une véritable calamité ! Voilà ce que pensait Paul durant la réunion du maquis qui se tenait dans un endroit inaccessible de la forêt des Bertranges.

Dotés d'énormes moyens militaires, redoutables propagandistes et appuyés par une police très efficace, les Allemands portaient des coups terribles à la Résistance. On ne comptait plus les morts, les arrestations et les exécutions sommaires qui décimaient ses rangs. Pour l'occupant, il n'était plus question de collaborer avec la population. Chaque Français était devenu un terroriste en puissance !

Il fut interrompu dans ses réflexions par l'intervention d'Antonio, devenu son fidèle lieutenant. Devait-on tenter de libérer Marthe et Romain ? La mission était dangereuse, mais pas impossible.

Agacé, Paul haussa les épaules. Cette proposition était fantaisiste ! Se voyaient-ils débarquer à Nevers, l'arme au poing, investir la *Kommandantur* et libérer les prisonniers au nez de la Gestapo ? C'était tout bonnement stupide !

Aucun des maquisards présents n'insista. On craignait Paul, ses colères soudaines et sa lucidité qui en faisait un être froid, hermétique à la compassion. Ils étaient en guerre ! rappelait-il souvent. Dans ces conditions, certains devaient payer leur engagement de leur vie.

Conscient du regard que l'on portait sur lui, il devinait les commentaires. Il s'en fichait ! Son indifférence, parfois dérangeante, était un solide rempart contre le sentimentalisme dont il connaissait les dangers. Sa liaison avec Emma en était une parfaite illustration. À peine se retrouvait-il dans ses bras qu'il *s'affaissait*…

La discussion s'orienta ensuite sur la disparition mystérieuse d'Albert, qui causait d'énormes soucis. La Résistance avait perdu avec lui l'un de ses meilleurs informateurs et le père du gamin, puissant collaborationniste, exigeait chaque jour que la lumière fût faite à ce sujet.

Paul se fit plus attentif. Contrairement à son habitude, il s'autorisa à livrer son point de vue. Albert n'avait pas disparu, il avait été éliminé. Sans doute avait-il commis une imprudence qui l'avait dénoncé aux yeux de certains collabos ? Peut-être Blanchard ou Armand ? Ou alors, le gamin était vivant et torturé par la Gestapo à Nevers ? En tout état de cause, cela n'avait aucune importance. Mort ou vivant, il fallait envisager qu'il avait parlé et que la Résistance était en danger !

Bien sûr, comme l'affirmaient ses contradicteurs, il admettait qu'Albert pût avoir fui la tyrannie de son père au bras d'une jeune femme. Mais c'était de pure forme. Il savait que ce dernier fréquentait assidûment Colette…

Quoi qu'il en fût, conclut-il, ils devaient tout faire pour connaître la vérité, quitte à employer les grands moyens. D'abord, solliciter la cellule de renseignement du réseau. Ensuite, quand les circonstances s'y prêteraient, enlever Blanchard et le faire parler !

Toutefois, Paul ne se faisait aucune illusion. Son intuition lui soufflait que la vérité était ailleurs. Il se garda d'en parler…

Mayer se présenta à la *Kommandantur* de Nevers à 14 heures précises. La veille, il avait été convoqué par Wengler qui venait d'être promu *Oberst*, ce qui le hissait au même niveau hiérarchique que lui. Enfin presque… Wengler était un protégé du général von Rundstedt, ce qui changeait tout !

Même si le motif de l'entrevue n'était pas mentionné sur le formulaire, Mayer savait à quoi s'en tenir. Cette convocation n'annonçait pas des félicitations !

Heureusement, il avait eu le temps de préparer sa défense… Car on lui reprocherait pêle-mêle d'avoir toléré un café qui accueillait des terroristes, d'avoir protégé Emma et ses enfants et de ne pas avoir élucidé la disparition d'Albert !

Debout dans l'antichambre, il étudia les cartes d'état-major qui tapissaient les murs et représentaient l'avancée des troupes allemandes. Cela le fit sourire. On aurait dit des panneaux publicitaires destinés à soutenir le moral des officiers qui passaient ici. Il est vrai que cela devenait nécessaire, tant les nouvelles en provenance du front étaient différentes de la vérité officielle. Stalingrad, en ce mois de septembre, était loin de rendre les armes, comme le prétendait la propagande !

Il fut tiré de ses réflexions par l'aide de camp de l'*Oberst*, un *oberleutnant* frais émoulu de l'École de guerre et qui commençait sa carrière planqué. Mayer ne lui accorda aucun regard et pénétra dans le vaste bureau de Wengler.

Debout près de la porte-fenêtre, ce dernier continuait la lecture d'un rapport. En d'autres temps, cela aurait impressionné Mayer qui attendait au garde-à-vous au milieu de la pièce. Aujourd'hui, il s'en amusait. Il connaissait les ficelles des officiers supérieurs pour impressionner leurs subordonnés…

Wengler se tourna vers Mayer. Il lui commanda de se mettre au repos et alla s'asseoir derrière la table Empire qui lui servait de bureau.

— Alors ? Comment cela se passe-t-il à Donzy ?

— Plutôt bien, *Herr Oberst*, répondit Mayer d'un ton assez désinvolte. Vous avez pu le constater à la lecture de mes rapports.

Un fin sourire détendit le visage fermé de Wengler, sans qu'on pût savoir s'il trouvait cela drôle ou s'il était furieux. Il saisit une chemise qui se trouvait sur une pile et l'ouvrit.

— Votre dossier personnel, dit-il en commençant à le parcourir. Bon officier… Intelligent… Bien noté… Néanmoins, peu fiable du point de vue idéologique.

Il releva la tête.

— Peu fiable du point de vue idéologique ! répéta-t-il d'un air narquois. Justement là où je veux en venir.

Cette mise en scène, si prévisible, ne trompait pas Mayer. Toutefois, il n'en laissa rien paraître. Au contraire, il feignit l'inquiétude.

Wengler se leva et vint se poster en face de lui.

— Votre absence de conviction idéologique est la maladie qui vous ronge, Mayer ! aboya-t-il. Une maladie peu compatible avec votre mission, qui consiste à défendre les idéaux de notre *Führer* ! La maladie des faibles, des intellectuels, des sentimentaux… des traîtres !

Il avait appuyé sur les derniers mots. Car les traîtres étaient traduits en cour martiale et fusillés !

Stoïque, Mayer soutint son regard. Ne pas céder à l'intimidation, se répétait-il.

Wengler ouvrit un dossier dont il extirpa une lettre qu'il agita sous son nez.

— Je viens de recevoir ce torchon ! Une dénonciation anonyme. Vous vous rendez compte ? Un collabo qui dénonce un officier du Reich ! On aura tout vu !

Comme Mayer ne bronchait pas, il la lui tendit.

— Peut-être cela vous intéressera-t-il de la lire ? Vous parlez couramment le français, je crois !

Mayer s'en saisit et la parcourut. Elle était rédigée en caractères bâtons et truffée de fautes, sans doute intentionnellement. Il y était écrit qu'il avait laissé le café de la Poste devenir un repaire de terroristes, parce qu'il préférait se prélasser dans les bras d'une putain française au lieu de faire la chasse aux résistants et aux juifs.

Suffisant pour l'envoyer en Russie !

Il s'apprêtait à parler quand Wengler le coupa d'un ton tranchant.

— Je passe pour cette fois ! Je vais même vous faire une fleur, Mayer, et vous donner cette lettre. Elle n'a pas existé !

Mayer s'en empara en réprimant un soupir de satisfaction.

— Ne croyez pas que ce soit de l'indulgence, ajouta Wengler. Je le fais parce que vous restez l'un de mes meilleurs officiers. Je veux des résultats. Vous faites la chasse aux youpins. Et vous réglez votre problème personnel…

Wengler le fixa et reprit :

— Par ailleurs, j'exige que vous retrouviez le fils Bardeau, mort ou vif. Si cela continue, son père ira se plaindre à Berlin ! Interrogez, arrêtez, fusillez. Faites ce que vous voulez ! Je veux que cette affaire soit résolue dans les délais les plus courts ! C'est compris ?

— *Yawol, Herr Oberst !* répliqua Mayer en claquant des talons.

Wengler s'assit et se pencha sur ses dossiers. Il congédia Mayer en agitant la main.

Sitôt dehors, celui-ci sauta dans sa voiture et ordonna au chauffeur de le ramener dare-dare à Donzy.

Calé dans son siège, il s'octroya une cigarette. Il venait de sauver sa peau pour des raisons qui lui échappaient. Il n'avait plus le choix, il allait devoir changer de méthode et d'organisation... Et d'abord s'occuper de cette lettre de dénonciation qui avait failli lui coûter son poste, et même sa vie !

2

En ce début du mois d'octobre, le froid s'était durablement installé. Il pleuvait nuit et jour et un épais brouillard recouvrait la campagne.

Cela arrangeait les résistants. Ils pouvaient sortir de la forêt des Bertranges et rendre de courtes visites à leurs familles sans être repérés par les Allemands ou les collaborationnistes.

Certaines nuits, Paul en profitait pour rejoindre Emma. Leur relation avait évolué. Maintenant, il pouvait se glisser dans le lit de la jeune femme, libéré par les enfants qui dormaient à l'étage avec Colette. Puis il repartait à l'aube avant que quiconque ne fût réveillé.

C'étaient des moments de tendresse, mais aussi l'occasion d'intenses discussions sur l'avenir d'Emma. En effet, en peu de temps, la situation s'était brutalement tendue. Marie avait prévenu la jeune femme. Sous pression, Mayer ne pourrait pas longtemps fermer les yeux sur sa situation. Un jour ou l'autre, il serait contraint de l'arrêter. De son côté, elle ferait son possible pour freiner le processus, mais Emma devait trouver, coûte que coûte, une solution pour sauver leurs vies…

Ces propos avaient alarmé la jeune femme. Mise au pied du mur, elle n'était pas parvenue à imaginer une échappatoire. Fuir, se cacher avec deux enfants lui paraissait impossible. Et puis, que deviendraient Colette et Marcel ?

Ce soir-là, la conversation s'appesantissait sur ce sujet. Paul soutenait qu'il n'y avait d'autre choix que de rejoindre le maquis ; elle et les enfants y seraient en sécurité et elle pourrait prêter main-forte aux camarades de combat !

Bien qu'elle fût tentée, Emma refusa. Agir ainsi revenait à mettre en danger Colette et Marcel, que les Allemands accuseraient de complicité !

Paul alluma une cigarette, roulée à l'avance, puis il s'assit en s'adossant au montant du lit.

— Il est hors de question que tu partes sans eux !

— Te rends-tu compte de la charge que cela représentera pour vous ? objecta Emma. Vous êtes des combattants, pas nous !

— Marcel sera une bonne recrue. Il est courageux et habile avec une arme. Quant à vous, les femmes, vous pourrez nous aider à avoir une vie plus confortable…

— Et les enfants ?

Paul cxhala lentement la fumée de sa cigarette.

— Ils s'y feront, lâcha-t-il. C'est cela ou la mort dans un camp.

Ces mots réveillèrent la culpabilité d'Emma. Colliard était dans l'un de ces camps et, pendant ce temps-là, elle couchait avec l'un de ses anciens employés.

Pour chasser cette pensée, elle se rapprocha de Paul, caressa son torse puis son ventre. Quand elle constata l'effet que cela produisait, elle se glissa sur lui…

Ils firent l'amour avec douceur. Pour une fois, Paul s'abandonna. Sans cesse sur le qui-vive, il souhaitait profiter de ce trop rare moment de grâce. Ne penser qu'au plaisir de se sentir désiré et aimé.

Leurs corps apaisés, ils fumèrent une cigarette. Emma lui donna son accord pour rejoindre le maquis. Auparavant, elle en parlerait avec Colette et Marcel, et préviendrait Marie.

Au sourire de Paul, elle comprit qu'il était heureux de sa décision…

Il pleuvait. Un vent froid remontait la rue principale de La Charité en charriant des feuilles d'arbres et divers détritus. Des passants, abrités sous des parapluies, allaient et venaient, engoncés dans leur gabardine. Bien que ce fût le début de l'après-midi, on aurait cru que la nuit allait tomber, tellement il faisait sombre.

Blanchard se rendait chez Armand et pestait contre sa propre faiblesse. Pourquoi avait-il accepté son invitation à prendre un café ? Du vrai ! avait-il précisé, comme pour signifier qu'il faisait partie du clan des nantis. Blanchard avait trouvé ce comportement ridicule. Du vrai café, et alors ? Cela n'avait rien d'exceptionnel. Lui en buvait depuis toujours et la guerre n'y avait rien changé.

Se rendre chez Armand, ce qui faisait de ce dernier son égal, le révulsait. Après tout, « le vieux », ainsi qu'il l'appelait, n'était qu'un vulgaire ancien garçon de ferme. Et, s'il avait rapidement appris, il ne ferait jamais partie de l'élite sociale et intellectuelle à laquelle lui appartenait.

Parvenu au quai de la Loire, le notaire tourna à gauche en direction de la maison de maître acquise par Armand. La voir de loin, plus imposante que les autres, lui donna un haut-le-cœur… Ce vieux grincheux aigri ne méritait pas tant.

Devant la porte, avant de sonner, il se composa un sourire de circonstance.

Armand l'accueillit tel un vieux camarade en lui donnant l'accolade. Cela fit frémir Blanchard. Sentir ses lourdes pattes lui tapoter le dos et respirer son parfum d'épicerie l'écœura.

— Salut, ami ! s'exclama Armand. Installe-toi ! lui proposa-t-il en lui désignant le canapé.

Sur la table basse, il avait disposé deux verres en cristal, des biscuits et une bouteille de pouilly de son ami Bardeau, le père du gamin disparu. Blanchard grimaça un sourire. Il avait appris qu'ils étaient maintenant cul et chemise… unis par la même vulgarité.

Armand servit le vin et se laissa aller dans un fauteuil confortable en cuir usé. Il tapota les accoudoirs.

— Le produit d'une expropriation de youpin ! dit-il avec fierté. Comme le reste d'ailleurs, ajouta-t-il en balayant l'espace d'un ample mouvement de bras.

Le notaire jeta un œil circulaire sur la pièce qui lui évoquait l'arrière-boutique d'un brocanteur. L'amoncellement de meubles, de bibelots et d'objets divers lui semblait être le comble du mauvais goût.

— Heureux de t'accueillir chez moi, reprit Armand avec emphase.

— C'est également un plaisir pour moi, répondit Blanchard, un vague sourire aux lèvres.

Ils trinquèrent à la victoire de l'Allemagne, au grand Reich, à l'extermination des juifs, des gaullistes, des républicains et, pour finir, à Pétain, l'idole d'Armand.

Quand celui-ci eut reposé son verre, il se rapprocha de la table basse et fixa Blanchard.

— À ce propos, lâcha-t-il sur un ton de conspirateur, j'ai fait mon devoir…

Comme Blanchard attendait la suite, il reprit :

— J'ai balancé une lettre de dénonciation à Wengler pour mouiller Mayer. Ce salopard qui, avec sa pute, protège Emma et ses mômes… Sûr qu'il a dû se faire remonter les bretelles !

Sentant la colère qui sourdait en lui, Blanchard ne répondit pas. Comment pouvait-on être aussi bête et content de l'être ? Cet imbécile était en train de tout foutre en l'air. Mieux, il s'en réjouissait. Il lui avait pourtant dit de la fermer, de ne pas s'avancer sur le terrain politique, de le laisser faire. Mais non, il avait voulu faire le malin.

Étonné par le silence du notaire, Armand s'inquiéta.

— Tu en fais une tête, ami ! J'ai dit quelque chose qu'il ne fallait pas ?

Cette fois, c'en était trop. Blanchard écrasa son poing sur la table. Un verre tomba et se brisa. Le vin se répandit sur les tommettes et coula jusqu'à un tapis persan de bonne facture.

Sidéré par la violence de son associé, Armand avait bondi en arrière et se tassait sur son fauteuil.

— Tu n'es qu'un con ! lâcha Blanchard d'une voix sourde. Au lieu de fermer ta grande gueule, il a fallu que tu n'en fasses qu'à ta tête, sans te préoccuper des conséquences.

Il se leva, lui-même surpris de la brutalité de sa réaction. Il fit quelques pas dans la pièce. Curieusement, il se sentait mieux. Pour un peu, il en aurait ri.

Il s'approcha d'Armand. Recroquevillé sur son siège, ce dernier le dévisageait d'un œil craintif, comme s'il s'attendait à être roué de coups.

— Tu es pitoyable, reprit Blanchard en se penchant sur lui. Sais-tu qu'en envoyant cette lettre tu viens de te mettre à dos Mayer, qui aura tôt fait de savoir qu'elle vient de toi !

— Penses-tu, argumenta Armand d'une voix plaintive. Je l'ai écrite en…

— Tu es fini ! le coupa Blanchard. Mayer et Marie se vengeront et, crois-moi, je ne voudrais pas être à ta place.

Armand tenta de se redresser pour retrouver un peu de dignité. Blanchard le repoussa contre le dossier du fauteuil.

— Quoi qu'il en soit, reprit-il, tu ne m'entraîneras pas dans ta chute. C'est clair ?

Armand acquiesça d'un hochement de tête. Blanchard enfila son manteau.

— Je te laisse à tes réflexions, lança-t-il en gagnant la porte. En attendant, je ne veux plus te voir.

Il sortit en claquant la porte, puis traversa la rue pour gagner la berge de la Loire, afin de se calmer en contemplant le fleuve. Il lui fallait ce temps pour prendre la bonne décision…

Mayer avait retardé l'explication avec Marie depuis qu'il avait rencontré Wengler. Mais il n'était plus possible de l'éviter ; il devait adopter des positions radicales.

Il redoutait ce moment. Marie était très attachée à Emma...

Durant ces derniers jours, il avait retourné la situation dans tous les sens, cherché des échappatoires, imaginé des stratagèmes, mais il revenait à cette évidence : il devait arrêter Emma et ses enfants, puis les livrer à la Gestapo de Nevers.

Ils avaient fini de dîner. Vêtue d'une robe de nuit en coton blanc, Marie lisait devant la cheminée où crépitait un grand feu. Il vint la rejoindre après avoir congédié le personnel ; leur conversation devait rester confidentielle.

Il l'embrassa sur le front et lui proposa un cognac qu'elle accepta.

— Pourquoi avoir renvoyé les domestiques ? s'étonna-t-elle.

— Je souhaitais que nous soyons seuls. Ne t'inquiète pas, Germaine est à l'étage et veille sur Lou.

Il lui tendit son alcool et s'assit à son côté sur le canapé. Il contemplait la flambée en réchauffant son cognac entre ses mains. Cela lui rappelait un souvenir ancien, alors que l'Allemagne était en paix. Adolescent, il participait à des veillées avec ses parents dans leur chalet de Bavière. Il adorait ces moments où l'on se rassemblait autour de la cheminée, tandis qu'il neigeait dehors. Sa mère se mettait à chanter, accompagnée au piano par son père. Lui, allongé devant l'âtre, lisait des romans d'aventures...

Marie posa une main sur la sienne et se glissa sous son bras.

— Je te trouve bien silencieux. Aurais-tu des soucis ?

Mayer avala une gorgée d'alcool.

Il acquiesça et lui conta son entrevue avec Wengler. Il n'avait pas le choix, il devait livrer Emma et les enfants ; découvrir ce qu'était devenu Albert Bardeau. Il y était d'autant plus contraint qu'un anonyme avait envoyé une lettre de dénonciation à la *Kommandantur* en soulignant son manque de zèle.

Marie exerça une légère pression sur sa main pour lui signifier qu'elle comprenait. Cela le réconforta.

— Tu te souviens de ce que disait la lettre ? demanda-t-elle.

Il la sortit de sa poche et la lui tendit.

Après l'avoir lue, elle la jeta au sol.

— Je devine d'où ça vient, lâcha-t-elle avec agressivité. Blanchard ? Armand ? Les deux ?

— Qu'importe, cela ne règle pas le problème d'Emma et des enfants…

— Je sais, dit-elle en se levant.

Elle plaça son verre sur la table basse et s'agenouilla devant le feu. À l'aide d'un tisonnier, elle se mit à activer les braises.

Mayer l'observait. Avec les reflets des flammes, sa beauté se révélait davantage. Ses gestes étaient empreints d'une grâce émouvante. Ce tableau, car c'en était un, suggérait comme une allégorie de la féminité. Il l'aimait tant…

Elle se tourna vers lui.

— Il est hors de question de les sacrifier ! lança-t-elle avec fermeté.

— Mais, ma chérie…

— Notre problème, Klaus, le coupa-t-elle en levant la main, c'est d'imaginer la solution qui les sauvera.

Dissimulant son agacement, Mayer s'obligea à répéter l'évidence avec douceur et tact.

— Je dois les faire arrêter et les livrer à…

— Ce n'est pas envisageable, répliqua Marie. Je ne peux supporter l'idée d'être complice de leur arrestation. Comment pourrais-je vivre après avec un tel forfait sur la conscience ?

— Marie, insista Mayer, nous sommes en guerre et je suis un officier allemand ! Tenu de respecter les ordres de mes supérieurs et d'appliquer la politique du Führer, fût-elle discutable !

Marie se leva et arpenta la pièce. Mayer la suivait du regard. Dans la semi-obscurité, elle lui rappelait Isolde, l'héroïne wagnérienne en proie aux affres de la passion.

— Cesse de répéter que tu es allemand. Depuis que nous sommes ensemble, je le suis autant que toi. Tu es devenu français. Quant à l'officier qui doit obéir à sa hiérarchie, réserve cet argument à d'autres ! Nous en avons déjà parlé. Il existe une morale supérieure aux ordres, fussent-ils ceux de ton Führer !

Un lourd silence s'ensuivit. Ils étaient revenus au point de départ, comme chaque fois qu'ils entamaient cette discussion.

Soudain, un sourire illumina le visage de Marie. Elle vint s'asseoir à côté de Mayer et prit ses mains dans les siennes.

— Klaus ! Je crois que j'ai une idée !

À la Coulisse, le dîner venait de s'achever. Colette sortit fumer. Malgré le froid, elle voulait prendre l'air, s'échapper de cet enfermement étouffant. Dieu qu'elle avait envie de voir du monde, boire, danser... Sentir son corps exulter !

Elle en avait par-dessus la tête d'être cantonnée dans cette maison, entre deux enfants infernaux, une femme brisée et un adolescent qui la dévorait des yeux.

Elle alla s'asseoir sur une souche d'arbre, face à la maison, et alluma une cigarette.

À travers les fenêtres éclairées, elle distinguait Emma qui faisait la vaisselle. À côté d'elle, Marcel essuyait les assiettes qu'elle lui tendait.

Elle se mit à pleurer tant cette situation lui paraissait triste. Elle avait envie de vivre, pas de se terrer ici, loin de tout et de tous. Les souvenirs en compagnie d'Albert lui revenaient par rafales : les allers-retours dans la région, faire l'amour, danser, parler... tant de moments pendant lesquels elle avait vibré !

La porte de la cuisine s'ouvrit. Marcel sortait. Il vint la rejoindre. Elle se raidit. Elle savait ce qu'il allait tenter de lui faire comprendre – il voulait la baiser.

Mais elle n'en avait rien à foutre ; c'était Albert qu'elle attendait. Bon Dieu ! Pourquoi ce dernier avait-il fichu le camp ?

Marcel alluma une cigarette. Elle aperçut son regard dans la lumière de la flamme du briquet. Un regard de faux dur, chargé de désir.

— Ça va ? demanda-t-il.

Elle ne répondit pas. À quoi bon ? Il savait qu'elle allait mal.

Elle se poussa afin qu'il pût s'asseoir sur la souche. Au contact de son corps, elle eut un mouvement de recul, même si cela ne lui fut pas désagréable. Une contradiction de plus qu'elle assumait. Elle avait fait la part des choses entre l'irrésistible amour qu'elle vouait à Albert et l'appel des sens. Toutefois, faire l'amour avec ce gamin, quel intérêt ? Elle n'avait pas l'âme d'une initiatrice.

— Tu penses à lui ?

— À qui veux-tu que je pense ? rétorqua-t-elle avec agressivité.

— Tu sembles si triste…

— Qui ne le serait pas dans ma situation !

Marcel aspira une bouffée et la recracha, agacé. Quand comprendrait-elle qu'Albert était mort ! MORT ! Que c'était un salaud de traître et qu'il l'avait supprimé pour le plus grand bien de la Résistance, de la France et de la jeune femme ! Il faudrait qu'un jour elle acceptât qu'il ne reviendrait pas.

— Tu le crois vivant ? s'enquit-il.

Elle ne répondit pas tout de suite, à l'écoute de son intuition.

— Et toi ?

Marcel hésita. N'était-ce pas le moment de la mettre sur la voie ?

— Plus les jours passent, plus j'en doute.

Elle se leva brusquement et lui fit face, furieuse.

— Tu aimerais que ce soit le cas, n'est-ce pas ? Tu te dis qu'ainsi tu aurais une chance, hein ?

Comme il demeurait silencieux, elle le saisit par les épaules et le força à la regarder.

Grâce aux fenêtres allumées, il distinguait son visage, convulsé par la colère. Il osa sourire.

— Salaud ! lança-t-elle en le repoussant.

Elle allait s'éloigner quand il la saisit par le poignet et l'attira vers lui. D'une voix sourde, il lui dit :

— Quoi d'anormal dans mon attitude ? Je t'aime !

Elle ricana.

— Tu m'aimes ? Mon cul ! Tu veux me baiser, c'est tout ! Fais le paon autant que tu veux, jamais tu ne me toucheras !

Comme elle tentait de se défaire de son emprise, Marcel mit plus de force.

— Tu peux penser ce que tu veux. Je t'aime ! Lui, il s'est barré ! Sans une explication ! Comme un salaud qui voulait te baiser !

Malgré la gifle qu'elle lui assena, il ne lui lâcha pas le poignet. Il n'avait pas mal. Il n'était pas vexé. Au contraire, il trouvait cette situation excitante. Une sorte d'euphorie s'empara de lui.

Avec plus de force encore, il ramena la jeune femme vers lui, la saisit par la taille et plaqua ses lèvres sur les siennes.

Surprise, elle le gifla de nouveau. Il ne broncha pas.

— Ordure ! s'exclama-t-elle en reprenant le chemin de la maison.

— Tu y viendras ! répliqua-t-il, souriant.

Avant de le repousser, elle avait hésité une courte seconde. Suffisamment, en tout cas, pour lui donner la conviction qu'elle avait envie de lui…

Caché dans le clocher de l'église de Vieilmanay, Paul observait la maison dans laquelle devait se tenir la réunion des responsables de la Résistance régionale.

Il était sur le qui-vive. Durant les semaines précédentes, les Allemands avaient remporté des victoires contre ceux qu'ils appelaient des « terroristes ». Récemment, ils étaient parvenus à démanteler un réseau à Nevers, puis un autre à Clamecy. Probablement grâce à des dénonciations anonymes et aux indications de traîtres infiltrés… La prudence était donc de mise.

Il faisait nuit. La clarté lunaire suffisait pour distinguer ce qui se passait autour de la bâtisse.

Des camarades arrivaient à pied et pénétraient discrètement dans la maison. Il attendit encore, surveillant la route nationale qui passait non loin de là. Si un convoi allemand s'approchait, il pourrait le voir suffisamment à l'avance…

Plus tard, rassuré, il se rendit à son tour au lieu de rendez-vous. Après avoir frappé à la porte trois coups longs et deux courts, on lui ouvrit. Dans l'obscurité, un inconnu le guida vers la cave.

À la suite d'une volée de marches, il déboucha dans une pièce voûtée, éclairée par deux lampes à pétrole. Les pierres apparentes et les voussures de style roman lui évoquèrent une crypte ancienne, ce qui lui fut confirmé par leur hôte. Le lieu était jadis relié à l'église par un souterrain, obstrué depuis longtemps. Toutefois, des semaines auparavant, en prévision des réunions qui se tiendraient ici, il l'avait fait dégager pour fuir au cas où.

Des fûts de vin disposés le long d'un mur expliquaient l'odeur acide d'alcool et de vieux bois qui se mêlait à celle du salpêtre.

Paul serra la main des autres responsables qu'il connaissait pour la plupart. Tous avaient des noms d'emprunt.

Henri, le chef délégué du général Kœnig, prit la parole. Il récapitula les actions menées jusqu'ici. En avril 1942, un sabotage aux usines Thomson avait permis de rendre inutilisable un stock considérable de pièces pour obus. En mai, une quarantaine de patriotes avaient participé aux attaques des feld-gendarmeries de Nevers et de Prémery. En juin, les services de l'état-major allemand avaient été attaqués à l'Hôtel de France. En juillet, cela avait été le tour de la Gestapo à Nevers. À cette occasion leurs chiens policiers avaient été empoisonnés. En août, deux sabotages avaient été effectués sur la ligne de Clamecy et du fourrage fut incendié. Enfin, le siège de la LVF, à Nevers, avait été la cible d'un attentat à la bombe.

Il évoqua aussi la création du maquis Camille, dirigé par Bernard, qu'il présenta au groupe. Un premier maquis FTP avait été formé avec des réfractaires au STO. Maintenant, il s'agissait de préparer, entre autres, l'attaque de services ennemis afin de récupérer des dossiers de l'état-major allemand. Paul et ses hommes seraient en première ligne.

Celui-ci fit son rapport sur les dernières opérations menées par son groupe : un convoi allemand attaqué près de Murlin, des tracts distribués dans les villages du canton. À plusieurs reprises, ils étaient venus en renfort pour aider les maquis de Clamecy et de Prémery à mener des opérations de destruction de matériels, de véhicules et de fourrage. Selon lui, la Résistance bénéficiait de plus en plus de l'appui des paysans locaux, qui voyaient leurs récoltes et leurs cheptels réquisitionnés par l'Occupation.

Il y eut des commentaires, en particulier sur la nécessité de rapprocher les maquis existants afin de coordonner leurs actions.

Après cette discussion, Paul prit la parole.

— Désormais, c'est le moment de frapper les traîtres ! Ceux-ci nous causent un tort considérable. Ces derniers temps, des camarades sont tombés à cause de dénonciations ou d'opérations menées avec l'appui de collabos. Ici, nous en avons quelques-uns, particulièrement actifs et dangereux.

Il cita Blanchard, Armand, Bardeau et d'autres, qui s'affichaient auprès des Boches et s'enrichissaient en trafiquant ou en dépouillant les juifs de leurs biens. Il fallait faire des exemples.

Sa proposition jeta un froid dans l'assistance. C'était risqué et contre-productif. En effet, dans certaines régions, ces individus étaient des agents doubles et aidaient la Résistance. Donner un coup de pied dans la fourmilière pouvait causer des conséquences néfastes.

Agacé, Paul s'emporta :

— Ceux que je vous ai cités sont entièrement acquis aux Boches ! C'est probablement à cause d'eux que Marthe et Romain croupissent en ce moment dans les prisons de la Gestapo. Nous devons envoyer un signal à ces salopards.

Après un moment de silence, Henri se décida :

— Je comprends ta colère, Paul. Elle est légitime, mais il faut y aller prudemment. Rappelle-toi, le gamin de Pouilly qui s'est évaporé. Il faisait partie de nos meilleurs éléments… Je me demande si, dans certains cas, il ne vaudrait pas mieux tenter d'en retourner quelques-uns… Les convaincre d'agir à nos côtés. Nous avons besoin de renseignements. C'est même vital pour nous. Ce sont nos meilleurs informateurs. Sans compter que tuer ces salauds ne ferait qu'accentuer la répression…

— Soit ! admit Paul. Puis-je alors agir comme je l'entends ?

— Oui. Sans élimination physique…

Subert, un autre participant, prit la parole. Il revint sur le cas d'Albert : Paul avait-il réussi à éclaircir cette surprenante disparition ?

— Non. Nous ne disposons d'aucun élément pour expliquer ce qui est arrivé. Toutefois, j'ai l'intention de faire la lumière sur cette affaire…

D'autres questions, plus pratiques, furent ensuite abordées, tels le financement des opérations ou la mise en place des filières d'armement.

Après quoi, la séance fut levée.

Comme convenu, ils sortiraient deux par deux et prendraient des directions différentes. Certains s'en retourneraient à vélo par des chemins forestiers ; d'autres iraient à pied sans qu'aucun sût dans quelle direction. Une précaution supplémentaire, au cas où l'un d'entre eux se ferait arrêter…

Paul partit en dernier. Il traversa la départementale et gagna la forêt des Bertranges par les champs. Il aimait marcher à la lueur de la lune.

La brise charriait des odeurs de terre, fortes et amères. Parfois, un aboiement ou un ululement lointain venaient rompre le silence.

Par habitude, Paul s'arrêtait régulièrement et dressait l'oreille. Puis il reprenait sa marche. A priori, il n'y avait guère de danger. Pendant la nuit, aucun Allemand ne se risquait aussi loin des agglomérations ou des axes routiers.

Alors qu'il passait près des Bertins, il renonça à rejoindre Emma. Il était trop préoccupé pour songer à la bagatelle. Maintenant qu'il avait obtenu le feu vert pour s'occuper de Blanchard, Armand et les autres, il commençait à concocter son plan pour les utiliser, ou bien les neutraliser.

3

Au sortir de la *Kommandantur* de Nevers, Mayer se remémora son entretien avec Wengler. Il n'en revenait pas. Celui-ci avait accepté sa suggestion à propos d'Emma et de ses enfants. Pourtant, c'était loin d'être gagné. Lorsque Marie lui avait soufflé l'idée, lui-même n'y avait pas cru. Comment concevoir qu'un nazi orthodoxe comme lui comprendrait, s'enthousiasmerait même, pour une telle proposition ? Décidément, Marie avait un sixième sens.

Il se rappela le soir où celle-ci lui avait proposé cette solution pour Emma. « Il existe un moyen simple de la sauver avec les enfants, lui avait-elle confié. Depuis la fermeture du bordel de Marthe, vos soldats n'ont plus l'occasion d'entretenir leur libido. C'est mauvais pour leur moral. Donne-leur la possibilité de le faire à nouveau. Ouvre le café avec Emma comme patronne et, en échange de sa protection et de celle de ses enfants, tu lui demanderas de te servir d'oreille… En plus, cela sera apprécié par les cocufieurs et autres pervers de la région ! »

Il avait ri. Elle était folle ! Comment imaginer un coincé tel que Wengler autoriser cette réouverture pour sauver deux gamins juifs et leur mère ?

Ils en avaient discuté, s'étaient même disputés lorsque Mayer avait avancé ses principes moraux. Finalement, Marie avait eu le dernier mot : *Führer* ou pas, avait-elle dit, le sexe et l'argent menaient le monde. Elle s'occuperait de convaincre Emma lorsqu'il aurait obtenu gain de cause auprès de Wengler.

Satisfait, il s'installa à l'arrière du véhicule et donna l'ordre à son chauffeur de le ramener à La Vernière.

Aux Quatre-Vents, Marie ouvrit à Blanchard qui l'avait suppliée la veille de le recevoir. Le ton alarmé du notaire l'avait convaincue d'accepter.

Elle lui offrit un thé, puis ils évoquèrent la situation politique. À Stalingrad, les Allemands piétinaient. En France, les actes de résistance se multipliaient. Ici, dans la région, on ne parlait que de sabotages et d'attaques perpétrées contre l'occupant. Enfin, un débarquement allié venait de se produire en Tunisie et au Maroc. Si Blanchard s'en alarmait, Marie considérait la situation avec détachement : les Allemands filaient un mauvais coton !

Alors qu'elle servait le thé, apporté par une domestique, elle s'enquit de l'objet de sa visite.

Blanchard hésita. Devait-il ou non dénoncer Armand ? Cela n'aurait-il pas des conséquences dramatiques pour sa propre situation ? En même temps, la perspective d'obtenir l'exclusivité sur la vente des biens juifs le réjouissait tellement…

Il croisa les jambes et alluma un cigare.

— Armand a balancé une lettre anonyme à Wengler, qui mouille ton mari, lâcha-t-il en fixant Marie.

Un long silence s'ensuivit. Le visage de la jeune femme s'était fermé. Elle toisa le notaire, qui finit par baisser les yeux.

— Tu en as la preuve ? demanda-t-elle, glaciale.

Il haussa les épaules.

— Il s'en est vanté, c'est suffisant.

— Pourquoi me le révèles-tu ? reprit-elle en allumant une cigarette.

— Pour que tu sois au courant.

— Cesse de te payer ma tête ! Qu'est-ce que tu mijotes ?

Blanchard se laissa aller contre le dossier du fauteuil et soupira d'aise. Après avoir tiré sur son cigare, il rejeta la fumée en esquissant un sourire.

— Cela ne me gênerait pas qu'il…

Comme il cherchait ses mots, Marie continua à sa place.

— Qu'il soit mis hors circuit ? C'est cela ? Pour toi, il est devenu trop gourmand ?

— Il y a un peu de cela.

— Et je suppose que tu ne le dénonces pas gratuitement, n'est-ce pas ?

Blanchard sembla hésiter. Marie se montra alors plus explicite.

— Que veux-tu en échange ?

— Ses biens et la totalité du produit de la vente des avoirs juifs du département ! lâcha le notaire.

— Rien que cela ! s'exclama la jeune femme, un sourire méprisant aux lèvres.

À cet instant, Mayer fit son entrée. Marie vint au-devant de lui et l'embrassa. Blanchard s'était levé. Il serra la main que lui tendait l'*Oberst* et se rassit.

Marie prépara une tasse de thé pour Mayer, qui avait pris place dans un fauteuil, et lui rapporta les propos de Blanchard.

— C'est un imbécile ! renchérit ce dernier lorsque la jeune femme eut terminé. Sa haine envers Emma l'égare. Il est capable de tout.

Furieux, Mayer affecta la sérénité.

— Nous allons nous occuper de lui..., lâcha-t-il entre deux gorgées de thé.

— Cela me semble nécessaire, intervint Blanchard, car...

— Si tu disais à Klaus ce que tu souhaites en échange ? le coupa Marie. Au moins, les choses seront claires.

Le notaire se redressa. Il n'avait pas prévu que la jeune femme soit si directe. Secrètement, il pensait qu'elle préparerait le terrain auprès de son mari et qu'il n'aurait plus qu'à régler les derniers détails. Faire connaître ses exigences, qu'il savait exorbitantes, face à l'officier allemand était autrement plus délicat. Mayer avait le pouvoir de se débarrasser de lui comme d'Armand.

Après une dernière hésitation, il réitéra sa demande. Ce n'était pas une exigence, plutôt la traduction d'un accord entendu.

Même si le personnage le dégoûtait, Mayer ne tergiversa pas. Le notaire bénéficiait de solides appuis au sein de l'état-major et à Vichy par l'entremise de Déat. S'attaquer à lui poserait trop de problèmes...

Satisfait, Blanchard se leva.

— Je ne veux pas vous déranger plus longtemps, dit-il, un brin cérémonieux. Cher *Oberst*, je passerai à Donzy pour les autorisations...

Mayer l'accompagna jusqu'à la porte. Avant que le notaire ne sortît, il l'empoigna par le bras.

— J'espère que cette information n'est pas seulement le fruit de votre propre détestation envers cet homme, dit-il d'une voix glaciale.

— Malheureusement non, répliqua Blanchard en esquissant un sourire.

Mayer rejoignit Marie. Après une courte étreinte, ils s'assirent.

— Que vas-tu faire ? s'inquiéta la jeune femme.

— Je l'ignore. De toute manière, il y a plus urgent. Il faut que je te parle d'Emma…

Emma regarda dehors par la fenêtre de la cuisine. Il faisait à peine jour. La pluie tombait en trombe depuis le milieu de la nuit. Devant la maison, le terre-plein était détrempé. Pas de quoi avoir envie de rejoindre La Vernière à pied… Pourtant, il le faudrait bien. Dans une heure…

Se rendre aux Quatre-Vents ne la rebutait plus. Au contraire, elle y prenait un certain plaisir. Marie était charmante avec elle. Le personnel la respectait et elle adorait Lou, qui le lui rendait bien.

Elle se sentait apaisée, relativisait ses griefs à l'égard de Marie et les souffrances que celle-ci lui avait infligées. Mieux, elle trouvait des excuses à son comportement. Issue d'un milieu ouvrier pauvre, elle avait dû se battre pour s'imposer, tenir tête aux hommes et gagner sa place dans la société. Ses défauts étaient la rançon de ce qui lui avait été donné au départ.

Sa propension à pardonner la troublait elle-même. En effet, elle ne témoignait pas d'une compréhension similaire à l'endroit d'Armand ou de Blanchard. Peut-être parce qu'elle prêtait à Marie une part de naïveté qui excluait qu'elle fût fondamentalement méchante.

Comme les enfants l'appelaient, elle les rejoignit à la table où ils prenaient leur petit déjeuner. Une tartine de pain avec de la confiture et un bol de chicorée.

— Que regardais-tu à la fenêtre ? demanda Madeleine.

— Rien, ma chérie. Juste la pluie qui tombe…

— Je n'ai pas envie d'aller à l'école, dit Martin. On va rester enfermés toute la journée. Quand il pleut, la directrice ne veut pas qu'on sorte en récréation, car on salit la classe avec nos chaussures.

Emma esquissa un sourire et lui passa la main dans les cheveux.

— Ne te plains pas, c'est une femme bien et vous apprenez plein de choses intéressantes.

— Tu crois que les Boches…

— Les Allemands ! le reprit-elle.

Martin haussa les épaules.

— Je n'ai pas envie de les appeler comme ça ! C'est à cause d'eux que papa n'est plus là !

Colette, qui épluchait des légumes dans l'évier, approuva. Le petit avait raison, ces salauds ne méritaient pas qu'on les respecte.

— C'est vrai, admit Emma, mais un mot de travers peut nous causer des ennuis.

Soudain, ils perçurent le ronronnement d'un véhicule qui approchait. Effrayée à l'idée que ce fût les Allemands, Emma se précipita à la fenêtre. Marie ! Elle sortit sur le seuil pour l'accueillir.

Colette, qui n'appréciait pas particulièrement l'Allemande, pressa les enfants de se préparer. Après les avoir accompagnés à l'école, elle prendrait un café aux Bertins. Heureusement, Marcel dormait, songea-t-elle, sinon Dieu sait comment il aurait réagi…

Agacée d'avoir pensé à lui, elle aida Martin et Madeleine à enfiler leurs manteaux.

Marie entra, suivie d'Emma.

— Bonjour, les enfants ! dit-elle en donnant à chacun des friandises. Profitez-en avec vos copains !

Colette la salua froidement et entraîna les gamins dehors.

— Elle n'a pas l'air de m'aimer, lâcha Marie en s'asseyant.

— Penses-tu ! mentit Emma. Elle est ainsi avec tout le monde ! Un sale caractère !

— D'abord Margot, maintenant elle. Décidément, tu aimes les emmerdeuses.

Emma mit de l'eau à bouillir pour préparer le café, puis vint s'asseoir face à Marie. Que lui valait l'honneur de sa visite ?

Celle-ci la considéra avec affection et posa une main sur la sienne.

On avait ordonné à Mayer de l'arrêter avec les mômes, dit-elle. Elle le lui avait caché pour ne pas l'affoler et se donner le temps de trouver une solution. Aujourd'hui, ils en avaient une, acceptée par Wengler, le chef de la *Kommandantur* de Nevers. Sa vie et celle des petits seraient épargnées si elle consentait à reprendre le café de Marthe.

— Tenancière de bordel ! s'exclama Emma en se levant. Tu n'y penses pas !

Imperturbable, Marie continua :

— Ce n'est pas tout ! Wengler est d'accord si tu t'engages aussi à renseigner les Allemands sur ceux qui fréquentent les lieux…

Debout au milieu de la pièce, Emma secouait la tête en dévisageant Marie.

— Tu entends ce que tu me demandes ? Devenir une mère maquerelle doublée d'une espionne à la solde des Boches ! Puis quoi encore ?

Marie avait imaginé la réaction d'Emma. Tranquillement, elle se leva et prépara le café qu'elle versa dans deux tasses. Puis elle se rassit, se servit du sucre et remua la cuillère. Emma semblait tétanisée.

— C'est cela ou vous retrouver dans les mains de la Gestapo…, lâcha Marie.

Emma vint la rejoindre. Elle était effondrée. Ne parvenait plus à raisonner. Machinalement, elle porta la tasse à sa bouche et avala une gorgée de café, qu'elle trouva amère. Il fallait qu'elle en parle à Paul…

Marie lui empoigna le bras avec douceur.

— Je sais ce que tu crois. Tu te dis qu'en agissant ainsi tu vas trahir. Mais il y a trahir et trahir. Là, tu le feras sous la contrainte, ce qui revient à t'exonérer de toute faute. Et puis, tu pourras apprécier ce que tu dois raconter ! À toi de te montrer maligne !

Emma la dévisagea.

— Tu m'encourages à le faire ?

— Oui, répondit Marie.

Elle se leva, enfila son manteau et embrassa Emma, qui l'accompagna jusqu'à la voiture. Les nuages courant dans le ciel annonçaient une prochaine averse.

Marie s'installa au volant et ouvrit la vitre.

— Qui va garder Lou ? s'enquit Emma, consciente de l'inanité de la question.

— Ne t'occupe pas de ça, répliqua Marie en mettant le contact. Pense à toi et aux enfants. Il n'y a plus de temps à perdre. Tu disposes de deux jours, trois peut-être.

Quelques minutes plus tard, Marcel fit son entrée dans la cuisine. Tout juste réveillé, il venait se servir un café.

— J'ai entendu une voiture, s'inquiéta-t-il. C'était qui ?

Ignorant sa question, Emma lui demanda de prévenir Paul qu'elle souhaitait s'entretenir avec lui.

Il acquiesça. Son café bu, il irait à la clairière planter la hache dans la souche, comme Paul lui avait indiqué de faire en cas d'urgence.

Mayer grimpa dans la voiture de tête à 6 heures tapantes. Il faisait nuit. Il prit place sur la banquette arrière et porta une cigarette à sa bouche. Son aide de camp la lui alluma.

Il était de méchante humeur. Selon ses informations, la contre-offensive soviétique avait débuté à Stalingrad, ce qui signait la défaite allemande.

Ces dernières semaines, il avait étudié les cartes et discuté avec d'autres officiers de haut rang. Tous partageaient un avis identique. Ils ne feraient pas mieux que Napoléon, ils seraient vaincus par l'hiver…

— *Herr Oberst*, il est temps d'y aller, lui dit respectueusement l'aide de camp.

Mayer jeta un œil dehors, par la lunette arrière. Les deux autres véhicules étaient prêts à suivre. Des nuages de fumée sortaient des tuyaux d'échappement et s'effilochaient dans l'air.

— C'est bon. On y va.

Seuls sur la nationale, ils roulaient à vive allure vers La Charité, distante d'une dizaine de kilomètres. Rencogné dans un coin de l'habitacle, Mayer regardait par la vitre. Le paysage éclairé par les phares défilait sous ses yeux. Des arbres, des champs, des maisons…

Il laissait vaguer ses pensées. Moroses, pour le moins ! Les conversations récentes avec ses collègues et les informations venues de Berlin confortaient ses convictions. Chaque jour marquait une étape supplémentaire vers la défaite. Hitler avait perdu la main. En Afrique du Nord, au Moyen-Orient, en Union soviétique, partout les armées allemandes reculaient.

D'ailleurs, une certaine fébrilité régnait au sein des états-majors. En témoignaient ses échanges avec d'autres officiers basés ici ou là. Le doute, voire la peur, commençait à s'immiscer dans les esprits, le sien y compris. Il n'y croyait plus. Mais voilà, ses états d'âme n'avaient pas lieu d'être. Il était officier allemand, tenu de faire respecter l'ordre nouveau.

Comme si cette pensée était devenue insupportable, il songea à Marie et Lou. Il s'imaginait auprès d'elles, en Bavière, en train de faire une randonnée, lui portant la petite sur ses épaules. Au loin, les cimes neigeuses apparaissaient au fur et à mesure qu'ils grimpaient. Parfois, ils regardaient vers la vallée et tentaient de repérer leur chalet. Le soleil était haut dans le ciel. Marie prenait des photos. Il s'approchait d'elle, l'embrassait…

— *Herr Oberst*, nous approchons ! le prévint le chauffeur, le coupant dans ses réflexions.

Mayer s'arracha à son rêve éveillé, un goût d'amertume dans la bouche.

Les trois véhicules stoppèrent devant la maison d'Armand. Le jour pointait à l'horizon. Des traînées de lumière moiraient le flot de la Loire. Des nappes de brumes stagnaient ici et là…

Mayer sortit avec son aide de camp et s'approcha des occupants des autres voitures qui attendaient, arme à la main. Bien que ce fût inutile, il ordonna d'encercler la maison. L'homme qu'ils venaient arrêter était trop âgé pour tenter de s'échapper. Mais allez savoir comment il réagirait…

Il gagna la porte d'entrée de la demeure et frappa contre le panneau.

Ils attendirent. Un chien aboyait au loin.

Armand ouvrit, la mine chiffonnée par le sommeil, vêtu d'un pyjama. Aussitôt, deux hommes pénétrèrent en force dans le corridor en le bousculant.

— C'est quoi, ce bordel ! bougonna-t-il, tandis que le reste de la troupe envahissait la maison. Je vais me plaindre…

Il s'interrompit en reconnaissant Mayer.

— Habillez-vous et suivez-nous ! lui ordonna ce dernier d'un ton sec.

Indifférents à ses protestations, deux soldats l'empoignèrent et le traînèrent jusqu'à sa chambre pour qu'il se préparât.

Mayer fit le tour du salon. Le désordre régnant lui donnait la nausée. Pas besoin d'être devin pour comprendre que tous les objets venaient des confiscations de biens juifs ; un chandelier à sept branches trônait sur une commode.

Écœuré, il exigea que l'on fouillât la maison de la cave au grenier. Il voulait disposer au plus vite d'une liste exhaustive de ce qui aurait été trouvé. Lui repartait avec le prévenu.

Il sortit et alluma une cigarette. Il apercevait le pont ancien qui enjambait la Loire. Une vue magnifique…

Sa décision était prise. Après avoir interrogé Armand, il le livrerait à la Gestapo. Il serait fusillé ou déporté, selon l'humeur des « imperméables », comme on nommait ses agents.

Quelques minutes plus tard, Armand apparut, habillé tel un milord : cravate, chapeau à la mode et chaussures vernies. Il fut escorté jusqu'au deuxième véhicule et poussé à l'intérieur sans ménagement.

Mayer donna l'ordre du départ. Direction Donzy.

À la *Kommandantur*, il fit conduire le prisonnier au sous-sol, dans la salle d'interrogatoire qui jouxtait trois cellules de transit. Ici, on ne pratiquait pas la torture, uniquement le conditionnement psychologique avant de livrer les suspects à la Gestapo.

On força Armand à s'asseoir sur une chaise, menottes aux poignets.

— Je ne comprends pas, *Oberst*, gémissait celui-ci, on se connaît ! J'étais chez vous à la soirée du jour de l'an… Je suis un ami de Me Blanchard !

Assis de l'autre côté de la table, Mayer lui lança un regard méprisant.

— Pour ma part, ce que je connais de vous, c'est cela ! rétorqua-t-il d'une voix tranchante.

Il poussa la lettre de dénonciation sous les yeux d'Armand pour qu'il la lût. Convaincu que Blanchard l'avait dénoncé – il était le seul à connaître l'existence de ce courrier –, la colère le gagna.

— Comment avez-vous eu cette…

Mayer laissa échapper un petit rire.

— … lettre de dénonciation, voulez-vous dire ? Le plus naturellement du monde, par la poste.

— Ce n'est pas moi qui…

— C'est un mensonge, monsieur. Nous savons de source sûre que vous en êtes l'auteur.

L'*Oberst* dévisagea Armand, qui semblait affolé.

— Le plus ennuyeux, c'est qu'elle me met en cause.

— Je ne suis pas l'auteur de ce torchon, se défendit Armand. Ce n'est pas mon style.

Mayer lui sourit.

— Cela, il faudra l'expliquer à la Gestapo.

— Moi ! À la Gestapo ?

— Oui, vous ! répliqua Mayer en se levant.

Il gagna la porte, puis se tourna vers Armand.

— Je hais les gens comme vous. Lâches et profiteurs.

— C'est Blanchard qui m'a balancé ? hurla Armand.

Mayer ne répondit pas et sortit.

La hache avait été enlevée de la souche. Paul allait venir ! Emma cacha sa joie lorsque Marcel le lui annonça. Ce soir, il la tiendrait dans ses bras, la ferait jouir.

Elle eut honte d'une telle pensée, en ces heures où sa vie et celle de ses enfants étaient en danger et alors que Colliard devait croupir dans un camp.

Elle n'y pouvait rien. Dès qu'elle songeait à Paul, le désir la gagnait, les fantasmes s'imposaient, son corps exultait.

Elle avait tellement besoin, pour une fois, de s'en remettre à un homme en qui elle avait confiance.

Colette alla coucher les enfants, puis Emma lui proposa de redescendre pour une partie de cartes. Au refus de celle-ci, Emma n'insista pas.

Marcel, quant à lui, était déjà parti. Sans doute jouait-il à la belote au café des Bertins.

Elle se servit un verre de cognac, puis s'installa devant la cheminée pour attendre Paul. Elle voulait se préparer à sa venue…

Les enfants endormis, Colette éteignit la lumière. Épuisés par leurs journées d'école, ils s'endormaient vite.

Malgré sa propre envie de dormir, elle décida de sortir. Elle en profiterait pour se promener jusqu'aux Bertins. Peut-être y boirait-elle un verre chez Germain.

Elle alluma une cigarette en bas de l'escalier extérieur. Quand sa vue se fut adaptée à l'obscurité, elle gagna le chemin qui menait au village.

Comme elle passait près de la maison de Marcel, elle aperçut de la lumière et s'approcha de la fenêtre. Elle le vit allongé sur son lit, lisant le journal. Elle réprouva sa curiosité, consciente de violer son intimité.

Son attitude n'était pas fortuite. L'envie de faire l'amour la tenaillait depuis un bon moment. Pas une nuit ne passait sans qu'elle fût troublée par quelques fantasmes bien précis.

Elle se rappela sa dernière rencontre avec Marcel, les gifles qu'elle lui avait balancées. N'était-ce pas elle qu'elle giflait alors, comme pour se défendre de son propre désir ? Car au fond, elle avait souhaité qu'il la prît !

Elle détestait se sentir prisonnière de ses désirs… Pourtant, elle frappa à la fenêtre.

Surpris, Marcel bondit du lit et ouvrit.

— Que veux-tu ? demanda-t-il avec une pointe d'agressivité.

— Discuter, répondit-elle avec une assurance feinte.

Il la laissa entrer, prit deux verres dans le placard, les essuya puis les remplit de fine.

Assise en tailleur sur le lit, Colette se souvenait de sa rencontre avec Albert, dans cette pièce. De son excitation lorsqu'il l'avait obligée à se déshabiller. De sa frustration, quand il avait refusé de la prendre.

Elle jeta un œil vers Marcel qui lui tournait le dos. Il était bien bâti…

Il se retourna, croisa son regard et lui tendit son verre. Au lieu de le prendre, elle saisit l'autre main de l'adolescent et l'attira à elle…

Paul s'arrêta devant la maison de Marcel. Les lumières étaient éteintes. Sans doute devait-il dormir.

Continuant son chemin, il fit un détour par le bois, de l'autre côté du terre-plein, puis attendit dans l'ombre, immobile. Malgré son impatience de rejoindre Emma, il devait rester prudent. Les Boches étaient devenus redoutables. Pas un jour ne passait sans qu'un camarade ne se fît arrêter…

Rassuré, il traversa le terre-plein et ouvrit la porte. À la lueur du feu qui se mourait dans l'âtre, il distingua Emma assise devant la cheminée.

Il s'approcha et lui caressa la joue. Malgré la douceur de son geste, elle fit un bond.

— Mon Dieu ! chuchota-t-elle. Tu m'as fait peur !

Mais déjà elle l'enlaçait…

Sans un mot, il la souleva et la porta jusqu'au lit.

Allongée sur le dos, Colette supportait le poids de Marcel, affalé sur elle, endormi. Elle ressassait ses regrets d'avoir couché avec lui. Pourquoi l'avait-elle fait ? Juste pour satisfaire ses propres désirs ? Elle avait aussi trompé Albert. Sa trahison lui semblait d'autant plus condamnable qu'elle y avait pris un réel plaisir. En fait, elle ne valait guère mieux que les putes de Marthe.

Comme Marcel bougeait, elle en profita pour le repousser. Ne plus sentir son corps chaud contre le sien la détendit.

Elle renonça à allumer une cigarette. Marcel se réveillerait et peut-être voudrait-il recommencer ou bien discuter, ce qui serait pire encore. Il lui fallait retrouver d'urgence le silence de sa chambre.

Avec précaution, elle se glissa en dehors du lit, rassembla ses affaires au jugé. Tant pis si elle devait courir nue jusqu'à l'escalier, personne ne serait là pour la voir.

Le plus délicat fut d'ouvrir la porte qui grinçait. Mais Marcel dormait profondément ; il ne remua pas lorsqu'elle sortit.

Peu après, elle était dans sa chambre. Sans plus réfléchir, elle enfila sa chemise de nuit, se recroquevilla sous les couvertures et s'endormit très vite.

Paul fouilla dans son pantalon à la recherche de son briquet et alluma une cigarette. Un halo de lumière éclaira la pièce, puis ce fut à nouveau l'obscurité.

Allongée à son côté, Emma sortait de sa torpeur. Après l'amour, le retour à la réalité lui était difficile. Mais l'heure n'était pas au laisser-aller. Elle rapporta à Paul l'extravagante proposition de Marie. Reprendre le café de Marthe, jouer les agents de renseignement, avec à la clé la vie sauve pour elle et les enfants.

Paul la serra dans ses bras. Il souriait. Décidément, les Boches n'étaient pas à un arrangement près... Il la rassura. Elle ne devait pas s'inquiéter, ni se poser des questions inutiles. On était en guerre, les Allemands faisaient preuve de pragmatisme. Leur calcul était simple et efficace. Deux vies d'enfants juifs épargnées en échange d'informations qui leur permettraient de démanteler des réseaux de résistance. Ils se fichaient éperdument des états d'âme d'Emma, du fait qu'elle passerait pour une collabo aux yeux des autres. Ce qui leur importait, c'était gagner la guerre. La fin justifiait les moyens. Elle devait accepter.

— Tu me vois tenancière de bordel et espionne au profit des Boches ?

— Tout à fait ! répondit Paul en éclatant de rire.

Elle alluma la bougie posée sur la table de nuit, puis se tourna vers lui.

— Sois sérieux.

— Je le suis, répliqua-t-il. Cette proposition nous arrange sacrément. En travaillant pour eux, tu vas travailler pour nous. Une opportunité à laquelle je n'aurais jamais osé rêver !

Emma s'allongea en poussant un soupir d'agacement. Paul se releva sur le coude et lui caressa le visage.

— S'il te plaît, accepte, insista-t-il. Nous sommes entrés dans une phase dangereuse. Subert, l'un de nos chefs, vient d'être arrêté par la Gestapo. Les douaniers français sur la ligne de démarcation sont supprimés et remplacés par des Allemands… Ta présence au café pourrait nous aider. Tu y croiseras la crème nazie ! Tu peux y apprendre des choses décisives pour la Résistance.

— Et les Boches, s'exclama Emma, quels renseignements devrai-je leur donner ?

Paul l'embrassa furtivement sur la bouche.

— Nous te fournirons les informations à leur communiquer… Elles seront vraisemblables, ce qui te dédouanera face à leurs éventuels doutes. Le reste du temps, tu feras ton travail sans te poser de questions.

— On verra ta tête quand je devrais me taper certains de ces salauds…

— Tu n'y es pas obligée. Tu leur diras que tu ne peux pas.

— Sous quel prétexte ?

— Je l'ignore… Tu inventeras !

Paul s'allongea à côté d'elle et la serra dans ses bras. Emma se rebella une nouvelle fois : il lui avait donné son accord pour rejoindre le maquis avec les enfants, Marcel et Colette, et voilà qu'il la jetait dans les bras de l'ennemi ! Paul l'admit, mais l'occasion était trop belle. Il était certain qu'elle saurait s'en tirer. Il l'aiderait. Elle serait utile à la Résistance, comme elle l'avait toujours souhaité. À cela s'ajoutait sa proximité avec Marie, grâce à qui elle aurait accès à des renseignements confidentiels. Bref, c'était inespéré ! Bien sûr, c'était un lourd tribut à payer. Mais d'autres n'avaient pas eu cette chance. Nicole, Marthe, Romain…

Emma se tut. Les arguments de Paul l'avaient convaincue. Surtout l'évocation du sacrifice de Marthe.

— Tu sais ce qu'elle est devenue ? demanda-t-elle.

— Non. D'après nos renseignements, elle n'aurait pas été exécutée. Sans doute a-t-elle été déportée…

Emma se réfugia dans les bras de Paul et se laissa aller à pleurer.

— Vous la vengerez, n'est-ce pas ? murmura-t-elle.

4

Mayer feuilletait d'un œil indifférent les synthèses du service de renseignement de la Wehrmacht dont il était destinataire. Des sabotages, des assassinats d'Allemands, des arrestations de résistants, des exécutions…

Néanmoins, les commentaires suggéraient que les soldats allemands étaient mieux acceptés, surtout depuis les victoires des armées du Reich en Union soviétique et en Afrique. Apparemment, les Français suivaient Pétain. Par ailleurs, le nombre de collaborationnistes qui travaillaient avec les armées de l'Occupation augmentait. Leurs trafics généraient de l'argent, permettant de rallier les indécis à la cause du Reich. Enfin, le SD, affirmait-on, remportait de grands succès. Pour preuve, l'arrestation de Trepper, le chef de l'Orchestre rouge !

Excédé, Mayer reposa les feuillets sur le bureau et se laissa aller contre le dossier du fauteuil.

Ces notes étaient mensongères, les armées allemandes ne remportaient plus de victoires. La preuve, Stalingrad ! En France, les sabotages et les attentats meurtriers se répétaient, malgré une répression féroce. Seule information exacte, les collaborationnistes ne se cachaient plus. À l'image de Blanchard, qu'il allait recevoir incessamment… Ce salopard qu'il devait ménager pour des raisons de basse politique.

Effectivement, plus tard, le notaire fut annoncé. Mayer l'accueillit avec une jovialité feinte et le remercia pour son aide dans l'affaire de la lettre anonyme. Il saurait s'en souvenir en temps opportun. En attendant, comme promis, Armand avait été arrêté, interrogé et livré à la Gestapo. Ses biens étaient confisqués.

Avachi dans le canapé du bureau, Blanchard affichait un large sourire. Armand éliminé, il serait le seul à spolier ceux qui, juifs ou non, devaient abandonner leurs biens…

— Je me réjouis que vous ayez fait le ménage, *Herr Oberst*. En fait, des hommes comme Armand font semblant d'adhérer à vos idées, histoire de récupérer un maximum d'avantages. Et ensuite, comme vous avez pu le voir, ils vous tirent dans le dos !

— Je sais, cher maître, le lot des traîtres… D'ailleurs, cet homme n'a pas hésité à vous charger. Mais, rassurez-vous, je n'en ai pas tenu compte. Je connais votre réputation.

Blanchard ne broncha pas. Il se fichait des leçons de morale d'un nazi. Ce qui lui importait, c'était d'obtenir l'autorisation écrite de Nevers pour exercer sa fonction officiellement. Et seul Mayer pouvait la lui obtenir.

Ce dernier connaissait le souhait du notaire. Néanmoins, il feignit de l'ignorer. Pour son seul plaisir personnel, il voulait l'entendre lui demander cette faveur et marquer ainsi sa dépendance à son égard.

— Donc, mon cher Blanchard, reprit-il en remplissant son verre de cognac, que puis-je faire pour vous ?

— Cher *Oberst*, Armand arrêté et ses biens étant sous séquestre, je serais heureux de reprendre les dossiers qu'il traitait... Vous racheter son patrimoine à un prix raisonnable me serait agréable. J'avoue que sa maison en bord de Loire m'intéresse...

— Je ferai le nécessaire, cher maître.

Ils conversèrent un moment sur la situation. À la grande surprise de Mayer, Blanchard affirmait que les armées allemandes étaient invincibles et que les Alliés feraient mieux de traiter avec Hitler...

L'étonnement de Mayer alla grandissant quand le notaire, lancé dans son apologie du Reich, lui confia sa conviction de la défaite des Russes face aux Allemands. Décidément, songeait-il, les collaborationnistes devenaient les plus zélés propagandistes de l'Allemagne hitlérienne ! C'était le monde à l'envers !

Écœuré par tant de veulerie et d'aveuglement, Mayer se leva au prétexte qu'un autre rendez-vous l'attendait. Blanchard jaillit de son siège en s'excusant d'avoir été aussi bavard. Après une avalanche de remerciements et une poignée de main qui n'en finissait plus, il quitta enfin le bureau.

Mayer poussa un long soupir et alluma une cigarette pour se détendre. Sa décision était prise : au moindre faux pas, il anéantirait ce notaire.

Avec l'aval de Paul, Emma se sentait plus forte pour revoir Marie. Elle comprenait mieux comment son rôle pourrait être décisif pour la Résistance locale, si elle s'y prenait correctement. Par ailleurs, elle éprouvait une certaine fierté à succéder à Marthe. En acceptant, il lui semblait honorer sa mémoire et son action.

Aussi, quand elle arriva aux Quatre-Vents, était-elle prête à affronter les tempêtes à venir…

Marie l'invita à boire un café dans la cuisine. Impatiente, elle l'interrogea. Avait-elle pris sa décision ? Emma acquiesça. Marie l'embrassa. Elle avait fait le bon choix !

Leur tasse à la main, elles allèrent s'asseoir dans le patio qui donnait sur le jardin et d'où l'on apercevait La Vernière, dans le vallon. L'une des dernières réalisations de Marie, qu'elle justifiait par son besoin d'espace et de lumière.

— Je suis tellement heureuse que tu aies accepté ! Te voilà à l'abri, ainsi que les enfants, et tu as un travail plutôt distrayant…

Emma sourit.

— Tu parles comme si je venais de passer un entretien d'embauche en temps de paix. N'oublie pas mes obligations…

— Des broutilles ! répliqua Marie.

— Des broutilles, le fait de devoir dénoncer des résistants, de rapporter des conversations privées, d'espionner tout le monde, pour les Allemands ?

Marie reposa sa tasse, un sourire amusé aux lèvres.

— Ce que tu peux être cruche, parfois ! Ils ne t'ont pas ordonné d'être Mata Hari, mais de faire la concierge ! De toute manière, tu raconteras ce que tu voudras !

Emma lui renvoya son sourire.

— Je me demande comment tu peux voir les choses aussi légèrement !

— Et toi, répliqua Marie, comment fais-tu pour les prendre avec autant de sérieux ?

Elles éclatèrent de rire.

— Écoute, reprit cette dernière. Il y a trahir et trahir, n'est-ce pas ? Je connais les Allemands. Ils aiment les détails. Rien n'empêche qu'ils soient insignifiants. Seule compte la manière dont tu les présenteras ! L'essentiel, ma chérie, c'est d'être en vie avec tes enfants. Tout cela en étant mère maquerelle, avoue qu'il y a de quoi rire !

Emma regardait le domaine de La Vernière qui s'étendait au loin, en contrebas. Le sien, celui que des générations avaient développé et qui était aujourd'hui devenu un camp militaire allemand. Un sentiment de tristesse l'envahit. Tout cela paraissait tellement irréel.

Elle se tourna vers Marie.

— Je n'ai rien dit aux enfants. Ni à Marcel et Colette.

Marie balaya l'objection d'un revers de main. Ils feraient ce qu'Emma leur dirait. Ils n'avaient pas le choix. Et puis Colette se réjouirait de sortir de la Coulisse et de voir du monde. Quant au gamin, il pourrait toujours être serveur.

Emma n'insista pas. Marie ne pouvait pas comprendre, ou ne le voulait pas, ce qui revenait au même. Elle commençait à évoquer les tâches qu'elle comptait effectuer ici dans la journée, quand Marie l'arrêta.

— C'est fini, ma chérie. Tu n'es plus mon employée. Maintenant, tu vas rencontrer Klaus. Je vais lui téléphoner et te faire conduire à Donzy. Tu l'informeras de ta décision… Après, vous vous arrangerez. En attendant, allons promener Lou.

Elle enlaça Emma et l'étreignit.

— Je sais ce que tu penses… Que je suis une écervelée qui ne voit pas plus loin que le bout de son nez. Détrompe-toi, ma chérie. Ce qui compte, c'est que tu sois à l'abri, ainsi que tes enfants. Que tu passes le cap de cette guerre dans les meilleures conditions. Je me le suis promis. Je tiendrai parole. Je ferai tout aussi pour sauver Marthe.

Depuis une dizaine de jours, sur ordre de Paul, Blanchard se trouvait sous surveillance discrète. Les correspondants du réseau de La Charité se relayaient pour repérer ses habitudes et voir à quel moment il serait facile à neutraliser.

Plusieurs conditions devaient être réunies. Pouvoir l'enlever discrètement mais avec brutalité, afin de lui faire peur et le rendre vulnérable. Agir en dehors de la ville. Choisir un lieu approprié et situé sur un parcours régulièrement emprunté par le notaire en voiture.

Or, il devint vite évident que ses déplacements variaient sans cesse. L'embuscade devrait donc être provoquée.

Du coup, Paul et son équipe montèrent un subterfuge. On appellerait Blanchard pour évaluer une propriété qui existait vraiment, en prétextant que ses occupants juifs avaient été arrêtés par les Allemands, ce qui en revanche était faux.

Mais cela n'avait guère d'importance. Il existait peu de chances que le notaire la connût. Celle-ci se trouvait au lieu-dit de La Chaise, sur la route reliant

Saint-Aubin et Beaumont. Cet endroit présentait l'intérêt d'être proche de la forêt des Bertranges, où le commando se replierait immédiatement, et n'était jamais fréquenté par les Allemands.

Une fois les détails de l'opération arrêtés, Paul appela Blanchard. Avec une assurance tranquille, il lui fixa rendez-vous à midi en lui promettant une très belle affaire immobilière. Cupide, le notaire ne prit aucune précaution. Il serait sur les lieux à l'heure dite.

Dissimulé au croisement de la route principale et du chemin du lieu-dit, le commando mit en place le traquenard.

Une voiture cachée derrière une haie afin d'être invisible de la route. Un autre véhicule garé devant l'entrée de la propriété, à une centaine de mètres de là. Paul et les hommes planqués autour de la bâtisse, sauf l'un d'entre eux, inconnu du notaire, qui l'accueillerait.

À l'arrivée de ce dernier, Paul et ses hommes jailliraient de leur cachette, le neutraliseraient et lui banderaient les yeux, tandis que le premier véhicule viendrait couper toute retraite au cas improbable où leur prisonnier tenterait de s'enfuir. Après quoi, l'un des membres du commando, au volant de la voiture du notaire, suivrait ses camarades pour rejoindre le maquis dans la forêt.

Blanchard arriva à l'heure, heureux. Les affaires marchaient bien, Armand était éliminé et la situation politique plutôt satisfaisante. Hormis le sabordage de la flotte française à Toulon qui compliquait la position de Vichy, on pouvait envisager que la guerre serait gagnée par les Allemands.

Il s'engagea dans le chemin qui menait à la maison indiquée. L'endroit lui parut agréable, bien que reculé. Il ne doutait pas pouvoir revendre l'habitation plus le terrain à un prix très intéressant, ce qui lui permettrait d'empocher une confortable plus-value. En liquide, évidemment, afin de la soustraire aux impôts. L'équivalent d'un ou deux lingots d'or de plus dans son coffre…

Blanchard se gara, coupa le moteur puis descendit de son véhicule. Le propriétaire avançait vers lui avec un sourire avenant. Dommage que le temps fût si terne, songea-t-il. Sous le soleil, le bâtiment devait avoir fière allure. Mais qu'importe, foi de Blanchard, il revendrait le lot cet été !

Il serra la main de l'inconnu, qui se présenta. Il s'apprêtait à le suivre quand soudain il se crispa. Trois hommes armés venaient de surgir d'un bosquet situé à une dizaine de mètres. Lorsqu'il comprit, il était trop tard. Son hôte le braquait avec un revolver, tandis que ses complices l'encerclaient.

— Il va falloir nous suivre, maître ! lâcha le pseudo-propriétaire.

Au regard de son interlocuteur, Blanchard devina que celui-ci éprouvait une haine féroce à son endroit. Il ne résista pas quand les inconnus lui enfilèrent un sac sur la tête et le firent grimper dans une automobile. Pas besoin d'être grand clerc, ces hommes appartenaient à la Résistance !

Le conducteur démarra. Les ravisseurs gardaient le silence.

Blanchard n'avait pas peur. S'ils avaient voulu l'éliminer, ils l'auraient déjà fait.

Pour s'occuper l'esprit, il cherchait à deviner ce qu'on allait lui proposer. Bien sûr, comme il l'avait entendu rapporter dans certaines conversations, ils pouvaient avoir décidé de l'exécuter après une parodie de procès. Mais il ne voulait pas y croire. D'expérience, il savait qu'on ne tuait pas un homme qui pouvait servir…

Le véhicule s'arrêta. On le poussa en dehors avec brutalité, puis on l'obligea à marcher. On le tenait fermement par le bras pour le guider.

Quelques minutes plus tard, il comprit qu'il pénétrait dans un endroit fermé où on le força à prendre place sur une chaise. Il sentait la présence d'autres personnes.

Brusquement, on lui ôta le sac. Quatre hommes étaient attablés face à lui. Il reconnut Paul puis un ou deux autres, sans pouvoir les situer vraiment.

Il tourna la tête. Trois complices pointaient leur arme sur lui. La pièce ne ressemblait à rien. Le papier mural était déchiré par endroits. Le vieux parquet n'avait pas été entretenu depuis longtemps. Aucun meuble. Il pouvait être n'importe où…

— Paul ! lança-t-il, l'air fanfaron. Quelle surprise ! Vous voilà reconverti en terroriste !

Surpris, il gémit sous le coup de crosse que lui assena l'un des gardes sur le crâne.

Par réflexe, il porta une main à la tête. Il saignait. La peur s'immisça dans son esprit. Et s'ils avaient décidé de l'exécuter ?

— Qu'est-ce qui vous prend ? se plaignit-il d'une voix geignarde.

— Nous ne sommes pas là pour faire la conversation, lâcha froidement Paul. En d'autres circonstances, on vous aurait abattu comme un chien. Votre chance, c'est que vous pouvez nous être utile.

Blanchard se redressa. Il reprenait confiance. Une négociation s'annonçait. Il pouvait s'en sortir.

Paul lui résuma les termes du pacte. La Résistance s'organisait, devenait plus puissante et efficace. Elle avait besoin de renseignements. Pour cela, elle repérait les collaborationnistes qui bénéficiaient d'un accès direct aux Allemands et leur proposait un marché. Soit ils leur livraient des informations, soit ils étaient exécutés sans autre forme de procès.

Blanchard réfléchit. Son choix était fait : vivre, on verrait ensuite !

— Cela nous répugne, continuait Paul. Surtout avec des salauds de votre espèce. Mais parfois il faut savoir s'arranger avec sa conscience.

Blanchard frissonna. L'air froid, chargé d'humidité, le glaçait jusqu'aux os.

— Je me fiche des Boches, mentit-il en se gardant de sourire comme l'envie l'en prenait. Un Reich de mille ans, quelle blague ! Cela ne me dérange pas de vous fournir les renseignements qui vous intéressent. Moi, c'est l'argent ma motivation. Le reste, je…

— Pas de discours ! l'interrompit l'un des inconnus assis derrière la table. Ce qu'on veut, c'est votre concours.

— Que m'offrez-vous en échange ? se risqua Blanchard.

Paul lui lança un regard méprisant.

— La vie sauve, dit-il. Et c'est déjà trop.

Blanchard sentit qu'il ne devait pas insister. D'abord, rester en vie ! se répéta-t-il.

— Comment procède-t-on ? demanda-t-il.

L'un des inconnus, assis à côté de Paul, lui répondit :

— Vous ne changez pas vos habitudes. Vous recueillez le maximum de renseignements : déplacements de dignitaires nazis dans la région, mouvements de troupes, informations venues de Berlin, tout et n'importe quoi ! Ne vous préoccupez pas d'évaluer leur importance. Vous notez, c'est tout. Et, selon un mode et une fréquence qui vous resteront inconnus, on vous demandera de nous les transmettre.

— J'accepte, répliqua le notaire.

— Vous n'avez pas le choix, reprit Paul. Et n'imaginez pas nous doubler. Chaque jour, vous serez sous la surveillance d'inconnus qui appartiennent à nos réseaux. Vous ne pourrez plus être sûr d'aucun homme ou femme que vous fréquenterez ou croiserez. Au moindre faux pas, à la moindre alerte, vous serez exécuté sans sommation.

Il se leva, imité par les autres. L'un des gardes balança un coup de crosse dans les côtes de Blanchard.

— Debout, ordure !

Le notaire étouffa un cri de douleur. Paul s'approcha de lui et le toisa.

— N'oubliez pas, une incartade et vous êtes un homme mort.

Blanchard acquiesça en grimaçant de douleur. Il avait compris. Il pensait déjà à la manière de tirer avantage de cette nouvelle situation…

À Donzy, les choses n'avaient pas traîné. Une fois Emma d'accord, Mayer avait été formel, il fallait que le café et la maison close fussent rouverts rapidement.

Les Allemands fourniraient les filles. Emma n'aurait à se préoccuper que de l'organisation, sans être obligée de gérer les clients…

À l'instar de Marthe, elle devrait également proposer une restauration de qualité grâce aux produits qu'elle se procurerait auprès de l'intendance de la *Kommandantur*.

Par ailleurs, avait ajouté Mayer, au moindre doute sur sa loyauté, elle et ses enfants seraient arrêtés et déportés.

Emma avait réussi à imposer Colette comme serveuse, ainsi que Fernand. Elle n'avait rien demandé pour Marcel qui avait claqué la porte de la Coulisse et rejoint Paul dans le maquis en apprenant cette « trahison » !

La veille au soir, Emma avait réuni Colette et Marcel pour leur expliquer le marché qu'elle avait accepté.

Colette s'était montrée enthousiaste. C'était selon elle une chance à saisir. En revanche, Marcel s'était emporté. Comment pouvait-on accepter un pareil chantage ?

La discussion s'était prolongée tard dans la nuit et terminée par un violent désaccord.

Tandis que les deux femmes tentaient de faire comprendre à l'adolescent qu'il fallait parfois se compromettre – même modérément –, il les avait traitées de vendues à l'occupant et de lâches, à l'image de la plupart des Français !

Emma avait eu beau affirmer qu'elle reprenait le café avec l'assentiment de Paul, il n'avait rien voulu entendre et était parti rejoindre le maquis des Bertranges.

Toute à ses réflexions, Emma remettait les chambres en ordre avec l'aide de Colette. Fernand, lui, s'occupait du bar.

Le plus compliqué consistait à occuper intelligemment les pièces et à caser les affaires personnelles apportées de la Coulisse. Le déménagement avait été rondement mené grâce à Bertaud, qui avait mis sa camionnette à disposition.

Les enfants, enthousiasmés par ce changement d'existence, partageraient une chambre située entre celles d'Emma et de Colette. Les autres étaient destinées aux filles qui devaient bientôt se présenter.

Déjà, des habitants de Donzy étaient entrés dans le café pour s'informer de ce remue-ménage. Emma en connaissait certains. Elle expliquait chaque fois qu'elle reprenait l'affaire, sans en préciser les conditions. Colette, qu'elle avait prévenue, avait juré qu'elle n'en dirait jamais rien…

Les réactions des visiteurs étaient plutôt positives. Ce ne serait pas un luxe d'avoir à nouveau un troquet dans la ville ! Les plus anciens étaient ravis. Ils allaient pouvoir revenir faire leurs parties de cartes au chaud, loin de leur rombière !

Sans le dire clairement, d'autres paraissaient enchantés à l'idée qu'il y aurait des filles.

On se réjouissait aussi que le restaurant fût rouvert. Emma serait-elle meilleure cuisinière que Marthe ?

En ces occasions, elle constatait combien son amie était unanimement appréciée. On ne cessait de rappeler son tempérament fougueux, sa disponibilité, son enthousiasme et sa générosité. Souvent, on lui demandait si elle avait des nouvelles d'elle depuis son arrestation, comme si elle allait revenir…

Le plus délicat, Emma en était consciente, serait de trouver ses marques. Elle ne connaissait rien à ce métier et comptait sur Fernand pour l'initier.

Elle ignorait tout autant comment se comporter avec Colette, plus à l'aise qu'elle dans ce nouvel environnement. Enfin, et c'était le plus inquiétant, elle ne savait fichtre pas de quelle façon « espionner », comme le lui demandait Mayer.

À ce sujet, elle aurait aimé que Paul fût là. Un désir pieux… Plus éloigné de la forêt des Bertranges que de la Coulisse, sans doute ne prendrait-il pas le risque de venir la rejoindre aussi souvent qu'avant…

Le soir du 10 décembre, l'établissement était fin prêt pour l'ouverture.

En se glissant sous les draps, Emma poussa un soupir de soulagement. Le lendemain était le grand jour. Fernand serait là à 6 heures. Colette préparerait le café, s'occuperait des enfants et les conduirait à leur nouvelle école. Quant à elle, « la patronne », elle se tiendrait à l'entrée pour accueillir les clients.

Une nouvelle vie commençait. Elle entrevoyait difficilement le futur, mais elle se rassura : il lui suffirait d'être maligne et patiente.

Lorsqu'elle éteignit les lumières, elle songea à la pancarte qu'elle avait accrochée à la devanture : « Réouverture le 11 décembre. Soyez les bienvenus ! »

Elle se surprit à espérer qu'il y aurait du monde…

5

Blanchard sirotait un whisky devant la cheminée. Depuis son enlèvement, il était resté terré chez lui, partageant son temps entre la gestion des dossiers et de longs moments de réflexion. De crainte qu'on l'observât à l'aide de jumelles, il avait clos les volets.

Son humeur était volatile. Il pouvait éprouver une intense satisfaction, comme ce matin quand il avait lu que ceux qui étaient juifs devraient désormais le mentionner sur leur carte d'identité, ou sombrer dans une profonde mélancolie.

C'était le cas à ce moment de la soirée… Se dire qu'il ne pourrait plus faire un geste, rencontrer quelqu'un ou se rendre chez les Allemands sans que ces salopards d'ennemis de la France le sachent le désespérait.

Objectivement, la situation se présentait mal. Comment satisfaire à la fois ses nouveaux « amis », continuer de militer au sein du groupe de Déat, aller à Vichy et fréquenter les Allemands, les collaborationnistes ? Malgré son art consommé de la duplicité, il l'ignorait. Être agent de renseignement était un métier, agent double un défi !

Les ragots qu'il entendait ici et là seraient-ils suffisamment intéressants pour lui garantir la vie sauve ? Probablement pas. La plupart n'avaient rien de confidentiel et alimentaient nombre de conversations de bistrot. Quant aux officiers allemands qu'il rencontrait, ils ne parlaient jamais stratégie avec lui, un civil !

Marie, qu'il voyait de temps en temps, ne lui faisait guère de confidences. Bien sûr, il pouvait se rendre à Vichy plus souvent et se renseigner. Mais il courait le risque d'être repéré comme indic et arrêté.

Il se leva, en colère contre les chausse-trappes de la vie et ses propres hésitations. Diable ! quand pourrait-il savourer une agréable retraite à Genève en contemplant ses lingots d'or ?

Conscient que dans l'immédiat ce désir était vain, il se concentra sur son problème.

Déat et son entourage étant la meilleure source d'informations, il devrait militer davantage.

Il pouvait également glaner des tuyaux au Café des Sports de Donzy, dont on lui avait dit qu'il était ouvert de nouveau et géré par Emma.

En fait, et c'était toute la difficulté, il n'était pas enclin à trahir l'occupant, grâce auquel il avait amassé sa fortune et qu'il croyait le plus apte à diriger le monde. N'avait-il pas intérêt à en parler à Mayer, ce qui témoignerait de sa loyauté envers les Allemands et le protégerait…

Comme aucune option ne le satisfaisait, il ne prit aucune décision.

Son verre de whisky fini, il s'en resservit un autre et alluma un cigare. Comment Emma s'y était-elle prise, alors qu'elle avait deux enfants juifs, pour reprendre le café de Donzy avec l'accord des Allemands ? Quel marché avait-elle passé avec eux ? Avait-elle à son tour versé dans la collaboration ? Il devait en avoir le cœur net.

Depuis la mi-décembre, un vent mordant balayait la campagne. D'aucuns prédisaient un hiver rigoureux, mais personne ne l'espérait vraiment. Suffisait d'avoir les Boches sur le dos !

La météo était devenue le principal sujet de conversation au café de Donzy. À cette époque, chacun demeurait muet sur ses opinions politiques. On ne voulait commettre aucune imprudence de langage qui laisserait penser qu'on penchait plutôt pour Pétain, Laval, Giraud ou de Gaulle, dont on commençait à entendre parler. On se contentait de venir boire un coup, jouer aux cartes ou lire le journal au chaud.

À partir de 20 heures, la clientèle changeait. Des soldats et officiers allemands venaient « se payer » une fille et se saouler à la bière. Les collaborationnistes qui bénéficiaient d'*Ausweis* pour circuler librement étaient de la partie.

Emma exécrait cette assemblée hétéroclite, bruyante et vulgaire d'hommes et de femmes livrés à leurs instincts.

À l'inverse de Marthe, elle ne jouissait d'aucune considération de leur part. Elle était à peine plus qu'une serveuse qui devait fournir ce qu'on lui demandait, à savoir du sexe et de l'alcool.

Fernand et Colette étaient traités de la même manière, à la différence que la seconde devait faire face à la lubricité de certains qui rêvaient de la mettre dans leur lit. Emma admirait son aplomb et son habileté à échapper aux mains baladeuses et aux propositions malhonnêtes. Quand elle le pouvait, elle la protégeait en lui confiant des tâches qui l'éloignaient de la salle.

Le plus délicat pour Colette avait été de décourager Bardeau. Qu'elle eût été la maîtresse d'Albert, son fils disparu, suffisait pour qu'il crût disposer d'un droit de cuissage… Il était tellement entreprenant et lourd qu'Emma avait fini par en parler à Mayer. Celui-ci était intervenu et tout était rentré dans l'ordre.

Ce soir-là, Emma attendait que les derniers clients « normaux » eussent quitté le café pour se préparer à la venue des « porcs ».

Assise dans la cuisine en compagnie de Colette, elle épluchait des légumes, quand la clochette d'entrée retentit. Comme Fernand était au bar, elle n'y prêta guère attention.

Cependant, quand elle perçut des éclats de rire, la curiosité l'emporta et elle gagna la salle. C'était Marcel qui revenait ! Quelle bonne surprise ! On ne l'espérait plus !

Elle l'entraîna dans la cuisine, où Colette l'accueillit sans chaleur.

— Que viens-tu faire ici ? demanda Emma. On te croyait dans…

Marcel ferma la porte.

— Effectivement, j'y étais. Maintenant, Paul souhaite que je revienne m'installer avec vous. C'est plus important pour eux que je sois ici…

— Mais je n'ai pas de travail pour toi, objecta Emma.

— Il le faut pourtant, repartit-il d'un ton un peu grandiloquent. Paul désire que je fasse l'estafette avec le camp lorsque ce sera nécessaire.

Ses propos étaient empreints de fierté et d'enthousiasme. Il avait dit cela en fixant Colette, dont il espérait un regard d'encouragement. En vain. Celle-ci demeurait indifférente…

Emma proposa de trinquer à son retour. Puis elle le bombarda de questions : comment vivaient-ils dans la forêt par ce froid ? Ne manquaient-ils de rien ? Avaient-ils affronté les Boches ?

Marcel répondait avec la retenue qui, selon lui, seyait à un résistant tenu au secret. Ils étaient nombreux, disséminés entre plusieurs endroits quasi inaccessibles qu'il serait bien en peine de retrouver. Ils changeaient souvent de campement… Vivaient sous des tentes de fortune ou dans des cabanes… Les conditions de vie étaient plutôt sommaires… Paul était peu visible… On ignorait tout de ses allées et venues.

Au sein du groupe, l'ambiance était très amicale. Là-bas, il avait retrouvé des jeunes de la région qui partageaient les mêmes idéaux. Sûr, l'espoir était en train de changer de camp !

Néanmoins, la prudence était de mise. Lui-même avait assuré des tours de garde avec Paul qui lui avait appris les rudiments des armes et donné des conseils pour effectuer les missions qui lui seraient dévolues. En un mot, il était entré de plain-pied dans la Résistance. Son rôle était essentiel, Paul le lui avait confirmé.

Emma posa enfin la question qui lui brûlait les lèvres.

— N'a-t-il rien dit pour moi ?

— Ah si ! Qu'il fallait toujours laisser la fenêtre de la cuisine ouverte.

— C'est tout ?

L'adolescent acquiesça. Emma était déçue mais comprenait que Paul n'eût rien dit d'intime. Encore moins qu'il eût donné une lettre à Marcel, susceptible d'être arrêté par les Allemands. En même temps, la consigne de Paul la réjouissait. Il avait l'intention de passer…

Colette commençait à se détendre. Avec Emma, elle évoqua leur vie au café. Ce n'était pas drôle tous les jours. Toutefois, cela valait mieux que d'être emprisonnée ou déportée dans un camp de travail !

À l'arrivée des premiers noctambules, ils s'interrompirent. Les deux femmes devaient travailler en salle. Il fut convenu que Marcel commencerait comme serveur dès le lendemain.

Emma justifierait son embauche par un surplus de fréquentation en soirée, ce qui était vrai. Enfin, si quelqu'un s'inquiétait de l'absence de Marcel depuis un mois, on raconterait qu'il avait séjourné dans sa famille à Clamecy. Mais ce genre de questions avaient peu de chance d'être posées. Seule Marie connaissait son existence et Emma ne l'imaginait pas évoquer le sujet. Restaient Armand et Blanchard qui étaient au courant. Mais le premier était en prison et le second n'en tiendrait pas compte…

En attendant, il dormirait dans la vaste chambre des enfants. Plus tard, on s'organiserait pour qu'il disposât d'un coin à lui. Peut-être au grenier où il faisait chaud ?

Alors qu'Emma gagnait la salle, Marcel la retint dans le corridor.

— Pardon pour mon comportement de la dernière fois. J'aurais dû vous écouter. Paul m'a expliqué…

— Ce n'est rien, mon garçon, répliqua Emma en lui caressant la joue. À ton âge, on n'en fait qu'à sa tête. En attendant, monte à l'étage avec Colette. Elle va te montrer les lieux.

Elle recommanda à cette dernière de redescendre rapidement, car bientôt ce serait le coup de feu.

Marcel grimpa l'escalier à la suite de Colette. Des filles allaient et venaient en petite tenue. D'autres jacassaient dans le couloir. Quelques-unes considérèrent Marcel avec un regard équivoque. Ah, enfin un jeunot ! Comme elles parlaient allemand, Marcel ne comprenait pas leurs commentaires, parfois salaces. Il se contentait de sourire.

Devant la chambre des enfants, il saisit le bras de Colette.

— Je n'ai cessé de penser à toi, chuchota-t-il.

— Pas moi, répliqua la jeune femme en se dégageant.

Vexé, Marcel ne dit rien. Déjà, les enfants se précipitaient dans ses bras, joyeux de le voir de retour.

Colette descendit rejoindre Emma dans la salle.

Elle regrettait de s'être montrée aussi abrupte envers l'adolescent. Après tout, elle avait couché avec lui. Il était en droit d'attendre un peu de tendresse de sa part. D'autant que son désir s'était réveillé dès son entrée dans la cuisine…

Troublée, elle se dépêcha de plonger dans l'agitation qui régnait dans le café.

Les habitués avaient transformé la salle à leur convenance. Les tables repoussées, le tourne-disque installé, les couples s'étaient mis à danser sur un air de Berthe Sylva, morte l'année précédente.

Pour les célibataires, il n'était guère difficile de trouver « chaussure à leur pied », comme ils disaient. Les filles embauchées par Mayer étaient des professionnelles expérimentées venues de l'est de la France, voire d'Allemagne, qui savaient flatter leurs clients. Excepté deux ou trois, elles parlaient plus ou moins le français et partageaient un don identique : soutirer un maximum d'argent aussi bien aux soldats qu'aux civils.

Pour la plupart des hommes, qu'elles fussent belles ou non importait peu. Ce qu'ils désiraient, c'étaient des femmes sans pudeur excessive, prêtes à toutes les excentricités sexuelles.

Emma avait tenté de les mettre en garde contre cette clientèle licencieuse et peu respectueuse. En pure perte. Toutes revendiquaient la légèreté de leurs mœurs. Avec l'argent qu'elles amassaient, elles désiraient un jour se soustraire à ce métier et vivre normalement.

Ingebord, une Allemande, avait même envoyé paître Emma. Elle n'était pas venue dans ce trou perdu pour entendre des leçons de morale. Elle était là pour baiser et se faire du fric ! Que ses clients fussent des mufles lui importait peu. Cela faisait partie des inconvénients du métier…

La fête, ou plutôt l'orgie, dura des heures. L'alcool coulait à flots. Les filles dépoitraillées et les hommes, certains torse nu, dansaient, jacassaient et se pelotaient avec force éclats de rire.

Quand ils fermèrent, à 4 heures du matin, Emma, Colette et Fernand poussèrent un grand soupir de soulagement. Tous étaient d'accord. Que cela prît fin le plus vite possible ! Ils n'en pouvaient déjà plus !

Le jour de Noël, vers 21 heures, Blanchard s'en allait faire la fête à Donzy, chez Emma. Un bail qu'il ne s'y était pas rendu !

Entre ses déplacements à Vichy et Paris, ses parties fines à Nevers, les femmes, la gestion de sa fortune et l'espionnage, il n'avait plus une minute à lui. Cela lui convenait. Il aimait être occupé.

Ses affaires tournaient à plein régime. Désormais, l'expropriation des biens juifs devenait presque secondaire par rapport à celle des propriétés de résistants ou terroristes arrêtés.

À sa grande satisfaction, les Allemands semblaient reprendre l'avantage sur la Résistance. Du coup, il était convaincu qu'ils gagneraient la guerre, malgré Stalingrad, l'agitation gaulliste, le débarquement des Alliés en Afrique du Nord…

N'eût été les menaces de Paul, il eût été le plus heureux des hommes. Mais il vivait dans l'angoisse. Pas un moment, il n'oubliait qu'au coin d'une rue, au détour d'un chemin, sur une route, il pourrait être abattu tel un chien.

C'est pourquoi, lorsqu'ils l'avaient intercepté une seconde fois sur une départementale déserte, il s'était montré très coopératif.

Il avait eu vraiment peur. Habillés comme l'as de pique, armés jusqu'aux dents, mines patibulaires, brutaux, ses ravisseurs l'avaient emmené, yeux bandés, au cœur de la forêt, où il avait retrouvé Paul.

Celui-ci l'avait questionné sur les renseignements qu'il détenait. Cela arrivait au moment opportun. La veille, il avait dîné à Nevers avec le gratin de la *Kommandantur* et en avait assez entendu pour alimenter une salle de presse.

Tout y était passé. L'éventuel changement d'affectation de Mayer... La colère des Allemands après l'attaque de leurs services de Pouilly le mois précédent, qui avait permis aux terroristes de récupérer des dossiers confidentiels de l'état-major... Le déploiement d'unités de la Wehrmacht autour de la forêt des Bertranges... Enfin, la mobilisation de collaborationnistes pour espionner et dénoncer.

Pour la vraisemblance, Blanchard avait ajouté qu'une opération militaire d'envergure sur les Bertranges n'était pas exclue.

Paul n'avait fait aucun commentaire. L'exposé terminé, il avait ordonné aux hommes de le ramener sur le lieu de l'enlèvement. Blanchard en avait conclu qu'il s'en était sorti avec brio.

Le retour avait été un calvaire. La vue obstruée par un foulard opaque et trop serré, il entendait les rires gras des maquisards qui plaisantaient sur sa prochaine exécution. Il n'avait commencé à se détendre qu'après avoir été jeté sans ménagement de leur voiture...

Il oublia tout cela lorsqu'il se gara devant le café. La fête battait son plein. De l'intérieur lui parvenaient les éclats de rire et des bribes de chants nazis hurlés par des convives déjà saouls.

En pénétrant dans la salle, il s'immergea dans un épais nuage de fumée. L'odeur mélangée de bière, de transpiration et de tabac était insupportable.

Cependant, il ne faiblit pas. Habitué de ce genre de raout, il savait qu'il s'y accoutumerait rapidement.

En fait, cette ambiance dépravée l'excitait.

Il avança droit sur Emma qui servait les convives au comptoir, la mine renfrognée. Son regard dériva un instant sur les fesses de Colette qui passait près de lui, un plateau chargé de boissons au bout du bras.

En se frayant un passage dans la foule, il saisissait des bribes de conversation, pour la plupart consacrées à l'assassinat de Darlan, la veille à Alger.

Au bar, il commanda sa première bière. Quand Emma lui tendit le bock avec une moue méprisante, la colère s'empara de lui. Marre d'être ainsi traité par cette salope qui aurait pu le ruiner ! D'être jugé parce que ses opinions divergeaient des siennes ! Valait-elle mieux que lui ?

Alors qu'elle lavait des verres dans l'évier, il l'apostropha :

— Il faut que je te parle. Tout de suite.

Emma le toisa. En d'autres temps, elle l'aurait envoyé paître. Aujourd'hui, elle devait se montrer prudente. Elle lui désigna l'entrée de la cuisine d'un hochement de tête.

— Alors ? demanda-t-elle sèchement quand ils s'y retrouvèrent.

Blanchard s'assit et la dévisagea d'un air hautain.

— Pour qui te prends-tu ? lâcha-t-il, rageur. Tu n'es qu'une employée des Boches ! Pas si différente de moi ! Toi aussi, tu as passé un accord avec eux pour sauver ta peau et celle de tes mômes. Quelle en est la contrepartie ? Les renseigner, peut-être ? Pas joli joli, pour une femme qui ne transige pas avec la morale…

Veux-tu que j'aille raconter cela dans la salle, juste pour voir la tête de ceux que tu détestes tant ?

Emma se retenait de l'injurier. C'était Blanchard le maître. Il disait vrai : d'un mot, il pouvait la discréditer et la mettre en danger, ainsi que ses enfants.

— S'il te plaît, continua-t-il, cesse de me considérer comme une merde. Tu ne vaux pas mieux que moi. Nous agissons tous par intérêt. Toi, tu dois protéger ta vie et celle de tes gamins, moi je veux m'enrichir et prendre du plaisir.

Emma cherchait vainement quoi lui répondre qui ne fût pas offensant.

Il alluma une cigarette et s'appuya au dossier de la chaise en allongeant les jambes.

— Je sais ce que tu penses… Je profite de l'expropriation des youpins… Ta famille par alliance, si j'ose dire… Tandis que toi, tu as les mains propres. C'est cela ?

Il se redressa vivement et fit tomber la cendre de sa cigarette dans une soucoupe qui traînait sur la table.

— Tu te trompes, ma belle ! Tu sers à boire, à manger et offres des filles à des Boches, des vichystes et à une racaille qui n'aurait rien obtenu de la vie si les Allemands n'avaient pas été là ! Tu collabores !

Il se leva, un sourire railleur aux lèvres.

— Alors, un conseil : donne-moi l'impression que tu ne me juges pas. Que je suis un client aussi respectable que n'importe lequel de ces lâches qui pensent comme moi, sans oser le montrer, et qui seront demain, en cas de victoire des Alliés, les premiers à clamer qu'ils désapprouvaient Vichy et la politique de l'occupant !

Il se planta devant elle et la défia.

— Tu as eu tort de me dessaisir de tes affaires. Dans le cas contraire, à l'heure qu'il est, tu serais sous ma protection… et rien ne pourrait t'arriver ! Aujourd'hui, je n'en suis pas certain. Un mot, un seul mot de ma part à des gens malintentionnés et te voilà déportée je ne sais où.

Il lui pinça la joue, l'air amusé.

— Rappelle-toi ce que je viens de te dire. La protection de Marie ne vaut plus rien. Celle de Mayer non plus. Il est fini !

Sur ces mots, il lui décocha un clin d'œil et quitta la cuisine.

Emma se détendit. Les larmes perlaient à ses paupières. Elle devait se reprendre, ne pas céder à la panique. Il bluffait ! Il ne ferait rien. Sinon, pourquoi aurait-il attendu ?

Quand elle se sentit requinquée, elle regagna la salle, décidée à faire bonne figure face à ces salauds. Néanmoins, elle ne devait pas être bonne comédienne. Dès qu'elle l'eut rejoint au zinc, Fernand s'inquiéta. Elle était d'une pâleur cadavérique.

Comme elle ne répondit pas, Fernand marmonna qu'un jour il ferait la peau à ce salaud de notaire.

Les semaines de Noël et du jour de l'an avaient été particulièrement douces. L'hiver semblait ne plus vouloir s'installer, au grand dam de certains qui anticipaient déjà un été pourri et de mauvaises récoltes. Décidément, entendait-on, il n'y avait plus de saison !

Emma avait d'autres chats à fouetter que de s'intéresser à la météo. Depuis qu'elle gérait le café, elle n'avait plus une minute à elle.

Cependant, la lourdeur de la tâche n'était rien comparée aux vexations qu'elle subissait quotidiennement et qui lui minaient le moral. Pas un jour sans que quelqu'un, parfois de manière agressive, lui fît remarquer l'étrangeté de sa situation. Autrement dit, qu'elle collaborait.

Certes, la plupart du temps, les remarques étaient formulées de façon à ce que toutes les interprétations fussent possibles. Mais Emma n'était pas dupe. Plus le café devenait un lieu de ralliement de la collaboration, plus elle devenait une cible de la vindicte populaire. Situation paradoxale et insupportable, alors qu'elle était la première à vomir les traîtres.

Ce jour-là, au lendemain de la création de la Milice annoncée par Pétain, elle était seule dans le café avec Norbert, un tonnelier qui travaillait à la sortie de Donzy.

Toujours en route pour quelque livraison, il s'arrêtait régulièrement afin de prendre une tasse de chicorée.

L'homme, plutôt taiseux, ne prononçait pas un mot plus haut que l'autre, au point que certains lui reprochaient un parler onctueux de prélat.

Emma le trouvait sympathique. L'esprit jeune, énergique, elle lui reconnaissait même du charme. Ce que confirmait la rumeur publique en lui attribuant de nombreuses conquêtes…

Sa chicorée servie, il vint s'asseoir au bar, ce qu'il ne faisait jamais, et suivit Emma des yeux avec insistance. Après quelques sourires échangés, elle finit par lui demander ce qu'il lui voulait.

— Oh rien ! répondit-il. Juste vous parler…

Intriguée, Emma s'approcha, après s'être servi un verre de lait.

— C'est la première fois que je vous vois si causant, plaisanta-t-elle. Seriez-vous amoureux, par hasard ?

— Pensez-vous ! répliqua le bonhomme sur un ton badin. À mon âge, les donzelles se sauvent en courant… Et je n'ai plus les jambes pour les rattraper !

— Ne faites pas le modeste. J'entends ce qu'on dit sur vous…

Ils s'interrompirent. À son regard, elle comprit qu'il n'avait pas l'intention de badiner.

— Il est clair que je m'occupe de ce qui ne me regarde pas, dit-il, mais je m'en voudrais de ne pas vous révéler ce que j'ai sur le cœur…

Consciente que la suite allait être désagréable, Emma esquissa un vague sourire.

— Je vous en prie, monsieur Norbert…

— En tenant ce café, vous vous compromettez avec l'occupant et des collabos, ce que notre peuple a engendré de pire. Des traîtres, des lâches et des brutes. Ces fripouilles sapent les bases mêmes de notre démocratie et de notre République. Ce sont nos ennemis !

Comme s'il avait peur d'être entendu, il se pencha sur le bar pour s'approcher davantage d'Emma.

— Je ne comprends pas que vous ayez accepté de reprendre ce troquet. Ce faisant, Emma, vous ne valez guère mieux qu'eux. Et un jour, croyez-moi, vous aurez des comptes à rendre… Je n'aurais pas cru que vous en viendriez là.

Pour Emma, cette condamnation était intolérable. Surtout de la part d'un homme qu'elle appréciait. Dieu qu'il fallait que l'opinion qu'on avait d'elle fût dégradée pour qu'il lui adressât de tels reproches !

Que répondre ? Qu'elle était une otage, comme beaucoup de Français ? Qu'elle agissait sous la contrainte ? Que sa vie et celle de ses enfants dépendaient de sa présence ici ?

C'était impossible. Elle ne pouvait lui dire la vérité. Peut-être était-il lui-même un collaborationniste qui irait ensuite baver à la *Kommandantur* ?

Paul l'avait mise en garde. Tout le monde était suspect. Elle devait se taire, quoi qu'il arrivât !

— J'entends ce que vous dites, monsieur Norbert, répondit-elle, sans rien ajouter.

Afin de mettre fin à la conversation, elle disparut dans la cuisine, où elle éclata en sanglots.

La vie se montrait trop injuste avec elle. Qu'avait-elle fait pour mériter tant de souffrances ?

Elle comprenait Norbert. Que penser d'elle, sinon, qu'elle n'était qu'une profiteuse ?

Colette entra, un panier de linge à laver dans les bras.

— Que se passe-t-il ? s'étonna-t-elle en découvrant Emma, les larmes aux yeux.

— Rien, murmura celle-ci en se mouchant. Un coup de déprime, je suppose…

Colette étala le linge sur la table pour le trier. Elle éclata de rire.

— Paul reviendra ! Ne vous inquiétez pas !

Emma haussa les épaules.

— Si seulement il s'agissait de lui.

À cet instant, la clochette de l'entrée retentit. Emma se précipita dans la salle. Norbert était sorti et traversait la rue. Il avait laissé de la monnaie sur le comptoir.

Elle le regarda s'éloigner puis gagna le zinc, qu'elle se mit à astiquer. À quoi bon se justifier ? Le mal était fait. Son seul espoir était qu'un jour on reconnût ses mérites…

6

En sortant du café, Emma s'étonna de la douceur de la température. Il faisait presque bon, ce qui était inimaginable en janvier.

Elle gagna la *Kommandantur* d'un pas rapide, saluant ici et là des passants qu'elle connaissait. Certains ne répondaient pas et lui lançaient un regard réprobateur. Elle en souffrait et regrettait de ne pas pouvoir leur expliquer sa situation.

Le garde la laissa pénétrer dans l'enceinte du bâtiment sans vérifier ses papiers. Il était l'un des plus assidus aux soirées du café. Un jeune étalon souriant qui plaisait aux filles.

Après avoir traversé la cour, elle rejoignit l'étage où se trouvait le bureau de Mayer. Une ordonnance la fit patienter dans l'antichambre.

L'*Oberst* l'avait convoquée la veille pour faire le point. Redoutant cet entretien, elle n'avait guère fermé l'œil de la nuit. Il allait lui réclamer les renseignements qu'elle avait collectés. Or, elle n'avait rien à dire. Rien, en tout cas, qui fût de première importance pour la police allemande.

Au cas où, elle lui demanderait de reporter cet entretien à plus tard. Entre-temps, peut-être aurait-elle vu Paul qui lui dirait quoi raconter…

Elle réfléchissait à la manière de tourner ses phrases, quand Mayer la fit entrer. Il était en uniforme. Des médailles ornaient son plastron, dont la croix de guerre.

Il lui fit signe de s'asseoir et lui proposa à boire, ce qu'elle refusa.

— Comment se passe votre nouvelle vie ? déclara-t-il d'un ton amical en s'installant derrière son bureau.

— Ça va, répondit-elle. Nous commençons à prendre nos marques…

— J'ai vu cela. Je vous en félicite. J'admire votre faculté d'adaptation et d'organisation. Bien des femmes n'auraient su comment s'y prendre.

Avec une pointe d'ironie, elle lui rappela qu'elle avait dirigé une ferme.

— Je sais, répliqua Mayer. Mais une exploitation agricole, ce n'est pas un bordel ! Quoi qu'il en soit, je suis très satisfait. Toutefois, je le serais davantage si vous me rapportiez des informations utiles. N'oubliez pas les termes de notre contrat.

— Je ne les oublie pas. Seulement, c'est prématuré de me demander quoi que ce soit. Nous venons d'ouvrir. J'ai été très accaparée et, je l'avoue, assez peu attentive aux propos des uns ou des autres. Bientôt, les choses vont changer. Je vais être souvent en salle et…

— Vous pourriez au moins me livrer vos premières impressions. L'hostilité à notre égard va-t-elle grandissant ? Ou bien, est-ce l'inverse ?

Emma décida de dire la vérité. À quoi bon raconter des balivernes ? Les Allemands connaissaient parfaitement la situation.

— L'opinion est en train d'évoluer. J'en veux pour preuve l'hostilité à mon égard. Le café est considéré comme un lieu réservé à l'occupant et aux collaborationnistes, encore plus haïs que vous. Je crois aussi que les rafles, les exécutions, les réquisitions sont très mal vécues. Mais je n'ai qu'une vue partielle de la situation.

Mayer réfléchissait, l'air absent. Bien sûr que l'opinion des Français changeait, comment pouvait-il en être autrement ? La France était envahie depuis novembre dernier. Les armées d'occupation, la Gestapo et la police française faisaient preuve d'encore plus de sauvagerie dans la répression…

Il se reprit, stupéfait d'avoir des pensées aussi peu conformes à la vulgate nazie.

— Je vous prierais de me fournir des faits, des informations précises, rétorqua-t-il plus sèchement.

Brusquement, il se leva et lui signifia que l'entretien était terminé. Cela n'étonna guère Emma. Depuis le début de l'entretien, elle le trouvait mal à l'aise.

Avant de sortir, elle souhaita régler des problèmes d'approvisionnement. Agacé, Mayer la renvoya au chef de l'intendance.

Au café, il régnait le calme habituel des après-midi. Les anciens jouaient à la belote et deux ouvriers agricoles buvaient au bar, l'air absent.

Derrière le zinc, Fernand mettait de l'ordre dans les bouteilles et veillait à ce qu'il y eût assez de bière et d'alcools forts pour la soirée.

À l'étage, c'était l'agitation. La veille, Emma avait décidé que Marcel dormirait dans le grenier et elle avait demandé à Colette de l'aider à s'installer pendant qu'elle serait à la *Kommandantur*.

La jeune fille avait protesté, car Marcel pouvait se débrouiller seul, mais Emma n'avait rien voulu entendre.

En fait, Colette ne souhaitait pas se retrouver seule avec l'adolescent, dont elle savait qu'il rêvait de la mettre à nouveau dans son lit.

Durant l'emménagement, elle se composa donc un masque de « mère la vertu », espérant autant échapper à ses propres pulsions qu'aux inévitables tentatives de séduction de la part de Marcel…

Cependant, rien ne se passa comme prévu. À peine eurent-ils déroulé le matelas, près du conduit de cheminée, qu'ils s'allongèrent et firent l'amour. Leurs ébats jusqu'ici assez conventionnels prirent une nouvelle tournure. Peu importait le ramdam qu'ils faisaient ou qu'on les surprît, seul comptait leur plaisir.

Au sortir de cette brûlante étreinte, les amants éclatèrent de rire. Qui des deux aurait parié un sou sur une telle furia des corps ?

Aussi, quand Colette déboula en bas pour prendre son service, n'était-elle plus tout à fait la même femme. Elle s'interrogeait. Et si son désir pour Marcel était l'expression d'un sentiment amoureux qu'elle se serait efforcée de nier jusqu'ici ?

Allongé sur le matelas, Marcel fumait une cigarette en savourant la double victoire qu'il venait de remporter sur Albert. Il l'avait effacé de la surface de la terre et venait de lui arracher celle qui jusqu'ici prétendait l'aimer.

Pas besoin d'être devin, Colette s'était donnée à lui corps et âme. Autrement dit, lui avait déclaré son amour.

Désormais, il était possible de faire des projets où la jeune femme aurait toute sa place.

Fernand se crispa quand l'inconnu entra dans le café en début d'après-midi. À ses vêtements, il pouvait être employé dans une scierie environnante. Son regard noir et perçant révélait une personnalité particulière…

L'individu s'approcha et commanda une fine d'une voix grave et posée. Fernand le servit en l'observant à la dérobée. Ces longues années passées derrière un bar lui avaient appris à jauger un homme et à percevoir ce qu'il voulait cacher. Celui-là semblait dangereux et capable de la plus extrême cruauté… Il devinait ses tourments et les drames intimes qu'il avait vécus. Néanmoins, il avait su les dominer. Nul doute qu'il avait vu la mort de près. Peut-être même l'avait-il donnée.

L'inconnu regardait autour de lui, l'air absent, en sirotant son alcool. En réalité, il étudiait la configuration de la pièce et ses aménagements. Le nombre de tables, la disposition du comptoir, la porte qui menait vers la cuisine, comme le lui avait expliqué Paul.

Il était doté d'une excellente mémoire, et ces détails s'imprimaient aussitôt dans son cerveau. Il répondait aux questions évidentes qu'un résistant aguerri tel que lui devait se poser quand il était en mission. Par où se sauver au cas où les Boches surgiraient ? Que se passerait-il, s'il devait tirer des coups de feu ? Existait-il une issue pour fuir au premier étage ?

Selon lui, les joueurs de belote étaient mal placés. En cas de fusillade, il était certain qu'ils seraient tués.

Quant au serveur, était-il fiable ? N'était-ce pas l'un de ces dénonciateurs anonymes à qui l'on donnerait le bon Dieu sans confession ?

D'après Paul, on pouvait compter sur lui. Certes, mais Paul était un chef, un organisateur, un héros même, du genre à offrir sa poitrine aux balles ennemies. Pas comme lui, un spécialiste de l'âme humaine qui ne s'en laissait pas conter.

— Est-il possible de voir la patronne ? demanda-t-il.

— Elle est occupée, rétorqua sèchement Fernand.

L'homme le fixa.

— C'est important.

— Je vais voir, finit par lâcher Fernand de mauvaise grâce.

Tandis qu'il disparaissait dans l'escalier, l'inconnu regarda dehors. Quelle idiotie d'avoir accepté de venir ici ! pensait-il. À tout moment, des Boches pouvaient entrer et lui réclamer ses papiers, voire le fouiller. Mais Paul l'avait convaincu que son repérage était indispensable pour la suite…

Soudain, Emma parut, suivie de Fernand.

— Vous souhaitiez me voir ? s'enquit-elle.

— Oui, répondit-il en désignant d'un hochement de tête une table à l'écart.

Malgré la mise en garde de Fernand, Emma n'avait pas peur. Tout juste était-elle intriguée.

Elle suivit l'homme jusqu'à l'emplacement indiqué, puis ils s'assirent. Là où ils se trouvaient, ni les joueurs de belote, ni Fernand ne pouvaient entendre leurs propos.

— Mon nom est Antonio, commença l'inconnu en esquissant un sourire. Je viens de la part de Paul. Il passera à 4 heures du matin. Laissez la fenêtre de la cuisine ouverte.

— Paul ? feignit de s'étonner Emma. Je ne vois pas qui c'est.

Antonio sourit.

— C'est bien, répliqua-t-il en se levant.

Sans rien ajouter, il sortit.

La jeune femme le suivit du regard, jusqu'à ce qu'il eût disparu au coin de la rue, puis quitta la table à son tour.

Elle s'apprêtait à remonter à l'étage pour préparer la soirée avec les filles, quand Fernand l'interrogea.

— Qui était-ce ?

— Personne.

— Si, vous le savez, Emma ! Vous pouvez me faire confiance !

— Je n'en doute pas, mais aujourd'hui, moins on en sait, mieux c'est.

Assis à son bureau, Mayer considéra les dossiers à peine ouverts qui s'amoncelaient devant lui. Que restait-il de son soutien inconditionnel au *Führer* ? De ses certitudes selon lesquelles le national-socialisme garantirait le bonheur des peuples ? À vrai dire, pas grand-chose !

Ce n'était pourtant pas faute de vouloir y croire. Cependant, ses efforts demeuraient vains. L'intelligence et le cœur n'y étaient plus.

Il avait donné trop d'ordres imbéciles, engagé trop d'opérations stupides, subi de trop nombreux échecs et humiliations pour être convaincu.

Comment se sentir impliqué, être sûr de sa mission, quand l'armée reculait sur tous les fronts, quand les ambitions de la Wehrmacht, de la SS, de la Gestapo ou du SD se heurtaient avec plus de violence que jamais. Quand, enfin, les ordres se croisaient, s'annulaient, se contredisaient sans que personne y trouvât rien à redire…

Tout cela pour quoi ? Pour envoyer dans des camps des milliers de gens seulement coupables d'être juifs ? Pour torturer et fusiller des femmes et des hommes qui revendiquaient leur liberté ? Pour rançonner d'honnêtes paysans ! Et collaborer avec des salauds, comme Blanchard ou Armand, devenus légion ? Où dénicher du sens dans tout cela ? Où trouver matière à s'enthousiasmer ?

Il gagna la fenêtre et observa les militaires qui allaient et venaient dans la cour. Et eux, sur quoi se fondait leur motivation ? Il l'ignorait. Peut-être n'étaient-ils que des individus à qui on avait vidé le cerveau et qui obéissaient tels des automates.

Il alluma une cigarette, puis aspira une bouffée. Il se sentait fatigué, sans énergie. Il songea à ces heures glorieuses à la faculté, à l'École de guerre et à la certitude qu'il éprouvait alors, qu'un jour il changerait le monde… L'amertume le submergea. Il s'était trompé.

Il retourna s'asseoir. Ce manque de conviction n'était pas le fruit du hasard. La situation militaire était préoccupante, les échecs de la pacification patents, la violence omniprésente.

Mais il y avait surtout Marie, qui, chaque jour, introduisait le doute dans ses pensées, le convainquait de ses erreurs, parfois même sans s'en rendre compte. En particulier, lorsqu'elle l'amenait à considérer ce qu'elle appelait la vraie vie : l'amour, Lou, les plaisirs simples du quotidien…

Comme la nostalgie le gagnait, il se leva avec brusquerie. Nom d'un chien, il était *Oberst* dans l'armée allemande ! Il avait un devoir à remplir, et rien ne devait l'en détourner.

Il lissa son uniforme, puis appela son aide de camp.

À 4 heures du matin, Emma gagna discrètement la cuisine. Elle alluma la lumière et fit chauffer de l'eau pour le café. Du vrai, grâce à l'intendant de la *Kommandantur* qui l'avait à la bonne.

Elle était aussi excitée que s'il se fût agi de son premier rendez-vous amoureux.

Elle s'attablait quand Paul enjamba la fenêtre. Sans un mot, il referma puis éteignit les lumières.

— N'allume pas à cette heure-ci, chuchota-t-il en l'étreignant. C'est le couvre-feu. Si une patrouille passait, elle viendrait vérifier.

Mais déjà Emma plaquait ses lèvres sur les siennes et s'offrait à lui.

Leur étreinte fut brève, intense. Il l'avait prise à même la table, sans fioritures. En silence. Elle ne lui en voulait pas. On était en guerre. Néanmoins, elle aurait donné cher pour pouvoir dormir dans ses bras…

Lorsqu'ils furent rhabillés, il l'entraîna à l'étage. Ils traversèrent le couloir où donnaient les chambres des filles et des enfants, puis s'enfermèrent dans celle d'Emma. Comme les volets étaient clos et les rideaux tirés, elle alluma une lampe, disposée sur la table de nuit. Elle s'allongea. Paul vint s'asseoir sur le rebord du lit, à côté d'elle. Emma prit sa main dans la sienne.

— Comment vas-tu ? demanda-t-elle.

Paul hocha la tête. Il allait bien, mais c'était compliqué et dangereux. Il fallait changer de place chaque jour, se méfier de tout le monde, apprendre à déjouer les pièges de la Gestapo. C'était également douloureux, quand des camarades étaient tués.

Cependant, il se réjouissait de leurs derniers succès. Malgré leur sauvagerie, l'appui des collaborationnistes, les Allemands subissaient des revers. Les attentats et les sabotages se multipliaient. Un jour, ils remporteraient la victoire !

Il alluma une cigarette et s'allongea à côté d'Emma. Il posa la tête sur son épaule.

— Mayer m'a convoquée, dit-elle en lui caressant le visage. Il veut des infos. Je suis incapable d'en inventer, et ici les gens se taisent…

— J'ai ce qu'il te faut. Tu m'écoutes et tu retiens par cœur. Ne note rien…

Il lui rapporta quelques-uns de leurs supposés projets, qu'elle devrait traduire sous la forme de bribes de conversation, saisies ici et là.

Certains de ces renseignements étaient exacts et avaient pour but d'attirer les Allemands dans des *guets-apens* ou de les orienter sur de fausses pistes.

Par précaution, il fit répéter Emma. Parfois, il la reprenait et lui indiquait comment présenter l'information afin qu'elle parût vraisemblable.

Elle pouvait avoir entendu cela à la poste, à l'école quand elle allait chercher les enfants, au café bien sûr. L'essentiel était que personne ne fût compromis.

Après un coup d'œil à sa montre, il se leva. Il devait partir.

Emma lui demanda comment il allait s'en retourner. Il barra sa bouche du doigt en souriant.

— Pas de questions, ma chérie…

Elle vint le rejoindre et se réfugia dans ses bras.

— Fais attention… Je tiens à toi. Méfie-toi aussi de Blanchard. Il est venu me voir…

Paul la dévisagea.

— Que veut-il ?

Quand elle lui eut rapporté leur conversation, il la rassura. Il allait s'occuper de son cas.

Après un dernier baiser, il ouvrit la porte. Elle le suivit, désireuse de l'accompagner jusqu'à la cuisine.

Soudain, dans le couloir, une porte s'ouvrit. Ingebord, une bougie à la main, se rendait aux toilettes.

Elle marqua sa surprise en les découvrant, immobiles, l'air inquiet, puis elle éclata de rire.

— Eh ! Eh ! dit-elle d'un ton joyeux en soulevant la bougie afin de mieux les voir. Je me disais aussi…

— C'est mon amant, expliqua Emma. Surtout, ne dites rien.

— Que voulez-vous que je dise ? s'exclama la fille. Je suis contente pour vous !

Après leur avoir décoché un clin d'œil, la jeune femme s'éloigna.

Paul prit Emma par la main et l'entraîna dans l'escalier. Son cœur battait la chamade. Bon Dieu, la fille l'avait vu. Elle le reconnaîtrait. Il se reprocha de s'être mis inutilement en danger.

Dans la cuisine, Emma le tranquillisa. Cette fille n'était pas du genre à parler.

Après un dernier baiser, il enjamba l'encadrement de la fenêtre – il lui ferait savoir quand il reviendrait –, puis il disparut dans l'obscurité.

Emma s'attabla, angoissée. Ingebord était-elle aussi fiable qu'elle l'avait prétendu ? N'était-elle pas de mèche avec les Boches ? Ne se précipiterait-elle pas chez Mayer dès le lendemain, pour lui rapporter que la patronne recevait des amants en cachette ?

Mais non, ce n'était pas son genre.

Le mois de février était largement entamé. Il faisait anormalement chaud pour la saison.

De ce fait, et malgré les privations de la guerre, les gens semblaient plus détendus qu'à l'ordinaire. Faute de liberté, on avait au moins le soleil. Et cela, les Boches ne pouvaient s'en saisir.

C'était le genre de réflexion que l'on entendait au café. Souvent de la part des anciens, qui parlaient de la météo en jouant aux cartes. Comme Marthe, Emma s'attachait à eux. Elle aimait les écouter, surtout quand ils évoquaient le temps jadis, celui du bonheur…

Cela lui redonnait du cœur à l'ouvrage. De l'espoir aussi. Pourquoi la France ne redeviendrait-elle pas celle d'avant le séisme ? Elle n'y croyait guère, car, lucide, elle savait que ce ne serait pas facile de reconstruire.

Elle écoutait tout le monde. Les habitués et aussi les inconnus, souvent des saisonniers ou des voyageurs de commerce. Elle le faisait avec application, à la fois pour glaner des informations et pour attribuer à l'un ou l'autre celles que Paul lui avait transmises. Ainsi, le rapport qu'elle ferait à Mayer y gagnerait en vraisemblance.

L'opinion changeait. Chacun luttait à sa manière, même si on ne prononçait pas le mot « résistance ». On racontait comment on avait égaré des Allemands qui demandaient leur chemin, comment on cachait les bêtes et le fourrage. On échangeait aussi des combines pour gruger l'occupant…

Ces actes individuels, sans grande conséquence, témoignaient du degré d'exaspération de la population.

C'était comme un écho aux nouvelles qu'on lisait dans les journaux. Des sabotages de plus en plus nombreux et des opérations de la Résistance, plus hardies et pénalisantes pour l'occupant. Malgré les hommes emprisonnés, torturés, voire fusillés, on percevait que la chance commençait à changer de camp.

Certains, dont Fernand, n'hésitaient plus à prédire ouvertement l'échec des Allemands. Au grand étonnement d'Emma, qui aurait été en peine de dire ce qui motivait cet homme.

Taciturne, il n'évoquait jamais sa vie privée. Des semaines déjà qu'elle travaillait à ses côtés et elle ignorait s'il était originaire de la région, s'il avait une compagne et quels étaient ses principaux intérêts dans la vie… Quand elle le questionnait, il répondait à côté, de manière évasive, un vague sourire aux lèvres.

Aussi, ce matin-là, vers la mi-février, sa surprise fut-elle grande lorsqu'il l'invita à boire un café dans la salle. C'était à proprement parler inimaginable. Depuis l'ouverture du café, elle ne l'avait vu quitter le comptoir que pour rentrer chez lui.

Ils choisirent une place à l'écart, chacun apportant sa tasse. Il n'y avait pas de clients.

— Je sais, commença Fernand, je ne suis pas bavard…

On aurait dit qu'il s'était exprimé rapidement pour avoir une chance d'aller jusqu'au bout.

Emma éclata de rire.

— Laissez-moi finir, enchaîna-t-il. C'est assez difficile…

Il avala une gorgée de café et reprit.

— Si je ne parle pas, j'entends et j'observe. Pas grand-chose de ce qui se dit ne m'échappe. Jusqu'ici, je me suis efforcé d'oublier, car je considérais que cela ne me concernait pas. Aujourd'hui, c'est différent. Je hais les Boches et plus encore les Français qui les soutiennent. Je ne veux plus feindre. Je ne leur pardonne pas la mort de Nicole, Marthe et Romain. Pas davantage la terreur qu'ils font régner. J'ai donc décidé de m'engager. Ici… à vos côtés.

Il but une nouvelle gorgée de café, visiblement libéré par ce qu'il venait de dire.

Emma le dévisageait comme s'il se fût agi d'un Martien. Que devait-elle penser ? Que lui répondre ?

Le silence s'installa durant un moment. Parfois, ils échangeaient un vague sourire.

— Je… je suis tellement surprise, bafouilla-t-elle, que je ne sais quoi dire. Je me réjouis que vous… que vous souhaitiez résister. Vous savez que je partage votre opinion à ce sujet. Cependant, je ne vois pas ce que vous attendez de moi.

Fernand esquissa un sourire amusé.

— Quand vous le verrez, vous me le direz, dit-il en se levant. L'essentiel, c'est que vous sachiez que vous pouvez compter sur moi.

Il était 9 heures du matin quand Marie prit le volant de sa voiture. Elle avait confié Lou à l'une des domestiques et congédié le chauffeur.

L'idée de rendre visite à Emma lui était venue la veille. Tellement de choses à lui dire, de questions à lui poser… Elle lui manquait…

Comme il faisait beau, elle gagna Donzy par les petites routes pour pouvoir profiter de la campagne qui reprenait des couleurs.

Elle roulait vitres ouvertes, contente de sentir l'air chaud lui caresser la peau. Elle ne croisait des véhicules qu'à de rares occasions. Ici et là, des personnes vaquaient dans les champs.

Des souvenirs heureux l'assaillaient. En particulier, ces jours où elle était tombée amoureuse d'Émile…

C'était étrange de ressentir combien cette région avait supplanté dans son cœur celle de son enfance, ce nord lointain avec ses plaines et ses terrils. Elle songea à ses frères et sœurs, tous installés dans diverses régions de France et dont elle demeurait sans nouvelles. Cela l'attrista. Pouvait-il en être autrement ? Son existence était si différente de la leur !

Elle oublia ses regrets en entrant dans Donzy. Elle était si heureuse de retrouver Emma.

Elle se gara devant le café et entra.

Fernand fut le premier à la voir. Elle ne fut guère surprise du regard hostile qu'il lui adressa lorsqu'elle le salua.

— Je voudrais parler à Emma, dit-elle d'un ton autoritaire dont elle ne s'était jamais départie, malgré ses efforts.

Volontairement lent, Fernand gagna la porte d'accès à l'étage, à moitié dissimulée par le fameux rideau en velours, dont Marthe disait qu'il ouvrait sur le paradis ou sur l'enfer. D'ordinaire, Marie se serait irritée de sa mauvaise grâce. Aujourd'hui, peu lui importait.

Elle prit place à une table et salua d'un hochement de tête les rares consommateurs qui la dévisageaient. L'endroit était si calme, l'atmosphère si pacifiée, qu'il lui sembla un instant que la guerre était finie.

Soudain, Emma fit son apparition. Elles tombèrent dans les bras l'une de l'autre.

— Qu'est-ce qui t'amène ici ?

— L'envie de te voir, répliqua Marie.

Emma l'invita à la suivre dans la cuisine. Elles y seraient plus tranquilles pour discuter. Colette y faisait la vaisselle. En voyant Marie, elle défit son tablier d'un geste agacé et sortit après un bref salut.

Marie éclata de rire en s'asseyant.

— Quand je te disais qu'elle ne m'aimait pas !

— N'y prête pas attention, répondit Emma en préparant le café, elle a ses têtes.

— Tu sais quoi ? reprit Marie. On va aller se promener ! Qu'en penses-tu ?

Emma se tourna vers elle, l'air embarrassé.

— Cela me ferait plaisir, mais j'ai à faire. Il faut que…

— Ta ta ! Tu as vu le soleil ? Profitons-en, rien qu'un petit moment. Après, je te ramène.

Emma finit par accepter. Après tout, elle avait le droit de prendre un peu de bon temps. Être enfermée ici commençait à lui peser…

Le café avalé, elle passa un manteau puis, après avoir confié l'établissement à Fernand, elle suivit Marie.

Peu après, elles roulaient en pleine campagne.

— Cela me ferait plaisir que tu me conduises sur la tombe de Margot, dit Emma. Cela fait longtemps que j'y suis allée…

— Va pour Narcy ! J'en profiterai pour faire un brin de causette avec Émile.

Elles éclatèrent de rire.

Au cimetière, désert en cette heure de la journée, elles empruntèrent l'allée qui menait à la tombe familiale d'Emma.

Des bouquets de fleurs étaient disposés devant certaines sépultures, bien entretenues, autour desquelles des proches avaient dessiné des motifs à l'aide d'un râteau. Des plaques et des médaillons, en granit ou en porcelaine, rappelaient les défunts.

D'autres tombes, au contraire, étaient laissées à l'abandon. Le lichen recouvrait la pierre. Les textes gravés devenaient illisibles…

Elles se recueillirent devant celle où reposaient Margot, Émile et Jeanne.

Une intense sensation de bonheur saisit Emma en repensant à son enfance. Elle se revoyait courir dans les champs, derrière les hommes qui labouraient ou moissonnaient, cueillir les légumes dans le potager, sous le soleil… Elle se rappelait la fraîcheur de la cuisine, certains étés, où elle rejoignait Margot qui lui servait des fraises au vin.

Puis, de souvenir en souvenir, elle refit l'amour avec Louis, dans le pré, face au bâtiment de La Vernière… rencontra Colliard qui venait pour la première fois à la ferme… épousa Louis… puis Colliard… donna naissance à Martin et Madeleine…

Ces réminiscences se mêlaient, disparaissaient puis réapparaissaient dans le plus grand désordre. C'était agréable…

À son côté, Marie revivait ses heures heureuses auprès d'Émile… Cette période déjà si lointaine, où elle avait découvert l'amour… puis la colère, la haine et la jalousie… Elle se souvenait aussi de ses exaltations physiques dans les bras de Blanchard et de Louis… Et son attachement pour cette terre qui n'avait cessé de s'agrandir au fil des années…

— Ça fait drôle de se retrouver ici ensemble, en face d'eux, dit Emma.

— C'est vrai, répondit Marie, les yeux embués. Il y a tellement d'amour qui repose ici.

Elles gagnèrent ensuite lentement la sortie, s'arrêtant parfois devant la tombe d'un défunt qu'elles avaient connu. Elles évoquaient son souvenir, puis reprenaient leur chemin.

— Je te demande pardon, dit Marie, alors qu'elles sortaient du cimetière. Je me suis fourvoyée depuis le début. Je t'ai fait souffrir. Je m'en veux tellement.

Emma haussa les épaules.

— À quoi bon se flageller ? Nous faisons tous des erreurs. Si tu crois que ma vie a été exemplaire… Moi aussi, je me suis trompée. Moi aussi, j'ai fait souffrir.

N'est-ce pas le lot de chacun ? En même temps, nous avons aussi aimé, donné…

Marie songea à s'enquérir si elle avait tué Émile. Elle ne le fit pas. Si c'était le cas, qu'est-ce que cela changerait ?

Lorsqu'elles furent installées dans la voiture, Marie ne démarra pas tout de suite.

— Il faut que je te parle de Klaus, dit-elle en allumant une cigarette. Il m'inquiète. Plus les jours s'écoulent, plus il se renferme. Je le sens préoccupé, ailleurs. Il paraît même se désintéresser de Lou et de moi.

— Peut-être traversez-vous une passe difficile ? suggéra Emma.

— Non, il ne s'agit pas de cela. Il doute de ses propres convictions, ne cesse de se remettre en question. Parfois, il critique ses supérieurs, leurs décisions, les missions qui lui sont confiées. Je l'ai entendu à plusieurs reprises évoquer l'absurdité de cette guerre.

— Tu devrais t'en réjouir, dit Emma. Cela prouve qu'il réfléchit. Qu'il n'accepte pas tout, les yeux fermés.

Marie écrasa sa cigarette dans le cendrier.

— Je le pourrais, si je ne le voyais pas sombrer dans une sorte de mélancolie qui l'éloigne de moi, de Lou et de la vie…

Elle se tourna vers Emma.

— J'ai peur qu'il soit enfermé dans ses contradictions et qu'il ne parvienne à en sortir.

Bouleversée par la confiance que lui témoignait Marie, Emma l'étreignit.

— Pourquoi être si inquiète ? Il réfléchit, c'est tout. Il prend conscience de la portée de ses actes. C'est plutôt rassurant…

— Je le connais… C'est l'homme des extrêmes…

— Il n'en existe pas de plus équilibré, tenta de la tranquilliser Emma.

Marie se détacha et démarra.

— Tu le crois vraiment ?

— J'en suis certaine.

Marie esquissa un triste sourire.

— J'espère que tu as raison.

7

D'habitude, Paul donnait l'ordre d'intercepter Blanchard afin de le questionner. Cette fois, il décida de le voir seul à seul. Informé par ses indics que le notaire était chez lui, il quitta le campement dès la tombée de la nuit sans donner d'explication sur sa destination. Cette affaire ne concernait que lui.

Décidé à cueillir Blanchard à froid, il gagna La Charité à vélo, via les Bertranges. La température était clémente et la clarté nocturne suffisante pour se déplacer sans difficulté. Il n'y avait guère de risque d'être intercepté par les Allemands à cette heure-là et sur un chemin aussi isolé.

Arrivé à la gare de La Charité, plongée dans l'obscurité pour cause de couvre-feu, il abandonna sa bicyclette contre le muret qui longeait les voies. Après avoir vérifié le bon fonctionnement de son pistolet, un Luger chipé à un Allemand abattu lors d'une précédente opération, il descendit jusqu'à la place de la mairie en empruntant de petites rues.

À proximité de la demeure de Blanchard, il se dissimula dans l'ombre d'une porte cochère et attendit. Il n'y avait pas âme qui vive. Le silence était impressionnant. À la mairie, une seule pièce était allumée. Peut-être le bureau du maire ?

Quelques minutes plus tard, il bondit de sa cachette, gagna le mur d'enceinte, l'escalada et se laissa retomber de l'autre côté. Il n'avait pris aucune précaution particulière. Blanchard ne possédait pas de chien.

Prudent, il demeura tapi dans l'obscurité et observa la façade de la bâtisse. Malgré les rideaux, il distingua de la lumière au premier étage.

Rassuré, il traversa la pelouse sur la pointe des pieds, grimpa la volée de marches qui menait au perron et toqua à la porte. Peu après, il entendit le notaire demander qui c'était d'une voix inquiète.

— Ouvre, lui répondit-il, sinon on enfonce ta porte !

Blanchard s'exécuta aussitôt. Paul s'engouffra dans le couloir et lui ordonna de refermer.

— Seul, cette fois-ci ? ironisa le notaire.

En guise de réponse, Paul lui balança un coup de poing dans le visage. Blanchard s'affala sur le sol.

— Qu'est-ce qu'il vous prend ? geignit-il en se massant la mâchoire.

— C'est un avant-goût de ce qui t'attend si tu menaces encore Emma.

Blanchard se releva, puis ils entrèrent dans son bureau.

Sans en proposer à Paul, le notaire se servit un whisky, qu'il avala d'un trait, et s'affala sur son siège.

— Madame s'est plainte ? plaisanta-t-il. J'ignorais que vous vous fréquentiez !

— Cela ne te regarde pas… Ce qui m'importe, c'est que tu ne l'intimides plus, ni qui que ce soit d'autre. Tu n'es plus en position de le faire !

Blanchard sourit. Paul s'était mis à le tutoyer. Cette familiarité le rassurait.

— Ce que tu peux être ridicule dans ta posture d'amoureux transi, répliqua-t-il en adoptant à son tour le tutoiement.

Après un silence, il reprit :

— Quoi qu'il en soit, tu peux me frapper, tu ne m'impressionnes pas. Tu sais pourquoi ?

Comme Paul se taisait, Blanchard continua :

— Parce que je n'ai pas peur, moi. Je n'ai rien à perdre, contrairement à ce que tu crois.

— Sauf ton putain de fric, railla Paul.

Cette fois-ci, Blanchard éclata de rire.

— Mon fric ? Je m'en fiche tellement que je vais t'en donner… et plein, par-dessus le marché !

Il ouvrit le coffre qui se trouvait dans son dos et en sortit deux impressionnantes liasses de billets qu'il posa sur la table.

— Tiens, fais-en ce que tu en veux ! Achète des armes, offre des bijoux à Emma, baise des filles avec, je m'en fous !

Malgré le mépris que lui inspirait cet homme, Paul souhaitait le comprendre.

— Qu'est-ce qui te motive, Blanchard ? demanda-t-il en s'asseyant de l'autre côté du bureau.

Ce dernier alluma un cigare.

— Tu aimerais le savoir, n'est-ce pas ? Je vais te le dire. Rien. Rien de rien, bordel ! Pas plus les Boches que Pétain, de Gaulle ou Giraud ! Rien ! Tu comprends cela ? Et surtout pas l'argent, mon garçon !

— Quoi, alors ?

— L'instant. L'instant de vie dont on tire une jouissance, quelle qu'elle soit. Je suppose que tu es trop jeune pour comprendre cela.

Le notaire se pencha en avant et fixa Paul.

— Tu sais quoi, bonhomme, je suis déjà mort. C'est ce qui fait ma force.

Paul secouait la tête, à la fois intrigué et écœuré par cet homme insaisissable.

— Ruiner des juifs et en dénoncer d'autres, c'est cela ta jouissance ?

— C'est vrai ! admit Blanchard en s'adossant à son fauteuil. Je ruine les juifs, rien que de très normal. Après tout, cela fait des siècles qu'ils nous dévalisent.

Paul jaillit de son siège.

— Ferme ta gueule ! Je ne veux pas en entendre davantage ! Tu me dégoûtes !

— Tu as le droit de penser autrement, rétorqua Blanchard, la moue dubitative. Mais aujourd'hui, c'est ainsi ! Des gens comme moi prennent leur revanche. Demain, peut-être sera-ce ton tour ?

Excédé par l'assurance du notaire, Paul s'approcha et le saisit par le col.

— En attendant, gronda-t-il, tu vas me donner les informations que je t'ai demandées. Et ne me mène pas en bateau. Sinon, tu es un homme mort !

— Tu veux des renseignements de première main ? Eh bien, assieds-toi et écoute.

Il lui dévoila le contenu de la dernière réunion de Déat avec ses cadres…

Mayer arriva cinq minutes avant sa convocation à la *Kommandantur* de Nevers. Le voyage lui avait été pénible. Il avait échafaudé toutes sortes d'hypothèses pessimistes sur son avenir. Peut-être allait-on lui annoncer qu'il était relevé de son commandement et qu'il prenait le chemin du front ?

C'était possible. Depuis la défaite de Stalingrad, la nervosité avait gagné l'état-major. Des doutes sur la capacité du Reich à gagner la guerre étaient plus ou moins évoqués.

Dans la région, la Résistance relevait la tête et infligeait des camouflets quotidiens aux troupes d'occupation. Celles-ci ne se déplaçaient plus que sur des axes routiers et ferroviaires hautement sécurisés. Des pièces sabotées sortaient des usines. De quoi inquiéter, sinon affoler les stratèges !

Depuis que la ligne de démarcation n'existait plus, la répression prenait de folles dimensions. L'état-major exigeait des officiers supérieurs, dont lui, davantage d'arrestations de juifs, de suspects, de terroristes et de réfractaires au STO.

Mais que faire, lorsque ceux-ci disparaissaient dans les profondeurs des forêts ou se cachaient avec la complicité des habitants ? Pour régler le problème, il faudrait des milliers d'hommes supplémentaires…

Wengler le reçut rapidement, toujours aussi raide et sûr de lui. Contrairement aux fois précédentes, il ne prononça aucune phrase de bienvenue, ni ne se préoccupa de Marie ou de Lou.

— Je ne vais plus pouvoir vous protéger, commença-t-il d'une voix égale. En haut lieu, ils sont fort mécontents. Nos résultats en termes de lutte contre le terrorisme sont jugés insuffisants. Trop de sabotages, d'attentats, pas assez de répression ! Ils veulent des otages, des ouvriers dans les usines du Reich, des juifs à déporter... Moi-même, je suis menacé. On estime que nous subissons trop de revers et que nous faisons preuve d'une faiblesse coupable. Je refuse de me défausser sur mes adjoints, dont vous, en prétendant qu'ils sont des incapables. J'attends qu'on m'y contraigne. Toutefois, cela ne va plus tarder.

Debout, Mayer écoutait sans entendre, le regard tourné vers la fenêtre. Il voyait le ciel bleu, sans nuages, et la cime d'un arbre dont le feuillage frissonnait sous la brise. Le printemps était bel et bien là, songeait-il. En avance par rapport aux autres années, c'était le moment idéal pour se promener en forêt.

Soudain, il sursauta.

— Vous m'écoutez ? demandait Wengler.

Bien sûr, qu'il écoutait. L'*Oberst* lui rappela que l'assassin du fils Bardeau courait encore. De même, il n'avait fait arrêter aucun terroriste, alors qu'ils pullulaient dans la région. Que faisait-il, là-bas, à Donzy ? Du tourisme ? Logé, blanchi et entretenu par le Reich pendant que d'autres se faisaient trouer la peau en Russie ou ailleurs...

Mayer répliqua qu'il faisait son possible. Il communiquait à la *Kommandantur* quantité de renseignements glanés ci et là, dont certains d'ailleurs s'étaient révélés profitables.

— Eh bien, ce n'est pas suffisant ! hurla Wengler. Faire son possible n'est que la marque des faibles ! Quand on est officier du Reich, on fait mieux que ce qui est demandé ! Vous comprenez cela ? Inspirez-vous de nos supérieurs. Le 13 février dernier, deux officiers de la Luftwaffe ont été sauvagement assassinés à Paris. Résultat, deux mille juifs ont été arrêtés et déportés. Mille pour un, Mayer ! Voilà la bonne proportion !

Médusé, Mayer dévisageait son interlocuteur. Son visage était déformé par la haine et la colère. On aurait dit une sorte de Méphistophélès proche de l'apoplexie. C'était à la fois effrayant et risible. Où étaient donc passés Heine, Hölderlin, Rilke ?

Rubicond, Wengler alla se rasseoir et retrouva son calme. Les mains à plat sur son bureau, il fixa Mayer.

— Ah, j'allais oublier…, dit-il. J'ai reçu l'ordre de faire libérer votre dénonciateur. Cet Armand quelque chose, emprisonné ici. Vichy a fait des pieds et des mains pour qu'il soit relâché. Déat m'a appelé, Albertini aussi… On loue sa fidélité à notre égard. On pense lui confier des responsabilités dans la mise en place de la Milice départementale.

Mayer se retint de protester. C'était inutile. Il allait retrouver ce salopard et devrait lui faire des courbettes…

— J'attends de vous un coup de téléphone qui m'annonce de bonnes nouvelles, conclut Wengler. Et dépêchez-vous ! Cette fois-ci, le temps presse !

Mayer claqua des talons et fit le salut nazi, auquel Wengler, déjà plongé dans un dossier, ne répliqua pas.

Tout autre officier que lui, songea Mayer, foncerait sans doute à son QG et lancerait ses troupes à la chasse aux juifs et aux résistants, aux réfractaires du STO. Il ferait arrêter n'importe quel délinquant et lui ferait avouer le meurtre d'Albert Bardeau sous la torture.

Il n'en avait plus envie. Fini les ordres absurdes. Il voulait profiter de la nature, de la beauté des champs. N'eût été le danger, il se serait baladé dans la forêt en compagnie de Marie et Lou, où ils auraient guetté le passage d'un cerf ou d'un sanglier. Puis ils auraient profité de la chaleur pour pique-niquer au bord d'un ruisseau…

— Où allons-nous, *Oberst* ? demanda son chauffeur.

— À La Vernière, s'entendit-il répondre.

Quand Marie l'accueillit, elle dissimula son anxiété. Elle savait qu'il rentrait d'un rendez-vous avec Wengler et elle anticipait une catastrophe. Il la rassura. Rien n'avait fondamentalement changé. La pression de l'état-major s'accentuait et il devait se conformer aux ordres qu'il résuma ainsi : davantage d'arrestations et d'exécutions.

— Le problème, dit-il en s'asseyant dans la véranda, c'est que…

Il s'interrompit. Marie venait de s'asseoir sur ses genoux pour se réfugier dans ses bras.

Mayer regarda au-dehors. La Vernière apparaissait derrière les branches dénudées des arbres. La plaine était baignée de soleil. Il faisait bon, presque chaud.

— Je n'ai plus envie de leur donner ce qu'ils attendent de moi, dit-il. Je n'y crois plus. Cette guerre n'a pas de sens. Tuer, pour quoi ? Pour satisfaire les fantasmes de domination d'un homme qui sombre dans la folie ? Mes idéaux sont bafoués. Ce n'était pas ce que je recherchais en entrant dans l'armée… Je ne voulais pas d'une guerre qui enfoncerait mes compatriotes dans la misère, la peur et la mort.

Il repoussa doucement Marie, qui s'accrocha à lui.

— Reste, dit-elle. Tu as besoin de te reposer… de réfléchir…

— Non, dit-il avec plus de fermeté, je m'égare. Je suis soldat. Je ne dois pas penser ainsi. Ne me laisse plus proférer de pareilles âneries !

— Ce n'en sont pas, rétorqua Marie. Tu n'es pas une machine. Tu as un cerveau, un cœur. Écoute-les ! Ce sont eux qui ont raison.

Il l'étreignit.

— Je ferai mon devoir, dit-il. Quoi qu'il m'en coûte ! En revanche, je veux que toi et Lou soyez à l'abri. Il faut que vous quittiez la France, je t'en conjure, ma chérie.

— Non, répondit Marie, je ne partirai pas. Je suis davantage en sécurité ici qu'en Bavière. Un jour, tu le sais, votre pays sera envahi par les Alliés et sans doute ravagé. Ici, je ne risque rien. Je n'ai rien à me reprocher… C'est toi que j'aime, pas le régime que tu représentes.

— Ne sois pas naïve. Pour ceux qui résistent, tu es une collabo, rien d'autre.

— N'insiste pas, Klaus.

Il reprit ses affaires, monta embrasser Lou et redescendit. Marie l'accompagna jusqu'à la voiture.

Ils échangèrent un regard, puis il ordonna au chauffeur de démarrer.

Une heure du matin. Emma ferma le café. Fernand, qui disposait d'un *Ausweis* spécial pour circuler la nuit à Donzy, venait de partir.

Épuisée, elle gagna la cuisine, se servit un verre de limonade puis s'assit. Elle feuilleta le journal. On y stigmatisait la barbarie des récents bombardements alliés sur plusieurs villes de France qui avaient causé la mort de centaines de civils. C'étaient eux l'ennemi, pas l'Allemagne qui opposait un rempart contre le bolchevisme !

Elle reposa le journal, écœurée par ces lignes stupides et mensongères.

Elle appréciait de ne plus entendre le brouhaha des conversations, les cris et les rires avinés. Elle repensa aux visages entrevus lorsqu'elle courait de table en table pour servir. Hideux, pour la plupart. Marqués par cette fausse jovialité des jouisseurs imbibés d'alcool.

Puis elle pensa à Paul. Il ne viendrait pas ce soir, elle le sentait. Mieux valait aller se coucher et oublier…

Dans le couloir qui menait à la chambre, son attention fut attirée par des bruits en provenance du grenier. Incapable d'en identifier l'origine, elle dressa l'échelle contre le mur et grimpa jusqu'à la trappe dont elle souleva doucement le panneau. C'est alors qu'elle comprit. Un couple faisait l'amour…

D'ordinaire, elle n'aurait pas cherché à en savoir davantage. Toutefois, le fait que le grenier fût habité par Marcel aiguisait sa curiosité… Avait-il conquis l'une des filles ?

Quand elle se fut hissée sur le plancher, elle distingua la lumière vacillante d'une bougie. Intentionnellement, elle s'approcha sans prendre de précautions. Aussitôt, les ébats cessèrent.

— Mon Dieu ! s'exclama-t-elle en découvrant Colette et Marcel, enfouis jusqu'au menton sous la couverture. Jamais je n'aurais imaginé…

Comme les deux amants demeuraient immobiles et silencieux, elle reprit :

— Je suis sincèrement désolée. Vous faisiez un tel raffut ! Soyez plus discrets…

Elle descendit en se retenant de rire. Marcel et Colette dans le même lit, incroyable ! Au moins la guerre avait de bons côtés !

Toutefois, elle espérait qu'il s'agissait d'une amourette sans lendemain. Ces deux-là n'étaient pas faits l'un pour l'autre.

Blanchard arriva à la *Kommandantur* de Donzy de bonne humeur. Certes, la propagande des Alliés claironnait partout que leurs armées reprenaient l'offensive et qu'elles gagneraient la guerre, que les Anglais attaquaient en Tunisie et que les lois vichystes avaient été abolies en Afrique du Nord, sous l'impulsion de Giraud…

Cela n'avait guère d'importance aux yeux du notaire. Déat était formel : les Japonais donnaient du fil à retordre aux Américains, les Russes avançaient très lentement…

De toute manière, Blanchard se fichait d'être convaincu dans un sens ou dans l'autre. Riche, il profitait à fond de ce que lui offraient les circonstances et il serait toujours temps de se réfugier en Suisse ou ailleurs, s'il le fallait !

Mayer vint lui-même l'accueillir dans la salle d'attente. C'était assez exceptionnel pour que Blanchard le remarquât… et imaginât en tirer avantage. L'*Oberst* avait sans doute un service à lui demander.

Ils s'installèrent face à face, l'un dans le canapé, l'autre dans un fauteuil. Des boissons et des verres étaient disposés sur la table basse. Blanchard comprit que Mayer le recevait en invité.

Ils évoquèrent la guerre. Mayer faisait montre d'un optimisme excessif, bien sûr, sans croire un seul mot de ce qu'il disait. Qu'importait ! Face à ce porc de Blanchard, il préférait se pavaner en affirmant la suprématie de l'Allemagne. Et lui faire comprendre que les Allemands étaient les maîtres ici.

Quand Mayer eut rempli les verres d'un cognac millésimé dont raffolait Blanchard, il dévisagea ce dernier, un fin sourire aux lèvres.

— Cher maître, je suis au regret de vous annoncer une mauvaise nouvelle... Pour vous... Enfin, je le crois...

Sur ses gardes, le notaire cherchait à deviner quelle tuile allait lui tomber dessus.

— Armand, votre... enfin, notre bête noire, va être libéré. Peut-être l'est-il déjà ?

Pour un peu, Blanchard aurait bu le cognac au goulot. Armand ! Ce salopard ! Diable, comment s'y était-il pris ?

— J'imagine, continuait Mayer, que vous vous demandez par quel miracle ? Eh bien, ce petit monsieur disposait de relations que nous n'imaginions pas, et au plus haut niveau, à Vichy. Ne me demandez pas comment, je l'ignore. En revanche, ce que je sais, c'est que j'ai été désavoué par mes supérieurs et que nous allons entendre parler de lui dans peu de temps. Il est question de lui confier des responsabilités dans la mise en place de la Milice départementale.

Blanchard déglutissait difficilement. Armand, à nouveau dans ses pattes ? Son pire cauchemar !

— Effectivement, parvint-il à articuler, ce n'est pas une excellente nouvelle, mais…

Mais rien. Il n'avait rien à dire.

Mayer le rassura. Il ne devait pas être déçu à ce point. Armand pouvait être marginalisé, voire davantage…

Blanchard le regarda, surpris. Avait-il compris le sous-entendu de l'*Oberst* ? Rien de ce qu'il disait n'était le fait du hasard… S'il lui proposait un marché à mots couverts, il avait forcément quelque chose à lui demander. Il attendit la suite.

— Mon cher maître, je souhaiterais vous entretenir d'une autre question qui me tient à cœur. L'enquête sur l'assassinat d'Albert Bardeau me cause d'énormes soucis… Malgré des investigations poussées, pour ainsi dire dans la France entière, nos forces de police, et les vôtres d'ailleurs, sont incapables de mettre la main sur lui. De ce fait, je crois que la solution est à rechercher ici, dans la région. Peut-être auriez-vous les moyens de nous prêter main-forte ?

Blanchard retrouva le sourire. Il avait vu juste. Une sorte d'échange de bons procédés se dessinait : Armand contre l'assassin du fils Bardeau.

L'air pénétré, il hocha la tête avant de répondre. Bien sûr qu'il pouvait les aider, il avait des oreilles partout. Et puis quoi, le gamin ne s'était pas évaporé ! Il existait une explication rationnelle à cette disparition ; il allait y réfléchir et lui donnerait des nouvelles sous peu.

Satisfait, Mayer se leva et lui tendit la main.

— Nous nous comprenons. Je suis convaincu que vous détenez les clés de l'énigme. Quant à votre ex-ami, soyez sans crainte, je m'en occupe personnellement.

Dehors, Blanchard se retint de sauter de joie. Certes, il ignorait comment résoudre le mystère que constituait la disparition d'Albert. Mais il avait pour lui d'être un incorrigible optimiste. Il trouverait !

Alors qu'il gagnait son véhicule, il se décerna la palme du meilleur agent double de la région. Des deux côtés, on avait besoin de lui. Que ce fût Paul ou Mayer, il les tenait par les couilles.

Habité par un sentiment de quasi-invincibilité, il décida de s'offrir une fille chez Emma. Il l'avait mérité.

Il était plus de 8 heures quand Colette descendit rejoindre Emma dans la cuisine. D'habitude, elle se levait plus tôt, mais la nuit dernière avait été éprouvante.

Il avait fallu servir les clients, en majorité des soldats allemands, jusqu'à 2 heures du matin, soit largement au-delà de ce qui était autorisé. Heureusement, un officier supérieur qui figurait parmi les fêtards avait tout arrangé avec la patrouille de surveillance… Puis, son service terminé, elle n'avait pas résisté à l'envie de monter au grenier avec Marcel.

Cela expliquait sa mine chiffonnée et l'intense sensation de fatigue qu'elle éprouvait depuis le lever.

Emma lui servit un café corsé.

— Cela ne te fera pas de mal, dit-elle en posant le bol devant elle. Avec les nuits que tu passes…

Colette n'osa pas répondre. Le fait qu'Emma, sa patronne, sût qu'elle entretenait une liaison avec

Marcel la gênait. Elle craignait aussi sa réaction. Sans le montrer, peut-être la désapprouvait-elle ?

Emma s'assit à côté d'elle et beurra deux tartines.

— Ne fais pas cette tête ! s'exclama-t-elle en lui en tendant une. On est toutes passées par là !

Colette s'empourpra.

— Je… je suis désolée, c'est venu comme ça.

Emma éclata de rire. Cela arrivait toujours ainsi, le désir ne se contrôlait pas. Et puis quoi, Marcel était un beau garçon. Elle avait bon goût. L'essentiel était qu'il la satisfît et que le service n'en souffrît pas. Surtout, ils devaient se montrer discrets.

Colette acquiesça d'un hochement de tête.

Emma se leva et lava son bol.

— Jamais je ne me serais imaginé que tu tomberais sous le charme de Marcel. Il est si différent d'Albert.

— Je ne suis pas amoureuse de lui, se défendit Colette. C'est juste que nous…

Comme elle cherchait ses mots, Emma continua pour elle, un sourire amusé aux lèvres.

— Que vous faites bien l'amour ensemble ?

Colette acquiesça et rougit à nouveau.

Emma s'approcha d'elle et posa une main sur son épaule.

— Allons, tu n'as pas besoin de te mettre dans un état pareil. Vous ne faites rien de mal. En revanche, un conseil. Ne te mets pas des rêves en tête. Il n'est pas pour toi…

Colette releva la tête.

— Pourquoi dites-vous cela ?

Emma haussa les épaules.

— Je crois que tu n'as aucun avenir avec lui, voilà tout. Néanmoins, je peux me tromper. Cela m'est déjà arrivé.

Comme Colette lui demandait quelle erreur elle avait commise, Emma commença à lui raconter son aventure avec Louis, puis avec Colliard. Toutefois, interrompue par les enfants qui déboulaient dans la cuisine, elle ne put terminer. Ils avaient peu de temps pour prendre leur petit déjeuner avant d'aller à l'école.

Frustrée, Colette se leva et les servit. Emma sortit en lui adressant un sourire de connivence.

Blanchard avait allumé un feu dans la cheminée, juste pour le spectacle car il ne faisait pas froid.

Confortablement installé dans son fauteuil club, avec un cigare, il négligea les journaux et la TSF. Mieux valait réfléchir à la stratégie à adopter, à la fois envers les Allemands qui lui permettaient de s'enrichir et les résistants qui lui garantissaient une sorte d'assurance-vie en cas de victoire alliée. En effet, le rapport de forces était en train de s'inverser. Sous les coups de boutoir des Soviétiques, les forces allemandes reculaient. En Afrique, face aux Anglais, la situation était identique.

Dans ces conditions, qui devait-il avantager ?

Il se posait la question quand on sonna avec impatience. Il imagina ne pas répondre puis se ravisa, par curiosité.

Il descendit et gagna le portail. La nuit allait tomber incessamment. La ville sombrait doucement dans le silence du couvre-feu.

Il ouvrit.

Harnaché dans l'uniforme de la Milice, Armand se tenait devant lui, l'air martial.

— Alors, Blanchard ? Étonné de me voir, je suppose ?

— Non, mentit Blanchard en bénissant l'obscurité qui devait cacher son désappointement. Mayer m'a annoncé ta libération.

Armand ricana et entra sans y avoir été invité.

— Le notaire a sans doute une bonne bouteille de cognac dans sa réserve ? s'exclama-t-il.

Blanchard acquiesça d'un hochement de tête et le précéda jusqu'au salon, où il servit les boissons.

Les deux hommes s'assirent face à face. Blanchard observait Armand qui avait pris ses aises dans le canapé et souriait béatement, son verre à la main. Il se retenait de rire, tant il le trouvait ridicule dans son uniforme qui rappelait vaguement celui des chasseurs alpins.

— J'ai réfléchi durant ma détention, lui dit Armand d'un ton ironique. Qui, me demandais-je, avait pu mettre Mayer sur ma piste pour la lettre de dénonciation ? Qui, à ton avis ?

Le notaire parvint à ne pas s'empourprer. Il haussa les épaules pour signifier son ignorance.

— Eh bien, je vais te le dire, reprit Armand. C'est toi.

Le silence s'installa dans la pièce. Un silence si lourd de menace que le notaire regretta de ne pas être armé, au contraire de son interlocuteur qu'il jugeait capable de le tuer.

Comme il ne répondait pas, Armand poursuivit, la main posée sur son revolver.

— Vois-tu, j'aurais toutes les raisons et le pouvoir de me venger, mais dans le fond, je n'y tiens pas. Disons que je te pardonne.

Il éclata de rire, puis redevint sérieux.

— Après tout, nous sommes du même côté. Il est préférable de se serrer les coudes. J'imagine que tu as fait cela pour l'argent, n'est-ce pas ? Ah ! comme l'homme est cupide ! Remarque, je ne te jette pas la pierre, je ne vaux pas mieux. Disons simplement que je suis un peu plus naïf que toi…

— Qu'est-ce que tu veux ? s'enquit Blanchard.

Armand esquissa un sourire amusé.

— Pas grand-chose. J'ai récupéré ma maison, mes affaires, et mon argent est protégé. Cela me suffit. Tu peux continuer tes magouilles sans moi. En revanche, je souhaite que tu t'engages un peu plus. En gros, que tu travailles pour la Milice… Autrement dit, pour moi.

— C'est-à-dire ? demanda Blanchard.

— En nous aidant.

— Comment ?

— En dénonçant, mon vieux. En nous donnant les moyens de découvrir les terroristes. Et en nous soutenant financièrement.

Blanchard se détendit. S'il ne s'agissait que d'argent… Combien voulait-il ? Armand refusa d'en parler. Ce n'était pas urgent à ce point. Ils reparleraient de cela plus tard, lorsqu'il aurait rencontré l'émissaire de Darnand.

Puis, sans crier gare, il se leva.

— Je te laisse à tes réflexions, vieux complice, lança-t-il en ricanant. Évidemment, si tu as des choses à me dire, tu sais où me joindre.

Comme Blanchard s'apprêtait à le raccompagner, Armand l'en dissuada. Il connaissait le chemin.

Le notaire ne bougea pas. L'aurait-il voulu, d'ailleurs, qu'il n'y serait pas parvenu. Ses jambes ne l'auraient pas porté.

En ce début de mois d'avril, la chaleur était pesante pour la saison. Tout le monde le déplorait, car cela annonçait un hiver rigoureux.

Pour Colette, c'était plutôt agréable. Quand le service le lui permettait, elle allait faire un tour dans la campagne, où elle passait de longs moments, assise dans l'herbe, à profiter du soleil. Le coin qu'elle préférait se situait en dehors de la ville, dans un champ proche de l'étang de l'Éminence. Un endroit peu fréquenté.

Aujourd'hui, allongée à l'ombre d'un saule, elle fumait une cigarette en songeant à Albert. En effet, si elle couchait avec Marcel et y prenait plaisir, elle ne l'avait pas oublié.

Désormais, elle ne se faisait guère d'illusions. Il ne reviendrait pas, même si parfois, en ces moments de solitude, elle espérait qu'il surgirait à ses côtés par enchantement… Sans doute était-il mort ?

Penser à Albert l'obligeait à réfléchir à sa relation avec Marcel. Pas un jour ne passait sans qu'il lui offrît des fleurs, lui écrivît des mots passionnés, la questionnât sur ses sentiments… Elle ne savait que faire.

L'enthousiasme de l'adolescent ne la laissait pas insensible. Parfois, quand elle se laissait aller, il lui arrivait de se projeter dans le futur avec lui à ses côtés et cela n'était pas si désagréable. Au fond, il était courageux, travailleur, joyeux, autant de qualités rares qui lui plaisaient. Seulement, elle ne l'aimait pas.

Elle finit par botter en touche et se contenta d'imaginer que les choses s'arrangeraient d'elles-mêmes. Peut-être rencontrerait-elle un autre homme qui résoudrait son problème ? Comme d'habitude, elle esquivait…

Toutefois, au fond d'elle-même, elle savait qu'elle ne pourrait pas continuer ainsi. Un jour, il lui faudrait se déterminer.

8

Quand, subitement, deux hommes l'encadrèrent dans la rue de la Poste, à La Charité, Blanchard les suivit sans résistance. Paul ne lui avait pas menti. Il était effectivement sous surveillance.

Comme d'habitude, on le fit grimper dans une voiture et on lui banda les yeux après la sortie de la ville. Quand son voisin lui eut enfoncé le canon d'une arme dans le ventre, il ne bougea plus.

Il rassembla alors les informations qu'il allait livrer à Paul. En particulier, la livraison prochaine de véhicules militaires pour renouveler le parc de la *Kommandantur*, considérablement entamé à la suite de divers sabotages.

Cependant, ce récapitulatif n'était pas l'essentiel. La récente visite d'Armand l'avait tellement ébranlé qu'il songeait à changer de point de vue sur le conflit et donc sur son engagement. En effet, pouvait-il soutenir cette milice constituée du rebut de la société ?

Certes, renseignement pris, les miliciens n'étaient pas officiellement armés. Cependant, tôt ou tard, comme s'y attendaient d'ailleurs ses dirigeants, les

Allemands finiraient par l'accepter et ce serait le carnage.

Il savait son raisonnement spécieux. Lui-même collaborait, trafiquait avec les Allemands, s'enrichissait en spoliant des propriétaires juifs et résistants. Néanmoins, il ne pouvait supporter que des supplétifs français armés tirent sur d'autres Français.

Évidemment, il n'était pas dupe. Sa haine envers Armand qui menaçait ses propres intérêts financiers justifiait ce point de vue.

La voiture stoppa. On le poussa dehors. L'un de ses ravisseurs lui ordonna d'attendre, sans lui ôter son bandeau. Désorienté, Blanchard se demandait pourquoi une telle mise en scène. Un court instant, il paniqua. Et si on avait décidé de l'éliminer ici ? Il se raisonna. Paul avait besoin de lui.

Peu après, deux hommes l'empoignèrent par les bras et le guidèrent au milieu d'arbres et de broussailles. Des feuillages lui fouettaient le visage. Des branches mortes craquaient sous ses pieds. Puis on l'immobilisa et on lui enleva le bandeau.

Il cligna des yeux. Plusieurs individus, jeunes pour la plupart, étaient assis, qui sur une souche, qui sur un tronc d'arbre mort ; d'autres étaient allongés sur des couvertures de fortune. Silencieux, ils le considéraient, l'air méprisant, une arme à la main.

Soudain, Paul surgit du couvert des arbres.

— Voilà le type dont je vous ai parlé, dit-il. N'oubliez jamais son visage. Il vendrait père et mère pour s'enrichir. Il a spolié des juifs, des résistants aussi. Il leur a pris leurs maisons, les a revendues en réalisant des bénéfices considérables. Il fréquente les Déat, Wengler et autre Mayer ! C'est le pire des salauds. Seulement, voilà, c'est également notre informateur. Il faut s'en contenter.

— Eh, chef ! plaisanta l'un des maquisards. Si on le fusillait ?

Blanchard sentit ses jambes mollir.

— Ce ne serait pas une bonne idée, répliqua ce dernier. Surtout après ce que je vais…

— Tu ne diras rien, ici, le coupa Paul. Je voulais juste te présenter ces garçons qui offrent leur vie pour sauver *ton* pays. Tout le contraire de toi !

Blanchard tremblait légèrement, de peur plus que de froid. Il esquissa un vague sourire. Les féliciter aurait été provocateur. Il choisit d'attendre la suite.

Paul fit un signe de la tête. Ses ravisseurs l'agrippèrent et l'amenèrent jusqu'à une tente proche, dissimulée derrière un bosquet. Paul l'y rejoignit et prit place sur un tabouret de traite, devant une table pliante en formica surchargée de papiers et de cartes d'état-major.

Il enjoignit à Blanchard de s'asseoir sur le lit de camp.

— Écoute-moi, salopard. Jusqu'ici les renseignements que tu nous as donnés se sont avérés exacts et utiles. Cela m'incite à croire que tu es vraiment décidé à nous aider. Seulement, cela ne suffit pas pour que je te fasse confiance. Tu es trop vénal et lâche pour…

— Tu as tort, l'interrompit Blanchard. Tu changeras d'avis quand tu auras entendu ce que j'ai à te dire.

Il révéla quantité d'informations glanées ici et là sur les déplacements des troupes allemandes et leurs projets répressifs. Il parla aussi de décisions politiques secrètes, prises par Vichy, où il continuait de se rendre, et livra des confidences qu'on lui avait faites lors de réunions tenues par Déat, Darnand et d'autres. Il décrivit encore les défenses de La Vernière et évoqua l'arrivée prochaine d'armements lourds à Donzy.

Quand il eut terminé, Paul le dévisagea, l'air suspicieux. Pour le rassurer, Blanchard soutint son regard et reprit la parole.

— Je suis décidé à vous donner de l'argent régulièrement. Il faudrait pour cela que nous nous organisions pour…

— On verra cela plus tard, répliqua Paul en se levant. On va te ramener. Par prudence, on te laissera en haut de la ville. Tu finiras à pied.

Il sortit et héla les hommes qui avaient kidnappé Blanchard un peu plus tôt en ville. Après un bref entretien avec Paul, ils empoignèrent le prisonnier et le poussèrent devant eux pour regagner la voiture.

Blanchard était surpris qu'on ne lui bandât pas les yeux. Était-ce une manière de le tester ? Avaient-ils oublié ? Il en profita pour tenter de relever un indice qui le renseignerait sur l'endroit où il se trouvait… Mais, excepté des chiffres peints en blanc sur des troncs d'arbres, il ne repéra rien d'utilisable.

Soudain, avant d'atteindre l'allée forestière, ils lui nouèrent un foulard sur les yeux. Il en déduisit qu'en la découvrant il aurait pu deviner l'emplacement de leur camp.

Assis à l'avant de la traction, Armand demeurait silencieux, comme les trois miliciens qui l'accompagnaient. Il les avait recrutés quelques semaines auparavant. De jeunes désœuvrés, rencontrés dans des cafés et appâtés par la rémunération qu'il leur offrait.

Comme il avait été facile de transformer leur personnalité ! Une semaine de formation pour installer la haine en eux, un ou deux slogans fondés sur des principes idéologiques simples, un uniforme et de l'argent.

Cela l'avait convaincu qu'ils seraient bientôt assez nombreux pour renverser le cours des événements.

C'était urgent. En effet, s'il avait foi en la victoire des Allemands et la Révolution nationale, il percevait un changement dans l'opinion. Autrefois réceptifs aux idées de Pétain, certains commençaient à se poser des questions, voire à contester sa politique. En particulier depuis l'arrestation de Blum, qui avait été mal perçue.

Par ailleurs, les Alliés venaient de bombarder les usines Renault à Paris, sans être inquiétés.

Il était vraiment temps de reprendre les choses en main !

Il n'aurait tenu qu'à lui, il aurait accentué la répression. Seulement voilà, pour des raisons politiques qui lui échappaient, les Allemands n'étaient pas disposés à armer la Milice. Il le regrettait. On n'était jamais plus persuasif qu'en exhibant un revolver.

Arrivés devant le café de Donzy, les quatre hommes jaillirent du véhicule et entrèrent en trombe dans l'établissement, le visage fermé, tels des agents de la Gestapo.

Fernand et Emma, debout derrière le comptoir, se figèrent sur place. Colette, qui se trouvait dans la salle, fit de même. Les clients interrompirent leurs conversations. L'étonnement mêlé à la crainte se lisait sur les visages.

Armand exhiba une carte de police.

— Contrôle d'identité ! lança-t-il. Et inspection de l'établissement !

Emma éclata de rire.

— Armand ! Tu sais que tu es ridicule dans cet accoutrement ?

Furieux, ce dernier balaya le zinc avec le canon de sa mitraillette. Plusieurs verres éclatèrent sur le sol.

— Fais la maligne, répliqua-t-il. Tu vas voir !

Il adressa un signe de tête à ses acolytes, qui exigèrent les cartes d'identité. L'un des anciens, qui jouaient quotidiennement aux cartes, ne l'avait pas sur lui.

— Qu'on l'embarque ! ordonna Armand.

Deux jeunes miliciens se saisirent de lui sans ménagement et l'obligèrent à attendre, debout à côté de la porte.

Révoltée, Emma intervint.

— Tu n'as pas le droit d'agir ainsi ! Tu n'es ni policier ni allemand ! Tu n'es qu'un...

Fernand venait de lui saisir le bras pour la faire taire. Armand ricana.

— J'ai tous les droits, dit-il en la dévisageant. Maintenant, tu vas me montrer tes licences, histoire de voir si tu es en règle.

Emma expliqua que les papiers étaient dans sa chambre.

— Dans ce cas, répliqua-t-il, je vais aller les chercher avec toi.

Il lui emboîta le pas, ordonnant à ses complices de surveiller la salle.

Ils gagnèrent la chambre d'Emma sans échanger un mot. Armand commença à fouiller la commode, l'armoire et les placards. Il prenait un malin plaisir à déplier les draps, le linge et les vêtements. Il renversa d'un revers de main ce qui se trouvait sur la coiffeuse. Des verres et des flacons de parfum se fracassèrent sur le sol.

Assise, Emma le regardait faire, un sourire dédaigneux aux lèvres.

— Cela t'excite d'imiter la Gestapo, hein ! lança-t-elle. Seulement eux ont la manière, pas toi !

— Ta gueule ! riposta-t-il en lui arrachant les feuillets qu'elle tenait à la main.

Il y jeta un regard indifférent.

— Tu sais quoi ? gronda-t-il en rapprochant son visage du sien. J'ai le bras long, maintenant. La fête est finie ! Tu vas payer pour avoir foutu ma vie en l'air, toi et tes mômes, je vous aurai ! Quant à tes petits copains de la Résistance, tu peux les prévenir qu'ils vont en baver aussi !

Sur ces mots, il la saisit par le bras et l'entraîna jusqu'en bas.

La salle était plongée dans le silence. Personne n'avait bougé.

Derrière le comptoir, Fernand lavait la vaisselle. Accroupie, Colette ramassait les éclats de verre à l'aide d'une pelle et d'une balayette.

Armand vint s'installer au bar, tandis qu'Emma aidait Colette. Il commanda quatre bières à Fernand. Celui-ci remplit les verres, le visage fermé. Heureusement qu'il savait se dominer, sinon il aurait déjà tué ce connard.

Armand invita ses complices à venir boire avec lui. Ceux-ci s'exécutèrent. Après avoir trinqué avec eux, il s'adressa aux clients, l'air goguenard.

— Bande de couilles molles ! leur lança-t-il. Prêts à devenir communistes, pourvu qu'il y ait de quoi bouffer dans l'assiette, hein ?

Il cracha par terre et se tourna vers Emma, qui avait rejoint Fernand derrière le comptoir.

— Croyez-moi, vous allez en chier avec nous, menaça-t-il en pointant le doigt. Vous en viendrez à regretter les Allemands !

Peu après, il donna le signal de départ à ses acolytes. L'un d'eux empoigna le vieux qui attendait près de la porte et le poussa dehors.

Avant de sortir, Armand se retourna.

— On va bientôt revenir, s'exclama-t-il, et cette fois ce sera pour vous coffrer, avec vos petits copains résistants.

Il claqua la porte et gagna la voiture.

Colette venait de quitter le grenier pour rejoindre sa chambre. Elle le faisait lorsqu'elle devait faire l'ouverture le lendemain matin.

Habitué à s'endormir auprès d'elle, Marcel n'aimait pas la voir s'en aller. Il éprouvait toujours la stupide crainte de ne plus jamais la revoir. C'était comme vivre un abandon intolérable.

Il se redressa, s'adossa à l'oreiller et alluma une cigarette à la flamme de la bougie. Il commençait à s'attacher à elle. Pensait à elle à tout moment. Il l'aimait. Elle était sa vie.

En même temps, et cela gâchait sa joie, la culpabilité ne le quittait plus. Le souvenir de l'exécution d'Albert l'obsédait.

Cette culpabilité dévorante s'accentuait quand il était avec Colette, ce qui l'obligeait à fournir des efforts considérables pour ne rien en laisser voir.

Parfois, la jeune fille paraissait deviner ses tourments. Qu'avait-il ? Pourquoi semblait-il ailleurs ? À quoi pensait-il ? Il bafouillait alors de vagues explications ou bottait en touche.

Cet état l'effrayait. Craignant de se trahir par un mot, une allusion quelconque, il faisait constamment attention à ce qu'il disait, ce qui ôtait toute spontanéité à ses propos.

C'était d'autant plus difficile que la jeune femme évoquait parfois Albert avec les mots d'une amoureuse contrariée. De quoi le rendre furieux et lui faire oublier sa prudence !

Heureusement, depuis quelque temps, leur relation avait l'air d'évoluer dans le sens qu'il souhaitait. Colette se montrait plus attentionnée à son égard.

Tout cela lui était pénible à vivre. D'un caractère simple, enclin à voir les choses en blanc ou en noir, il se sentait désarmé face à cette complexité.

Parfois, il songeait confier à Emma combien il aimait Colette. Mais il y renonçait, par pudeur et aussi parce qu'il craignait de ne pas être pris au sérieux.

Quand il se sentait fragile, comme ce soir, il déprimait et reprochait à ses parents d'être partis si tôt en l'abandonnant dans un monde trop rude…

L'avant-veille, Blanchard s'était rendu à Vichy, à une soirée organisée par Déat en l'honneur de l'anniversaire de Hitler. Il se rappelait la déclaration de son grand homme : « L'Allemagne célèbre le cinquante-quatrième anniversaire d'Adolf Hitler. Comment serions-nous indifférents et muets en cette circonstance ? Oui, les historiens mesureront la chance que nous avons de trouver en face de nous Hitler. »

Malgré des nouvelles du front peu encourageantes, l'assemblée s'était révélée enthousiaste. La découverte des charniers de Katyn y était pour beaucoup. Trois mille officiers polonais y avaient été trouvés les mains ligotées dans le dos. Après cela, comment prétendre que les communistes n'étaient pas des barbares ?

Une autre nouvelle avait réjoui Blanchard. Secondaire, certes, par rapport à l'histoire du monde, mais tellement utile pour lui.

Au retour de son dernier enlèvement par les résistants, il s'était renseigné auprès d'un bûcheron sur les marques de peinture blanche qu'il avait repérées sur les arbres avant qu'on lui bandât les yeux. Selon le bonhomme, elles désignaient un lot destiné à la coupe dans la forêt des Bertranges. Plus précisément, à l'ouest, vers Murlin.

Ainsi, Blanchard se retrouvait détenteur d'un renseignement capital susceptible de mettre le maquis en danger… Un mot de sa part aux autorités allemandes et celui-ci serait détruit.

En d'autres temps, il aurait immédiatement livré l'information à Mayer. Aujourd'hui, c'était différent. La situation avait évolué. La victoire des Allemands n'était plus acquise. Il devait réfléchir à l'attitude qui lui serait la plus profitable.

Couché depuis près de deux heures, il ne parvenait pas à s'endormir. Il retournait dans sa tête tous les arguments, dans un sens ou dans l'autre.

Finalement, il opta pour une collaboration accrue avec les Allemands.

En effet, il jugeait ne pas avoir grand-chose à attendre de Paul et de ses compagnons. À leurs yeux, il était coupable et le resterait.

Au contraire, en aidant Mayer, il pourrait bénéficier de plus grandes largesses de sa part, et son magot s'arrondirait. Autant d'argent qui remplirait ses coffres suisses et lui donnerait la possibilité, en cas de défaite allemande, de s'organiser une vie discrète et agréable.

À son réveil, il téléphona à Mayer pour prendre rendez-vous. Au début de l'entretien, ce dernier se montra réticent mais, dès que le notaire eut promis une information sensationnelle, il lui proposa une rencontre immédiate.

Blanchard fonça aussitôt à Donzy en empruntant un itinéraire inhabituel, pour éviter d'être intercepté par des maquisards.

Mayer le reçut sans attendre. Affable, visiblement impatient de l'entendre, il l'invita à parler dès qu'ils furent assis devant un café.

Blanchard lui demanda une carte d'état-major de la région, intégrant la forêt des Bertranges. L'*Oberst* parut surpris. Néanmoins, il ordonna à son aide de camp de lui en trouver une.

Lorsqu'elle fut étalée sur la table basse, le notaire désigna un point.

— C'est là qu'est installé le maquis des Bertranges, dit-il avec une certaine emphase.

Mayer le dévisagea, incrédule.

— Comment pouvez-vous en être certain ?

— Vous le dire reviendrait à révéler mes sources, répliqua Blanchard. Et je ne le souhaite pas, vous comprenez ?

Mayer se rencogna dans son fauteuil. Il fixa le notaire. Pouvait-il faire confiance à cet homme qu'il détestait tant ? N'était-ce pas de sa part une manière de se rendre important ? En même temps, si l'information était exacte, c'était un miracle. Raser ce maquis serait une aubaine pour ses troupes qui subissaient toutes sortes de revers ces dernières semaines. Quant à Wengler, il n'aurait plus qu'à la fermer. Mieux, il serait contraint de le féliciter et de lui accorder de l'avancement…

Évidemment, il resterait redevable envers le notaire. Mais il serait facile de lui procurer l'argent qu'il réclamerait. Les fonds destinés au renseignement étaient pratiquement inépuisables.

— Vous comprenez, cher maître, dit-il, que je dois me montrer prudent. Peut-être avez-vous été faussement informé ? J'ai besoin de solides garanties pour mobiliser les troupes qui participeront à cette opération. Dans ma position, je ne peux me permettre aucun échec…

— *Oberst*, répondit Blanchard, je suis désolé, je ne peux que vous garantir la fiabilité du renseignement… Autrement dit, vous ne pouvez vous fier qu'à ma parole.

Mayer approuva d'un hochement de tête.

— Combien souhaitez-vous ? s'enquit-il abruptement.

Blanchard esquissa un sourire.

— Pour vous prouver que je suis sûr de cette information, je vous suggère d'en reparler quand le maquis aura été détruit.

Mayer sourit à son tour. Le bonhomme était malin.

Le service de midi terminé et la salle rangée, Colette annonça à Emma, qui prenait son café dans la cuisine en compagnie de Fernand, qu'elle allait faire une marche au bord de l'étang.

À sa grande surprise, Fernand proposa de l'accompagner. Aussi étonnée que Colette, Emma l'y encouragea. Pour une fois qu'il sortirait d'ici ! Et puis, elle était assez grande pour assurer le service pendant leur promenade.

Par ce temps ensoleillé, Fernand avait vraiment envie de se promener. Il désirait aussi faire plus ample connaissance avec Colette. Ils ne s'adressaient pratiquement jamais la parole, excepté pour des questions concernant le service.

Fernand reconnaissait que c'était sa faute. Cette maudite habitude de se taire, héritée de son éducation…

Ils avancèrent jusqu'à l'étang, silencieux. Colette se remuait vainement les méninges pour trouver un sujet de conversation. L'inspiration ne venait pas…

Un peu plus tard, elle lui désigna l'endroit où elle venait régulièrement. Fernand le trouva agréable.

Lorsqu'ils furent assis dans l'herbe, elle lui offrit une cigarette puis ils fumèrent, chacun perdu dans ses pensées.

— Je viens ici quand je ressasse des idées noires, dit soudain Colette.

Fernand sourit.

— C'est drôle. À te voir, on a plutôt l'impression que ça va pour toi.

Colette haussa les épaules.

— Il faut donner le change.

Fernand éclata de rire.

— Pourquoi ? Tu es si malheureuse que ça ?

Colette lui relata son enfance, son adolescence, la perte de ses parents… Puis elle évoqua sa relation amoureuse avec Albert, ses interrogations au sujet de sa disparition et enfin sa nouvelle histoire avec Marcel, uniquement fondée sur le plaisir. Elle lui confia aussi ses désillusions sur l'amour, les hommes, son rôle futur de femme…

Consciente qu'elle s'épanchait depuis un long moment, elle s'excusa. Elle ne se serait pas crue si bavarde !

Fernand la rassura. Exprimer ses états d'âme aidait à tenir le coup. Il existait tellement de raisons de désespérer.

Colette le dévisagea, intriguée.

— Ne t'inquiète pas, dit-il. Je ne suis pas suicidaire. Seulement lucide.

— C'est-à-dire ?

— Je m'oblige à regarder les choses telles qu'elles sont. Sans jamais les travestir. Cela ne facilite pas l'existence…

Colette l'interrogea sur sa vie. D'où venait-il ? Comment avait-il atterri chez Marthe ? Comment vivait-il ?

Fernand demeura évasif. Un jour, peut-être, il lui raconterait. Contrairement à elle, il parvenait difficilement à se découvrir aux autres. Ce n'était pas de l'hostilité, ni par goût du secret, juste un handicap.

— Comme ça, on fait la paire ! s'exclama Colette avec un éclat de rire.

Ils se réfugièrent dans le silence. Fernand mâchonnait un brin d'herbe, le regard perdu au loin. Colette lançait des petits cailloux dans l'eau. Elle se sentait bien. Pour une fois, un homme ne la reluquait pas avec des yeux brillant de désir.

— Tu sais, dit-il, je me demande si tu as raison d'entretenir une relation avec Marcel.

— Pourquoi ? s'étonna Colette avec agressivité, choquée qu'il eût exprimé un jugement sur sa vie privée.

— Ne le prends pas mal. C'est vrai, cela ne me regarde pas. Je ne le sens pas, c'est tout.

— Que lui reproches-tu ? C'est un bon gars, vigoureux, attendrissant…

Fernand posa une main amicale sur la sienne.

— Pardon de t'avoir dit cela. Je ferais mieux de me mêler de mes affaires.

— Ne crois pas t'en tirer à si bon compte, insista la jeune femme. Tu as commencé, tu termines.

Fernand hésitait à répondre. Pouvait-il lui dire ce qu'il ressentait à l'égard de ce gamin qu'il connaissait à peine ? Non. Il n'en avait pas le droit. C'était de l'ordre des sensations, pas des certitudes.

— Disons que je n'arrive pas à le cerner, mentit-il. C'est aussi ma faute. Je devrais me montrer plus avenant.

Colette n'insista pas. Au fond, elle n'avait pas envie de connaître le point de vue de Fernand. Peut-être parce qu'il confirmerait ses propres préventions ?

Elle se leva pour cueillir des fleurs. Marcel lui donnait du plaisir, songea-t-elle, ce qui lui convenait. Pour le reste, elle préférait le laisser de côté. De toute manière, cela pouvait attendre. Elle n'allait pas se marier avec lui le lendemain.

Il faisait chaud en cette fin de journée de mai.

En bras de chemise, Paul passait de tente en tente pour discuter avec les volontaires, jeunes pour la plupart, qui affluaient en nombre.

Cela le réconfortait d'entendre ces gamins évoquer leur vie future dans une France libre qui saurait inventer une société plus juste et plus solidaire. Il s'étonnait de leur maturité politique et de leur imagination fertile, lorsqu'ils décrivaient le pays qu'ils souhaitaient bâtir après le conflit. C'était rassurant, tant il lui semblait que la population demeurait attentiste. Jusqu'à quels excès le régime de Vichy devrait-il aller pour qu'enfin le peuple de France se soulevât contre l'occupant ?

La nuit venue, on alluma des lampes. On s'installerait autour pour partager le dîner.

Par précaution, des sentinelles étaient postées aux alentours du camp. Cependant, Paul et ses adjoints n'étaient pas inquiets. L'endroit était quasi introuvable et les Boches ne s'aventuraient pas aussi profondément dans cette forêt qu'ils méconnaissaient.

Aussi, quand le premier obus de mortier explosa, Paul mit quelques secondes à comprendre qu'ils étaient attaqués.

Le moment de surprise passé, il lança ses ordres. Sans grand résultat. Dans l'obscurité, hommes et femmes couraient en tous sens, à la recherche d'un abri ou d'une issue pour fuir.

Soudain, des fusées éclairantes s'élevèrent dans le ciel. Dans le camp, c'était la panique. Les premières lignes de défense avaient été enfoncées. Déjà, les fantassins de la Wehrmacht s'approchaient en lâchant des rafales meurtrières d'armes automatiques. On entendait distinctement les ordres lancés en allemand. Dans une poignée de minutes tout au plus, les premiers Boches seraient là.

Après s'être regroupés, Paul et plusieurs autres aguerris choisirent de se replier, selon un plan dressé plus tôt sur une proposition d'Antonio.

Le maquis étant installé sur un promontoire, auquel on accédait en gravissant une pente abrupte, un commando y demeurerait en embuscade pour retarder l'avancée des Boches et ainsi faciliter la fuite des survivants.

Ceux qui se portèrent volontaires savaient ce qui les attendait. Mais c'était le prix à payer pour protéger les dirigeants de l'organisation et mettre à l'abri les documents confidentiels.

Après une dernière accolade, Paul, Antonio et une dizaine de maquisards s'échappèrent par un chemin forestier escarpé et rapide, qui menait vers Chasnay, Guichy et enfin à la forêt de Bellary, leur base arrière.

Alors qu'ils progressaient dans l'obscurité, les fuyards, silencieux, entendaient décroître les échanges de coups de feu. Dans peu de temps, les Allemands allaient prendre possession des lieux et exécuter les survivants.

Paul fulminait. Comment leur emplacement avait-il été repéré ? C'était impossible ! À moins d'un traître dans leur groupe. Il pensa à chacun de ses camarades survivants. Aucun n'avait le profil d'une balance. Était-ce Blanchard ? L'hypothèse paraissait improbable. Chaque fois qu'ils l'avaient amené au maquis, ils lui avaient bandé les yeux et emprunté des chemins détournés. Armand ? Ce n'était guère envisageable non plus… Qui d'autre alors ?

Il y réfléchit vainement, jusqu'à ce qu'ils eussent dépassé le taillis de Saligny, position qui les mettait hors de danger.

9

Quand Emma ouvrit le journal dans la cuisine et vit le gros titre de la une, « Une victoire d'envergure contre les terroristes », son cœur fit un bond.

Un article faisait état de la destruction totale d'un camp de maquisards au cœur des Bertranges. Plus de cinquante d'entre eux y avaient trouvé la mort contre trois soldats allemands, aussitôt décorés à titre posthume pour leur héroïsme au service du grand Reich. Chacun des terroristes serait identifié et leur famille devrait répondre de leurs actes.

Elle se précipita au bar et demanda un cognac à Fernand, surpris. Puis elle lui tendit le journal.

— Cela ne veut rien dire, conclut-il après avoir lu le compte-rendu de l'opération. Beaucoup ont dû en réchapper.

Emma ne put s'empêcher de pleurer. Fernand la serra dans ses bras.

— Tu crois qu'il se sera tiré de ce guêpier ? demanda-t-elle.

— Je l'espère…

Comme Colette entrait dans la salle, Emma sécha ses larmes et retourna dans la cuisine. Elle devait recouvrer ses esprits ; Fernand avait raison. Rien ne disait dans l'article que Paul était mort. Cependant, elle devait savoir et une seule personne pouvait la renseigner… Marie !

Elle gagna sa chambre, s'habilla plus élégamment et redescendit.

— Je vais à La Charité, mentit-elle à Fernand et Colette en traversant la salle au pas de course. Je serai de retour dans deux heures.

Ces derniers n'eurent pas le temps de répondre que déjà elle grimpait dans la voiture.

Elle couvrit la distance jusqu'à La Vernière en un temps record. Bien qu'elle conduisît peu, elle possédait une certaine dextérité grâce aux conseils que Paul lui avait naguère prodigués. Plusieurs fois, il lui avait laissé le volant afin qu'elle s'accoutumât à la conduite. Ces souvenirs figuraient parmi les plus heureux de sa vie…

Après avoir franchi le poste de garde de La Vernière sans difficulté, elle se gara devant la maison des Quatre-Vents.

Allongée au soleil sur une chaise longue, Marie se leva et vint à sa rencontre, la mine réjouie. Elles s'étreignirent.

— Désolée d'arriver à l'improviste, s'excusa Emma.

Marie l'invita à s'asseoir sur l'autre chaise de jardin, puis s'installa en face d'elle.

— Tu as l'air bouleversée…

Emma hésita, consciente qu'elle allait devoir révéler une part de sa vie que Marie ignorait.

— Tu as vu l'article sur le camp des Bertranges, je suppose…, commença-t-elle.

— Oui, répondit Marie, qui ne voyait pas où Emma voulait en venir.

— Eh bien… Je voudrais savoir qui a été tué. Ce n'est pas précisé dans le journal et pour moi c'est important.

Marie la dévisagea, l'air interrogateur.

— Tu me caches quelque chose, toi.

Emma se demandait comment expliquer qu'elle s'intéressait au sort de Paul, un résistant, sans confier qu'elle était amoureuse de lui. Elle s'en voulut de son impulsivité. Aurait-elle réfléchi, elle ne se serait pas fichue dans une telle impasse !

Marie éclata de rire.

— Laisse-moi deviner. Tu veux savoir si quelqu'un qui t'est cher ne figurerait pas parmi les victimes, c'est cela ?

Comme Emma demeurait silencieuse, Marie insista :

— Un amant, peut-être ?

— Plus que cela, osa Emma.

Elle se décida à tout raconter. Paul… Son chauffeur de l'époque… Ils étaient tombés amoureux… Il avait disparu pour rejoindre le maquis… Il pouvait avoir été tué…

Quand elle eut terminé, elle soutint le regard de Marie. Elle s'en voulait. Ce qu'elle venait d'avouer pouvait mettre la vie de Paul en danger, au cas où il aurait réchappé aux Allemands. Surtout, elle venait de jouer son va-tout en faisant totalement confiance à Marie.

Celle-ci se rencogna dans sa chaise.

— Faut-il que tu sois mordue pour raconter cela à la compagne de celui qui a dirigé l'opération ! Tu te rends compte de ta bêtise ? De la situation dans laquelle tu me mets ?

— Je sais, lâcha piteusement Emma. Je...

Marie appela une domestique et commanda du café. Puis elle se leva et se tourna vers le jardin, silencieuse. Si elle avait déjà pris sa décision, elle avait besoin de réfléchir. Avoir accepté d'entendre l'aveu d'Emma, c'était rompre définitivement avec la collaboration. Ne plus suivre Mayer. Opter pour la victoire des Alliés. Prendre parti pour la Résistance tout en continuant à vivre dans un environnement hostile.

Le café servi, elle revint s'asseoir.

— Je vais essayer de savoir, dit-elle. Je t'en supplie, ne parle plus de cela à quiconque. Surtout pas à moi... J'ai oublié.

Puis, avec cette légèreté qui la caractérisait, elle reprit :

— J'espère au moins qu'il en vaut la peine.

Au retour de la *Kommandantur*, Blanchard était aux anges. Quelle magnifique réception ! Tout le gratin allemand et collaborationniste s'y trouvait. Et, pour la première fois depuis longtemps, il n'y avait vu que des mines réjouies. Non, l'Allemagne n'était pas dans la mauvaise passe que décrivait la presse clandestine. La preuve, elle infligeait de graves revers aux terroristes. Avec l'opération menée dans les Bertranges, elle avait décapité durablement le mouvement de résistance. Bien sûr, personne n'avait évoqué l'entrée des Anglais et des Français à Tunis, ni celle des Américains à Bizerte. Pourquoi aurait-on gâché la fête ?

Un peu éméché, fatigué aussi, il s'installa dans son fauteuil anglais pour fumer un dernier cigare.

Cette divine soirée lui avait redonné espoir. Quelle bonne idée d'avoir dénoncé ce maquis ! Paul et les autres lui ficheraient la paix pendant un bon moment.

Surtout, il avait renforcé sa position auprès des Allemands. Il fallait voir comment Mayer l'avait couvert d'éloges devant l'aréopage militaire allemand : « Je vous présente le meilleur des Français, avait-il lancé. Un vrai ! Conscient des enjeux actuels et des conséquences qu'entraînerait une victoire de l'ennemi pour la France ! »

Wengler lui-même, pourtant avare de compliments, l'avait étreint. « Grâce à des hommes tels que lui, avait-il déclaré, le Reich gagnerait la guerre ! » Il avait promis de lui obtenir une médaille de reconnaissance pour service rendu.

Blanchard se fichait des breloques allemandes. Il avait la francisque, cela lui suffisait. Lui préférait des espèces sonnantes et trébuchantes. Il n'avait pas à s'inquiéter ; Mayer lui avait promis de le régler incessamment.

Le plus intéressant avait été sa rencontre avec Armand. Il s'attendait à ce que celui-ci lui battît froid. Or, l'inverse s'était produit. Comme transformé par la grâce, il s'était précipité au-devant de lui et l'avait carrément embrassé. Il savait le rôle majeur qu'il avait joué, lui avait-il confié.

Après l'avoir complimenté, il s'était excusé de son attitude brutale et cassante lors de leur précédente rencontre. Il souhaitait le revoir bientôt pour envisager une nouvelle collaboration avec lui.

Conscient des avantages qu'il pourrait en tirer, Blanchard en avait accepté le principe. Cela servirait ses intérêts. La Milice ferait le sale boulot et lui empocherait les dividendes. Bien sûr, il partagerait avec Armand. Riche à millions, il n'allait pas mégoter.

Son cigare terminé, il gagna sa chambre et s'allongea, satisfait d'avoir réussi son coup. La Résistance ne pouvait le soupçonner d'avoir donné le maquis ! Quant aux Allemands, ils lui fourniraient sans rechigner les subsides et passe-droits qu'il souhaiterait…

Emma ne parvenait pas à s'endormir. Elle jeta un coup d'œil sur le réveil. Deux heures du matin. Elle se leva et rejoignit la cuisine.

Trop de soucis la harcelaient pour qu'elle réussît à se détendre. Les enfants mal fichus à cause d'un rhume, les clients et les filles dont les rapports étaient parfois difficiles à gérer, la liaison de Colette et Marcel qui l'inquiétait – trop jeunes et différents, selon elle, pour s'embarquer dans une histoire sentimentale sérieuse. S'ajoutait à cela la pénurie de denrées alimentaires, y compris chez les Allemands. Bientôt, elle ne pourrait plus offrir qu'un seul service le soir.

Elle alluma une bougie, comme le lui avait conseillé Paul, et alimenta la cuisinière en bûches pour faire chauffer de l'eau. Une tisane lui ferait du bien.

La fenêtre était ouverte. Un souffle d'air chaud faisait onduler le rideau.

Elle songea à Paul. Sans nouvelles de Marie, son espoir de le revoir vivant s'amenuisait. Des larmes jaillirent à ses paupières, qu'elle essuya aussitôt. Pas question de se laisser aller. Il fallait y croire encore.

C'est alors que le miracle se produisit. Elle venait de s'asseoir pour entamer sa tisane, quand Paul écarta le rideau et enjamba le rebord de la fenêtre. De saisissement, elle faillit lâcher sa tasse.

Ils s'étreignirent, s'embrassèrent, esquissèrent quelques caresses. Paul refusa de faire l'amour. Il n'avait ni le temps, ni la tête à cela, ce qu'Emma comprit.

Assis à côté d'elle, il lui raconta le carnage auquel il avait assisté, sa fuite avec d'autres compagnons jusqu'à un lieu secret, puis la réorganisation du nouveau maquis. Ce qui expliquait qu'il ne fût pas passé plus tôt.

Il évoqua ceux qui avaient été tués. Des jeunes, pour la plupart, qui s'étaient engagés avec le souci de libérer leur pays. Quand le chagrin affleurait derrière les mots, il se reprenait.

À la lueur de la bougie, Emma remarqua combien ses traits s'étaient creusés. Il semblait triste, épuisé. Elle se retenait de le prendre dans ses bras pour le consoler, lui dire qu'elle l'aimait et l'admirait.

Il se disait soucieux de la suite des événements. Les Allemands venaient de montrer l'efficacité de leur service de renseignement. La guerre était loin d'être gagnée !

Quand Emma évoqua une possible trahison, il haussa les épaules. Sans doute, reconnut-il, mais ils étaient dans l'impossibilité de le confirmer et de trouver le coupable.

Soudain, il jeta un œil à sa montre.

— Il faut que j'y aille, dit-il. J'ai le temps de passer entre deux patrouilles…

Il se leva. Emma se réfugia dans ses bras. Elle ne lui révéla pas sa démarche auprès de Marie, afin de ne pas ajouter d'inquiétude à son désarroi.

— J'ignore quand je reviendrai, lui confia-t-il après un dernier baiser. Les temps qui arrivent s'annoncent difficiles…

Avant d'enjamber le rebord de la fenêtre, il lui sourit et disparut.

Emma demeura immobile, à regarder le rideau qui ondoyait, poussé par l'air chaud venu du dehors.

Heureuse que Paul fût en vie, elle laissa couler les larmes. Puis elle souffla sur la flamme de la bougie et monta se coucher.

En ce début de soirée, particulièrement chaude, Marie et Mayer avaient décidé de prendre un café sur la terrasse, éclairée par des photophores. La nuit commençait à tomber. Il régnait un profond silence, parfois troublé par un aboiement ou un meuglement lointain.

Mayer était détendu. L'opération menée contre le maquis des Bertranges lui avait valu des félicitations de l'état-major, ce qui lui laissait espérer une médaille, voire une promotion.

Toutefois, une sourde angoisse l'étreignait quant à l'issue du conflit. La pression des Alliés se faisait de plus en plus forte. Une semaine auparavant, ils avaient bombardé Bordeaux, sans que la DCA allemande y pût rien. Une fois de plus, cette opération avait démontré leur écrasante supériorité aérienne.

Seul motif de satisfaction, la presse française s'indignait des sept cents civils tués.

De surcroît, à l'état-major, les mauvaises nouvelles affluaient quotidiennement. Partout en France, les trains déraillaient, les sabotages se multipliaient. Et cela, malgré une répression féroce.

Enfin, une récente conversation avec d'autres officiers l'avait convaincu que, à moins d'un redressement inespéré des forces allemandes, la guerre serait perdue.

Allongée sur l'une des chaises longues, Marie gardait les yeux fermés et goûtait la quiétude de ce moment à côté de Klaus.

Elle se réjouissait que ce dernier eût à nouveau sourire et énergie. Il semblait plus rassuré sur l'issue du conflit… Raison pour laquelle elle n'abordait pas ce sujet avec lui. En effet, que lui aurait-elle dit, sinon qu'elle était certaine de la défaite des Allemands, qu'elle avait choisi de soutenir la Résistance en taisant sa conversation avec Emma ? Et qu'au fond elle s'était trompée sur tout depuis le début ?

Il servit le café, puis vint s'asseoir près d'elle.

— Tu as enfin retrouvé les faveurs de Wengler ! dit-elle en lui caressant la main.

— Oui ! Il m'a à la bonne ! Jusqu'à la prochaine fois, où il estimera que je n'en fais pas assez. Tu sais, l'opération des Bertranges ne va pas changer grand-chose. On arrête tous les jours des terroristes. Sauf que maintenant les autorités françaises nous reprochent nos manières de faire. Par exemple, avec le directeur de l'hôpital de Nevers récemment.

Marie mit un sucre dans son café et remua.

— Si c'est de la torture dont tu parles, je ne vois là rien d'étonnant !

Mayer haussa les épaules et alluma une cigarette.

— Qu'est-ce que tu crois ? Que nos prisonniers vont avouer parce qu'on le leur demandera poliment ? Les types qu'on arrête sont des durs à cuire… Heureusement, tous les Français ne sont pas comme eux !

Marie ricana.

— Déat, Armand, Blanchard ? Tu parles d'une aide ! Ils ne pensent qu'à leur propre intérêt. Si le vent tourne, ils seront les premiers à ficher le camp.

— Peut-être, répliqua Mayer. En attendant, l'opération des Bertranges n'aurait pu avoir lieu si le notaire ne nous avait pas indiqué l'emplacement du maquis.

Marie tressaillit. Cette révélation lui avait fait l'effet d'une gifle. Ce salopard de Blanchard ! À l'origine de ces morts, pour la plupart des gamins, qui souhaitaient uniquement vivre en paix et libres. Cette traîtrise la dégoûtait…

— Je croyais que tu le méprisais ? s'étonna-t-elle en dissimulant sa colère.

— Effectivement. Toutefois, à partir du moment où il m'apportait ce renseignement sur un plateau, je n'allais pas le refuser.

Marie se leva et arpenta le jardin. Son irritation était telle qu'elle alluma une cigarette à son tour. Elle songea à Emma, qui devait se morfondre en se demandant si Paul était vivant…

Mayer avait perçu l'agacement de Marie. Il s'approcha d'elle et la prit par les épaules.

— Je sais ce que tu penses, dit-il. Mais c'est la guerre. Parfois, la fin justifie les moyens.

— Quelle fin ? La destruction de tout et de tout le monde ? Quelle belle perspective !

Elle se détacha de lui.

— Certains en ont-ils réchappé dans les Bertranges ?

— Sans doute. Mais il n'y a pas eu de survivant pour nous le dire.

Marie n'insista pas.

— Je monte me coucher, dit-il.

Il s'éloigna, peu fier d'avoir esquivé le débat avec Marie. D'autant moins, d'ailleurs, qu'au fond il pensait comme elle…

Madeleine et Martin venaient de rentrer de l'école. Le rituel était toujours le même. Ils prenaient leur goûter et montaient à l'étage avec Colette, qui s'occupait d'eux. Les devoirs d'abord, puis des jeux jusqu'à l'heure de la toilette, juste avant le dîner.

Au fil des mois, une grande confiance s'était installée entre la jeune fille et les enfants. Elle obtenait d'eux bien davantage qu'Emma, leur propre mère, à qui ils reprochaient un manque de disponibilité et un autoritarisme excessif.

Au début, celle-ci avait tenté d'imposer à Colette une façon de faire, puis elle y avait renoncé en constatant que la jeune fille s'en sortait mieux qu'elle.

Colette avait donc les mains libres pour organiser leur éducation à sa manière. Elle avait des principes. On se lavait les mains avant de se mettre à table, on faisait les devoirs avant de jouer, on ne coupait pas la parole, etc.

Elle savait les écouter quand ils racontaient leurs interminables histoires, les consoler, les protéger aussi. Combien de fois n'avait-elle pas énervé Emma en prenant leur défense ?

Toutefois, aujourd'hui, elle n'était pas aussi attentive avec eux qu'à l'ordinaire. Depuis plusieurs jours, elle se montrait impatiente, brusque dans ses gestes et ses paroles. Sans rien pouvoir y faire…

Elle s'inquiétait des propos de Fernand au sujet de Marcel. Ceux-ci avaient réveillé sa méfiance à l'égard de l'adolescent. Sa jalousie à l'égard d'Albert, l'outrance de ses propos, son agressivité lui revenaient en mémoire.

Bien sûr, elle pointait ses propres contradictions, en particulier celle d'avoir cédé à ses avances. Son besoin de prendre du plaisir y était pour beaucoup, mais il n'expliquait pas tout. D'autres motivations la poussaient à le rejoindre dans le grenier. Elle pressentait qu'en les découvrant elle serait sans doute plus spontanée avec lui et plus heureuse.

Affalé dans le canapé, légèrement enivré, Mayer ordonna à son aide de camp de le laisser seul. Après sa rencontre avec Blanchard, il avait besoin de tranquillité.

Il l'avait grassement rémunéré pour sa dénonciation. En plus, il lui avait donné l'autorisation d'acquérir les biens et les propriétés de tout individu du département qui serait exécuté pour terrorisme.

Sa veulerie l'écœurait. Plus la guerre se prolongeait, plus il abandonnait ses principes, piétinait ses propres idéaux.

Il comprenait combien le succès de l'opération des Bertranges l'avait détourné de lui-même. Couvert de compliments, il se laissait aller à la facilité, jusqu'à faire du zèle. Il y aurait d'autres opérations aussi décisives, avait-il promis à ses supérieurs. D'autres morts. D'autres résistants arrêtés et torturés. Cela pour suivre Hitler, dont il mesurait chaque jour davantage la folie meurtrière.

Il repensa à Blanchard, assis en face de lui, tellement à l'aise dans son costume de collaborationniste, à énoncer des objectifs farfelus et moralement indéfendables. La France et sa grande sœur, l'Allemagne, allaient bouter le communisme aux portes de l'Europe ! Éradiquer les races inférieures de la surface de la Terre ! Libérée de ses fainéants qui l'affaiblissaient et de ses politiques médiocres, la France allait redevenir une grande nation !

Il y avait ajouté un éloge à Déat, son grand homme, qui finirait par diriger le pays après que le Maréchal aurait disparu.

Mayer se rappelait honteusement l'avoir laissé parler, sans protester. Tout cela parce qu'il espérait de lui de nouvelles informations sur les réseaux de résistance. Parce qu'il souhaitait être à nouveau au centre de l'attention de ses supérieurs, et reconnu comme un grand soldat qu'il n'était plus.

Il avala un reste de café et gagna la fenêtre. Dans la cour de la *Kommandantur*, de jeunes soldats accomplissaient leur tâche avec entrain et discipline. Le faisaient-ils pour la grande Allemagne que Berlin leur promettait ? Combien parmi eux réfléchissaient à leur condition de militaire, aux raisons de leur engagement ?

Il revint s'asseoir à son bureau. Questions oiseuses en temps de guerre, songea-t-il pour se rassurer. Ce qui comptait pour un officier, c'étaient l'obéissance et l'efficacité.

Il sonna son aide de camp. Une manière d'échapper à ses interrogations et ses doutes. Mais il savait qu'un jour ceux-ci le rattraperaient… qu'il serait contraint d'y faire face.

Ce matin de la mi-juin, Emma lisait le journal près de la devanture du café pour profiter du soleil. Pour une fois, elle avait décidé de prendre un peu de bon temps.

Revenue de l'école, où elle avait accompagné les enfants, Colette s'occupait de la mise en place des rares couverts réservés aux Allemands. En effet, depuis maintenant deux semaines, il devenait impossible de se procurer suffisamment de victuailles pour un service complet.

Fernand était descendu à la cave chercher des bouteilles de vin et d'alcool. Les vieux habitués, assis au soleil devant leur Ricard, tapaient le carton bruyamment. Emma ne leur prêtait plus attention. À force de les voir tous les jours, ils faisaient partie du décor. Ils étaient un peu de la famille, aussi. Quand elle sollicitait un coup de main pour débarrasser ou nettoyer, ils acceptaient volontiers. Elle les aimait *ses* vieux, comme elle les appelait.

Marcel nettoyait la cour intérieure, où il était agréable de se reposer au frais, lors des chaudes soirées d'été.

Comme chaque jour, la presse évoquait des opérations allemandes dans la région. On arrêtait, interrogeait, déportait, fusillait… Le gouvernement de Vichy vantait la Franc-Garde, la fameuse Milice dont la mission consisterait à sauver la France des traîtres. Cela amusait Emma, tant ce discours paraissait éloigné des préoccupations de ses clients… Que recherchaient ces derniers, aujourd'hui ? Avant tout, du travail et de quoi manger. La plupart se fichaient de la politique.

Elle finissait son café quand elle aperçut la camionnette de Bertaud, qui se garait le long du trottoir. Cela la surprit. Il ne venait jamais. Était-il arrivé quelque chose de grave aux Bertins ? À la Coulisse ?

Elle sortit et s'approcha de l'épicier qui descendait du véhicule.

— Que se passe-t-il ? demanda-t-elle, inquiète.

— On a retrouvé la voiture d'Albert dans l'étang de Châteauvert, répondit-il, l'air nerveux. Et son cadavre dedans !

Comme Emma ne disait rien, il reprit :

— C'est le père Faucheux, vous savez le maréchal-ferrant… Il pêchait ce matin quand il a aperçu le toit de la traction qui dépassait au-dessus de l'eau. Normal, avec cette chaleur, le niveau a beaucoup baissé. Il a aussitôt prévenu les gendarmes. Quand je suis parti, ils étaient là, avec la Gestapo.

Éblouie par le soleil, Emma avait mis une main en cache au-dessus de ses yeux.

— Et alors, pourquoi venir nous prévenir, Bertaud ? On n'y est pour rien…

— La petite Colette le fréquentait, j'ai pensé que cela vous intéresserait de le savoir.

Emma l'invita à prendre un rafraîchissement. Il refusa. Il était fort occupé. Elle le remercia. Il avait agi comme il le fallait. Effectivement, c'était important. Cela mettait un point final au mystère.

Il monta dans le véhicule, démarra et se pencha à la portière.

— Si des fois vous connaissez pour moi un moyen d'aider la France, dit-il d'un ton entendu, n'hésitez pas…

Elle acquiesça. Quand il fut reparti, elle demeura songeuse. Évidemment, la police allait débarquer. Le fait que l'étang fût proche de la Coulisse et que Colette eût entretenu une liaison avec le gamin intéresserait les enquêteurs.

Elle pressentit que les ennuis ne faisaient que commencer…

10

Il était 21 heures quand Armand pénétra dans la salle du Gambrius, un restaurant réputé de Nevers où Blanchard lui avait fixé rendez-vous pour fêter leurs retrouvailles.

Il était de bonne humeur. Recommencer ses trafics avec le notaire était gage d'un prochain et rapide enrichissement, ce qui n'était pas pour lui déplaire. En effet, à force de mener grand train, ses réserves commençaient à fondre, et il ne voulait pas piocher dans le pécule qu'il gardait à la banque, destiné à le couvrir en cas de pépin.

Ils se donnèrent l'accolade, tels deux vieux amis qui se retrouvent après une longue séparation. Si chacun demeurait sur ses gardes, leurs embrassades avaient leur part de sincérité. On appartenait au même camp, on possédait la même culture de l'intérêt et l'on partageait des idées politiques. De quoi rapprocher deux individus aux tempéraments aussi différents.

Le notaire avait vu les choses en grand, pas question de lésiner : champagne, meilleurs vins de Bourgogne et plats régionaux étaient au menu. Il souhaitait réellement une réconciliation avec Armand. Il lui reconnaissait du talent et avait besoin de son optimisme. En effet, jamais le vieux n'avait désespéré de la victoire de l'Allemagne, alors que lui-même la sentait de jour en jour plus incertaine.

Les deux hommes trinquèrent avec ostentation au succès du Reich, devant les consommateurs, pour la plupart des Allemands ou des collabos neversois.

Puis, comme ils le faisaient avant leur « petit différend », *dixit* Blanchard, ils échangèrent leur point de vue sur la suite des événements.

Selon Armand, on ne pouvait guère souhaiter meilleure situation. Au plan national, la Gestapo remportait des succès inespérés. Et le général Delestraint, soupçonné d'être l'un des leaders de ce ramassis de terroristes qui se prétendaient résistants, avait été arrêté. Au plan local, le maquis des Bertranges venait d'être démantelé grâce à Blanchard.

Nouvelle occasion pour les deux hommes de trinquer bruyamment.

Quant à la situation militaire, elle n'était pas si mauvaise que cela pour le Reich. Stalingrad n'était qu'une défaite parmi d'autres. Il ne fallait donc pas prêter l'oreille aux propos défaitistes qui fleurissaient ici et là !

Enfin, il existait d'autres raisons d'espérer. Des jeunes se levaient en masse pour adhérer à la Milice et défendre les valeurs éternelles sur lesquelles s'appuyait le vieux Maréchal pour créer une nouvelle France !

Ce travestissement de la réalité faisait sourire Blanchard, trop lucide pour tomber dans le panneau. À plus ou moins long terme, la guerre était perdue pour les Allemands !

Toutefois, il admirait la conviction d'Armand, qu'il aurait sincèrement voulu posséder. Rien ne l'arrêtait. Certes, cela dénotait chez lui un certain aveuglement. Mais, en ces temps de renoncement des Français séduits par les sirènes gaullistes ou alliées, cela aidait à y croire encore !

Il ne dit rien de ses propres certitudes à Armand. À quoi bon ? Ce dernier trouverait les arguments pour continuer à vivre dans l'illusion…

Au contraire, par goût du jeu, il alla dans son sens. Oui, les Allemands reprenaient l'offensive et dominaient. Et puis, de nouvelles armes étaient en préparation en Allemagne. Des armes redoutables, disait-on à Vichy, contre lesquelles même les Américains ne pourraient rien.

Le plat principal avalé, une gibelotte de lièvre aux champignons, les deux hommes avaient déjà éclusé deux litres de vin et en étaient venus aux confidences.

— Alors, le notaire ? demanda discrètement Armand. Si tu me disais comment tu as fait pour savoir où se planquaient ces salopards de terroristes, dans la forêt des Bertranges ?

— C'est secret, répliqua Blanchard qui brûlait néanmoins de briller aux yeux de son acolyte.

— Allez ! insista l'autre en lui versant une nouvelle rasade de vin. Tu peux me le dire à moi !

Blanchard finit par lui lâcher une version proche de la vérité en passant sous silence qu'il était régulièrement enlevé par les maquisards.

— En fait, j'ai découvert leur camp par hasard en me promenant en forêt. C'était le mois dernier. Comme ils ne m'avaient pas vu, je me suis planqué pour les observer. Puis je suis rentré et j'ai prévenu Mayer…

— Bon Dieu ! s'exclama Armand. Cela s'appelle avoir un sacré coup de pot ! Félicitations !

Blanchard se rengorgea. Eh oui, en cas de victoire allemande, on pourrait dire qu'il y avait grandement contribué.

Alors qu'ils avalaient leur premier café arrosé d'une prune, ils détaillèrent leur future collaboration.

Il ne s'agissait plus de spolier des juifs car, ainsi que le remarqua Armand avec un sourire épanoui, « il n'y en avait plus ! », mais de déposséder les traîtres qui luttaient contre Vichy.

Ils convinrent de s'entendre avec des policiers français qui militaient dans les divers groupuscules collaborationnistes, ainsi qu'avec leurs amis de la Gestapo. En étant informés en temps réel des propriétés devenues vacantes, ils pourraient se les procurer pour une bouchée de pain et les revendre avec de confortables bénéfices. Cela ne leur coûterait que de maigres commissions distribuées ici et là.

Blanchard proposa un partage égal des revenus. Armand le remercia pour sa générosité. Il lui revaudrait cela !

Satisfaits de leur accord, à moitié soûls, ils décidèrent d'achever la soirée dans un cabaret proche, situé sur le quai de la Loire et fréquenté par le gotha allemand de la ville. Sans doute y glaneraient-ils des informations sur l'étrange découverte de la voiture d'Albert avec son cadavre à l'intérieur.

Armand était le plus impatient. Vu la proximité de l'étang avec la Coulisse, il y avait des chances qu'Emma fût impliquée…

Au lendemain de la visite de Bertaud, Emma n'avait encore rien dit à Colette et Marcel. Elle avait voulu réfléchir. Le lieu de la découverte du véhicule l'inquiétait. N'importe quel enquêteur, un tant soit peu curieux, constaterait que le lac était proche de la Coulisse. Ce qui signifiait une tonne de tracasseries dans les jours, voire les heures qui suivraient.

À l'instar d'un policier, elle se posait des questions. Colette et Albert s'étaient-ils violemment disputés, au point que la jeune fille l'aurait tué ? Après tout, il s'était souvent mal comporté à son égard. En même temps, elle l'imaginait mal prendre le dessus sur lui, le tuer et ensuite faire disparaître la voiture. Cela exigeait de l'ingéniosité, une froide préméditation et surtout une force physique qu'elle ne possédait pas.

Marcel pouvait également être l'auteur du crime. Il ne cessait d'agonir Colette d'injures chaque fois qu'elle évoquait Albert. Il aurait pu commettre l'irréparable par jalousie.

Ce qui la chagrinait le plus, c'était que l'un et l'autre pouvaient être coupables. Deux personnes qu'elle appréciait et qui faisaient partie de la famille.

Après une dernière hésitation, elle les réunit dans sa chambre, juste après le déjeuner. Elle souhaitait avoir une franche explication avec eux et surtout les prévenir qu'ils seraient interrogés sans ménagement par la police française et la Gestapo…

Colette et Marcel n'étaient guère à l'aise. Sans doute Emma allait-elle les morigéner parce qu'ils couchaient ensemble ?

Au contraire, elle se montra gaie et accueillante. Elle leur servit un sirop d'orgeat et leur proposa de s'asseoir sur le lit. Puis, installée à son bureau, elle s'adressa à eux sur un ton grave pour souligner l'importance de ses propos.

En leur rapportant ceux de Bertaud, elle les dévisagea, à l'affût d'un signe qui dénoncerait l'un ou l'autre. Rien de cela ne se produisit. Marcel exprima un étonnement sincère et spontané. Quant à Colette, elle se mit à pleurer, ce qui était prévisible.

Ses craintes apaisées, Emma les avertit de la venue probable d'enquêteurs chevronnés. Tous ici auraient un sale moment à passer, y compris les enfants !

Marcel et Colette quittèrent la chambre ensemble. Il lui proposa de monter au grenier. La jeune femme refusa. Elle n'avait qu'une envie, s'allonger dans sa chambre et pleurer tout son soûl.

Dans son bureau de la *Kommandantur*, Mayer jubilait. L'enquête sur la disparition d'Albert pouvait démarrer. À partir de maintenant, trouver le coupable serait un jeu d'enfant ! Autre satisfaction, il avait réussi à obtenir de Wengler la conduite des investigations et des interrogatoires.

Un verre de cognac à la main, il prit place dans le canapé. Il venait de demander aux limiers de la Gestapo, plutôt qu'aux policiers français auxquels il ne faisait pas confiance, de réaliser les premières expertises et de lui en fournir très vite les résultats. Il en attendait beaucoup. En effet, comme le lui avait confirmé le chef de la Gestapo de Nevers, il s'agissait d'un crime.

Il échafauda plusieurs hypothèses. Était-ce celui d'un parent, auquel cas la famille du gamin devrait être suspectée. Celui d'un intime ? D'un camarade politique ? D'un ami proche ? D'une amante ? Ou bien celui d'un groupe terroriste, ce qui était envisageable au regard de son engagement politique ?

Il se promit de demander son avis à Marie le soir même. Avec son intuition, il était sûr qu'elle le mettrait sur la bonne voie…

Colette pleurait, plongée dans ses souvenirs avec Albert. Chacun d'eux lui rappelait des moments d'un bonheur simple, fait de désir, de joie et de partage. Depuis sa disparition, jamais elle n'avait retrouvé la sensation de légèreté et de liberté qui l'habitait lorsqu'elle le fréquentait.

Savoir qu'on avait découvert son cadavre l'apaisait. Elle n'imaginerait plus mille hypothèses sur sa disparition, aussi fantasques les unes que les autres. Cela lui permettait de se détacher de leur histoire… et d'envisager un autre avenir.

Toutefois, elle voulait savoir comment il avait fini dans cet étang.

L'hypothèse d'un suicide était à exclure. Cela n'avait aucun sens. Albert était gai, plein de projets d'avenir, il aimait la vie.

Elle écarta l'idée d'un accident. Pour atterrir dans le lac, la voiture aurait dû suivre une trajectoire accidentée qui l'aurait stoppée avant…

Elle frémit en songeant que l'assassinat était la seule explication. Dans ce cas, Albert avait dû souffrir. Peut-être avait-il pensé à elle au dernier moment ? Maintenant, il s'agissait de trouver qui pouvait l'avoir tué et pourquoi ?

Pour elle, les coupables étaient forcément des résistants qui lui avaient fait payer son engagement auprès des Allemands. Spontanément, elle leur en voulut. En même temps, elle ne pouvait rien reprocher à ces hommes qui luttaient pour libérer la France.

Restait la possibilité d'un crime crapuleux. C'était son interprétation privilégiée. La moins pénible aussi. Au moins, cela lui permettrait d'en vouloir à un inconnu…

Comme l'heure avançait, elle fit un brin de toilette. Elle devrait bientôt aller chercher les enfants.

Quand Mayer arriva aux Quatre-Vents, Marie l'attendait devant la table, dressée dehors pour le dîner. Avec cette chaleur, expliqua-t-elle, elle avait songé que ce serait agréable.

Mayer l'en félicita, d'autant qu'une légère brise rafraîchissante, venue du bois, balayait le jardin.

Après une étreinte affectueuse, ils s'attablèrent l'un à côté de l'autre, tournés vers La Vernière et la campagne. Le soleil couchant enflammait l'horizon, où s'étiraient quelques nuages de traîne.

Subjugués par ce spectacle, ils demeuraient silencieux, perdus dans leurs pensées, quand une domestique vint leur servir l'entrée.

Mayer évoqua la découverte macabre qu'ils avaient faite à l'étang de Châteauvert. Il ne cachait pas sa satisfaction. Enfin, l'énigme si préjudiciable pour lui allait trouver sa solution ! Il ne serait plus importuné par Bardeau père, ni par Wengler qui lui avait confié l'enquête, ce qui montrait combien il était remonté dans son estime !

Marie l'embrassa. Elle partageait son enthousiasme. Cela faisait tellement longtemps qu'il attendait une reconnaissance.

Elle l'invita à lui donner des détails.

Le niveau de l'étang ayant baissé à cause des fortes chaleurs, expliqua-t-il, un pêcheur avait repéré la voiture par hasard. Le cadavre du gamin était à l'intérieur. Les premières constatations indiquaient qu'il avait été assassiné par un tir de chevrotine à bout portant. Cela avait intrigué les enquêteurs. Au début, ceux-ci avaient pensé qu'il s'agissait d'une exécution politique, accomplie par des terroristes locaux. Puis ils s'étaient ravisés. Le mode opératoire ne correspondait pas à celui des maquisards. Ces derniers n'auraient pas dissimulé le véhicule dans un tel lieu, ni abandonné le cadavre dedans. Désormais, les policiers penchaient plutôt pour un règlement de comptes crapuleux.

— Comment comptez-vous mettre la main sur le coupable ? demanda Marie. Vantard et provocateur comme l'était ce gamin, il a dû se faire pas mal d'ennemis !

Mayer s'essuya la bouche et avala une gorgée de vin avant de répondre.

— Cela ne devrait pas traîner. L'assassin aura laissé un indice derrière lui. De toute manière, on va interroger tous les gens du coin. Quelqu'un a forcément vu ou entendu quelque chose…

Marie acquiesça, songeuse. Elle repensait à la relation amoureuse entre Albert et Colette. Cela l'inquiétait. Bardeau allait en parler à la Gestapo, si ce n'était déjà fait, et les enquêteurs débarqueraient à Donzy. Cela serait effroyable pour Emma, ses enfants et les autres. Les agents de la Gestapo n'étaient pas réputés pour leur finesse, ni leur tendresse. Ce ne seraient qu'interrogatoires musclés, fouilles brutales, invectives et menaces…

Elle décida de rendre visite à Emma pour la mettre en garde.

Marcel ne parvenait pas à trouver le sommeil. Allongé sur le matelas, fumant cigarette sur cigarette, il tentait de juguler son angoisse. Il aurait donné ce qu'il possédait pour que son cerveau ne produisît plus aucune pensée, car, à chacune d'elles, son épouvante croissait…

Dire qu'il avait songé à tout, sauf à l'évaporation de l'eau par forte chaleur…

Il se repassait en boucle le film de l'assassinat, à la recherche du moindre indice oublié qui pourrait l'accuser. Il n'en décelait aucun.

Cela le calmait un court instant, jusqu'à ce qu'il se rappelât que l'assassin en laissait toujours un, tel que l'écrivaient les journalistes. Alors, l'anxiété le reprenait… Il voyait les policiers entrer dans le café, se saisir de lui et l'emmener dans une geôle sombre pour l'interroger.

Il envisagea de fuir. Mais c'était la plus stupide des décisions, car cela reviendrait à se dénoncer.

Sa terreur s'amplifiait quand il imaginait Colette découvrant la vérité, le dégoût qu'elle manifesterait à son égard, la fin de cet amour auquel il tenait tant ! Bon Dieu, ce serait tellement injuste ! Il n'était pas coupable ! Il n'avait fait que tuer un traître et un sadique violent qui avait violé la jeune femme !

Mais la plaidoirie s'interrompait vite au profit du réquisitoire… Il avait tué. Tué un autre homme qui avait la vie devant lui. Qu'il fût un collabo et un amant brutal ne justifiait pas le crime. D'autant moins que la jalousie en était le seul vrai mobile. Marcel avait tué son concurrent sentimental, pas un ennemi politique.

Parfois, il se racontait une belle histoire. Il avouait la vérité à Colette. Elle lui pardonnait et ils se déclaraient un amour éternel… Vaines songeries !

Les nerfs à vif, il se leva et alluma une énième cigarette. Il tourna la tête vers le vasistas, où apparaissait le ciel étoilé. Quelles options avait-il ? Attendre ? Avec l'espoir qu'aucun indice ne viendrait le compromettre et qu'il saurait résister à la pression des enquêteurs ? Se suicider, en laissant une lettre où il expliquerait son geste ?

Foutaises ! Il avait envie de vivre, encore et encore ! Il avait tant de choses à découvrir !

Finalement, épuisé, il s'allongea, décidé à laisser filer les événements. Qu'importait, il ne pouvait revenir sur ce qui avait été accompli.

Comme il disposait de peu de temps, Paul avait pris un vélo pour rejoindre Emma. Quand il s'engagea dans le chemin forestier, juste après avoir quitté Sainte-Colombe, il se détendit.

Grâce à la pleine lune, il avançait sans hésitation.

Néanmoins, il demeurait sur le qui-vive. L'occupant était nerveux et multipliait les patrouilles.

Impatient de retrouver Emma, il anticipait leur étreinte mais aussi ce qu'il avait à lui dire.

Au sortir de la forêt, il abandonna la bicyclette dans un fourré et continua à pied. Entrer en ville était le plus dangereux. Il pouvait être surpris par une ronde, ou repéré par un collabo qui le dénoncerait. C'était arrivé… Les chiens représentaient également un problème. Ils pouvaient se mettre à aboyer à plusieurs et avertir l'ennemi.

Pour éviter une mauvaise surprise, il longeait les murs, tapi dans l'ombre. Il s'arrêtait souvent, dressait l'oreille puis reprenait son chemin.

Parvenu au café, il passa derrière l'immeuble afin d'avoir accès à la fenêtre de la cuisine. Celle-ci était ouverte. Derrière le rideau opaque qui ondoyait légèrement, il devina la lumière mouvante d'une bougie. Cela pouvait être Emma, mais aussi n'importe qui d'autre. Prudemment, il écarta le rideau pour voir à l'intérieur. Il s'apaisa. Attablée devant une limonade, Emma songeait, le regard perdu dans le vide. Il l'observa un moment. Elle était si belle…

Pour ne pas l'effrayer, il toqua doucement contre la vitre. Elle sursauta malgré tout, puis lui sourit. Sitôt qu'il eut enjambé le rebord de la fenêtre, elle se précipita dans ses bras.

Après de fougueux baisers, ils grimpèrent en silence jusqu'à la chambre.

Ils firent l'amour sans hâte, heureux de retrouver leur gestuelle si intime, si unique aussi. C'était d'autant plus excitant qu'ils étaient condamnés à la discrétion. Leurs corps rassasiés, ils demeurèrent enlacés et silencieux. Paul fumait. Collée à lui, Emma répétait qu'il était beau, qu'il lui manquait. Lui regrettait de ne pas la voir plus souvent, depuis cette nuit si tragique où tant de résistants avaient trouvé la mort.

Comme s'il souhaitait exorciser le souvenir de ce drame, il lui raconta à nouveau le sifflement des obus, les tirs de mitrailleuse, les cris, les plaintes des blessés et lui qui fuyait avec ses camarades. Une nuit infernale, où il avait compris combien la mort flirtait avec la vie, combien le désir d'avenir était inutile. En guerre, le futur c'était le présent.

Il lui confia ensuite, comment à quelques-uns, ils s'y étaient pris pour recruter d'autres maquisards et s'installer dans la forêt de Bellary, moins vaste que celle des Bertranges mais aussi inexpugnable… si l'on n'était pas trahi ! Car, après de longues discussions avec ses amis, c'était une certitude : quelqu'un les avait donnés. Seulement, voilà, ils n'avaient aucune idée de son identité.

D'où leur décision de cloisonner les groupes qui constituaient le maquis, de changer de lieu aussi souvent que possible et de renforcer les règles de clandestinité.

Emma l'étreignit, lui dit d'être prudent, puis elle évoqua la découverte du cadavre d'Albert.

— Nom de Dieu ! s'exclama Paul. C'est quoi cette histoire ?

Elle posa une main apaisante sur son torse, puis reprit son récit. Elle, Colette et Marcel, peut-être les enfants allaient être sous le coup d'une enquête approfondie. Une enquête qui d'ailleurs se faisait attendre, ce qui l'angoissait.

Paul alluma une cigarette.

— À ton avis, qui peut avoir commis ce crime ? demanda-t-il.

— La Résistance ?

— Non, répondit-il. Aucune opération n'a été programmée dans ce sens. Et pour cause, c'était l'un des nôtres.

— Ce n'est pas vrai ! s'exclama Emma. Je ne l'aurais pas imaginé !

— C’est pourquoi il était parfait.

Emma suggéra un assassinat crapuleux, ou un règlement de comptes entre collaborationnistes. Paul réfutait chacune de ces hypothèses. Son instinct lui soufflait de chercher ailleurs. Soudain nerveux, il se leva et enfila ses vêtements.

— Je suis désolé, ma chérie. Je ne peux pas m’attarder…

Emma ne protesta pas. L’assassinat d’Albert devait avoir de graves répercussions pour la Résistance.

Habillé, Paul l’embrassa en la dissuadant de l’accompagner jusqu’à la cuisine. C’était assez difficile comme ça de la quitter.

Il lui recommanda de ne pas paniquer lors des interrogatoires. Et surtout de ne pas mentir. De même, Colette et Marcel, qui n’avaient rien à se reprocher. La moindre contradiction face à la police allemande pouvait avoir des conséquences dramatiques. Il leur fallait un coupable, n’importe qui pouvait faire l’affaire.

Emma le rassura. Ils feraient face. Après un dernier baiser, il sortit.

Ce matin-là, Mayer partit très tôt des Quatre-Vents, au prétexte qu’il avait une journée chargée. Il était impatient de découvrir le rapport des enquêteurs sur le « crime de l’étang », ainsi que le désignait la presse locale. Peut-être auraient-ils une piste exploitable ?

Levée plus tard, Marie prit un rapide petit déjeuner et se prépara. Elle avait passé une nuit exécrable, à imaginer la venue de la Gestapo à Donzy, avec ses conséquences pour Emma et les autres. Elle s’était aussi interrogée sur la nature de ce crime. Il ne pouvait s'agir que d'un règlement de comptes politique.

Aux environs de 10 heures, elle se garait devant le café illuminé par le soleil. Elle songea qu'il serait rentable d'installer des tables dehors avec des parasols. Cela attirerait les clients…

À son entrée, Fernand leva les yeux du journal qu'il lisait. Il la salua avec froideur et alla chercher Emma.

En attendant, Marie s'assit et salua les deux seuls consommateurs présents. À leur mise soignée, elle supposa qu'il s'agissait de voyageurs de commerce, venus vendre leur camelote aux Allemands. Ou bien attendaient-ils pour rejoindre une femme à l'étage ?

Emma s'annonça peu après avec Fernand, qui reprit sa place derrière le comptoir.

— Je suis si heureuse de te voir ! s'exclama-t-elle en embrassant Marie. Allons dans la cuisine, nous y serons plus tranquilles.

Emma ferma la porte derrière elle.

— Je sais de quoi tu vas me parler, dit-elle. Je préfère qu'on ne nous entende pas.

Marie s'attabla.

— Tu as du nouveau ? s'enquit-elle.

— Rien de plus que ce que Bertaud m'a raconté. Tu imagines mon inquiétude. On le connaissait, surtout Colette. J'espère qu'on ne va pas l'accuser de l'avoir tué ?

— Penses-tu ! la rassura Marie. Ce n'est pas un crime de femme. Nous, on empoisonne !

Emma sourit et disposa deux tasses sur la table pour le café.

— Tu as une idée ?

— Non. J'ai retourné cela dans ma tête depuis que Klaus m'en a parlé. Sans doute des résistants qui se seront vengés…

Elles formulaient diverses hypothèses, quand Marcel fit irruption dans la cuisine. En découvrant les deux femmes en conciliabule, il s'excusa, prêt à repartir. Emma l'invita à se joindre à elles.

— On parlait de l'assassinat d'Albert. Tu n'aurais pas une idée sur le coupable ?

— Ma foi, non, répliqua-t-il en se servant du café.

Sa main tremblait légèrement. Il lui semblait que les femmes dardaient sur lui des regards accusateurs. Il devait absolument se reprendre.

— Je suis tel que vous, reprit-il d'une voix assurée. Je me demande ce qu'il s'est passé.

Debout, il s'accota à la cuisinière. Il portait la tasse à sa bouche quand Marie insista.

— Tu ne l'as jamais vu avec d'autres types ?

Il se détendit. Cette question venait de lui donner une idée.

— Si, répondit-il. Un jour, il a déboulé à la Coulisse en traction, avec des gars qui avaient des sales gueules… Il semble qu'ils…

— Je me rappelle, le coupa sèchement Emma, mais cela n'a rien à voir.

Elle le congédia en lui recommandant d'aider Fernand à remonter des bouteilles de la cave. Ainsi, il ne serait pas tenté d'évoquer le supposé viol de Colette qui la désignerait comme coupable.

Il sortit en saluant les deux femmes d'un hochement de tête.

— C'est curieux, dit Marie. Je ne l'ai pas trouvé à l'aise.

Emma haussa les épaules.

— Il est timide, voilà tout.

Elles discutèrent encore un moment. Emma parla des difficultés à faire tourner le commerce. La nourriture commençait à manquer.

Marie lui promit d'en dire un mot à Mayer. Sans illusion. Dorénavant, l'essentiel des saisies opérées dans les fermes environnantes était affecté aux soldats.

Son café terminé, elle prit congé.

En croisant Marcel dans la salle, elle surprit son regard fuyant. Pas de doute, songea-elle, il avait quelque chose à se reprocher…

Quand elle fut sortie, Marcel grimpa au grenier. Il n'était pas dupe. Marie le soupçonnait d'être mêlé à l'assassinat. Pis, peut-être connaissait-elle la vérité ?

Terrorisé, il s'allongea sur le matelas et éclata en sanglots…

11

La réunion du comité de liaison des maquis régionaux avait été convoquée à minuit à Vielmanay. Les voies d'accès au village étaient surveillées par des commandos de résistants pour faire face à une éventuelle intervention allemande.

Le délégué du Conseil national de la Résistance ouvrit la séance. Après un vibrant hommage à Jean Moulin, dont on venait d'apprendre l'arrestation, il fit un exposé sur les discussions au sein du CNR. Notamment, au sujet de la plate-forme politique qui servirait de référence dès la libération de la France.

Les présents étaient invités à en prendre acte. Il s'agissait désormais, comme partout ailleurs dans le pays, d'unifier concrètement l'armée secrète locale et de désigner son chef.

Dès la fin de l'intervention, on passa au vote de désignation du coordonnateur local de la Résistance. À sa grande surprise, Paul fut choisi quasiment à l'unanimité. Ému, il accepta.

Le délégué le félicita et prit aussitôt congé, afin de pouvoir rentrer à Paris en sécurité.

Après son départ, Paul résolut d'organiser son équipe. Un homme de chaque réseau serait son interlocuteur unique. Les rencontres auraient lieu dans divers endroits annoncés au dernier moment sous une forme codée. Les opérations seraient décidées collectivement et coordonnées selon les impératifs du moment, ce qui interdisait toute action isolée.

Après un bref échange sur ce sujet, on en vint aux questions diverses.

Paul informa les participants de la découverte du cadavre d'Albert dans l'étang de Châteauvert. Cela pouvait-il être le fait de l'un ou l'autre des maquis ? Comme ce n'était pas le cas, on envisagea plusieurs hypothèses : la vengeance, le crime crapuleux, l'assassinat politique, sans qu'aucune fît l'unanimité. Paul demanda alors à chacun d'enquêter de son côté.

La réunion close, chaque participant sortit dans la nuit et rejoignit son groupe.

Paul partit en dernier. Avec Antonio et d'autres résistants, ils se dirigèrent vers leur nouvelle base opérationnelle.

La nuit étoilée permettait de se repérer facilement. Ils marchaient sur les bas-côtés herbeux, prêts à se cacher.

Le camp était distant de trois kilomètres. Tel le précédent, il était installé sur un promontoire, au cœur de la forêt. Difficilement accessible, on pouvait néanmoins s'en échapper en cas d'attaque.

Des équipes de deux sentinelles se relayaient jour et nuit en des endroits stratégiques pour détecter une présence suspecte. Il n'était plus question de se faire surprendre comme la dernière fois.

Les effectifs s'étaient étoffés d'hommes et de femmes, de tout âge et condition sociale.

Pour des raisons d'intendance et de discrétion, Paul avait ordonné d'interrompre le recrutement. Échaudé par l'attaque des Bertranges, il préférait disposer d'unités réduites mais réactives et mobiles.

Tout en marchant, Paul et Antonio s'interrogeaient sur l'assassinat d'Albert.

— Cela n'a rien à voir avec la politique, affirmait le second. Pas davantage avec l'acte d'un maraudeur… C'est une histoire de jupons ! Tu te rappelles le gamin ? À courir après toutes les gonzesses ! Un mari ou un amant l'aura mal pris et lui aura réglé son compte !

Paul n'était pas convaincu. Son intuition lui soufflait que la relation entre Marcel et Colette n'était pas étrangère au destin tragique d'Albert.

Emma préparait le déjeuner dans la cuisine, quand un grand fracas venu de la salle la fit sursauter. Elle s'y précipita. Une vingtaine d'agents de la Gestapo, arme au poing, avaient investi les lieux. Certains vérifiaient les identités des joueurs de belote en leur aboyant dessus.

Derrière le bar, Fernand essuyait un verre, impassible.

Sur un signe du chef de cette cohorte brune, d'autres grimpèrent à l'étage, bousculant Emma au passage.

— Qu'est-ce qui vous permet ? s'exclama-t-elle.

— Asseyez-vous ! lui ordonna son interlocuteur en désignant une table à proximité.

Il commanda à Fernand de venir les rejoindre.

Des cris leur parvenaient de l'étage, où les gestapistes avaient investi les chambres, surprenant sans doute des filles dans leur sommeil ou en petite tenue.

Emma se réjouissait que les enfants fussent à l'école… Soudain, Colette arriva, encadrée par deux policiers qui la forcèrent aussi à s'asseoir. Elle était effrayée. Emma lui adressa un sourire rassurant.

À cet instant, Armand, vêtu de l'uniforme de la Milice, fit une entrée fracassante dans le café, suivi de quelques complices.

Il serra la main du chef des gestapistes et s'approcha d'Emma.

— On abrite des criminels ? ironisa-t-il, un méchant sourire aux lèvres. Ça va te coûter cher !

Descendu du grenier entre deux agents de la Gestapo, Marcel apparut dans l'encadrement de la porte, à côté du bar. Il fut poussé dans la salle, sans ménagement. Il fixait Emma, terrorisé.

Armand se tourna vers lui et le gifla.

— Tiens ! Voilà pour Albert !

Emma se leva, indignée.

— Qu'est-ce que c'est que cette histoire ?

— Ta gueule ! répliqua Armand en la forçant à se rasseoir.

Le chef des gestapistes éclata de rire, tandis que deux agents entraînaient l'adolescent dehors. Avant de sortir, celui-ci se tourna vers Emma, figée sur son siège, et lui demanda pardon.

Armand passa derrière le bar et invita gestapistes et miliciens à s'approcher. Il disposa sur le comptoir des verres qu'il remplit de calva et leva le sien à la victoire du Reich. Plusieurs toasts furent portés à la gloire de Hitler et de Pétain.

Pendant ce temps, Emma échangeait des regards avec Fernand et Colette qui pleurait. Elle cherchait à comprendre ou plutôt à repousser l'évidence…

Armand vint se planter devant eux, les pouces accrochés à sa ceinture, et les toisa d'un air supérieur.

— C'est bête, ce qu'il vous arrive, n'est-ce pas ? Complices d'un assassin… On ne vous arrête pas encore, mais ça ne va pas tarder !

— Tu pourrais au moins nous expliquer ce qu'il se passe, répliqua Emma.

— La ferme ! rétorqua Armand. Tu n'as pas droit à la parole.

Le chef gestapiste s'adressa à son tour à Emma, dans un français approximatif. Consignés ici jusqu'à nouvel ordre, ils seraient bientôt convoqués.

Puis il sortit, suivi d'Armand et du reste de la troupe.

Après leur départ, Emma, Colette et Fernand, affaissés sur leur chaise, demeurèrent silencieux. Sidérés, les joueurs de belote n'osaient pas reprendre leur partie de cartes.

Emma se leva et proposa aux deux autres de la suivre à la cuisine. Au passage, elle commanda aux filles, qui chuchotaient au pied de l'escalier, de regagner leur chambre.

Colette et Fernand s'attablèrent.

Emma mit la casserole de café à réchauffer sur la cuisinière, puis se tourna vers eux.

— Arrête de pleurer, ordonna-t-elle à Colette. Cela ne sert à rien. Le mal est fait.

— C'est lui qui l'a tué, n'est-ce pas ? demanda la jeune fille en essuyant ses larmes d'un revers de manches.

— Je le crains, répondit Emma. Encore que ce ne soit pas prouvé.

— Mais bon Dieu ! Pourquoi a-t-il fait ça ?

Fernand posa une main sur son bras.

— Va savoir. Tellement d'idées bizarres peuvent passer dans la tête d'un gamin…

Quand le café commença à frémir, Emma ôta la casserole du feu puis le versa dans des verres.

— Si c'est le cas, on se fout des raisons qui l'ont poussé à commettre ce crime, dit-elle sèchement en s'asseyant. Ce qui compte, ce sont les conséquences de son acte. On ne va pas cesser d'être surveillés, interrogés, suspectés. Nous devons donc tenir un langage identique aux Boches. On ne sait rien ! On n'a rien vu ! On n'est au courant de rien ! Vous comprenez ?

Colette, qui pleurait de plus belle, hocha la tête. Emma mit un sucre dans son verre de café et tourna la cuiller.

Elle se fichait de ce que Marcel avait fait ou pas. Elle voulait surtout prévenir Paul. Le gamin savait des choses. Il allait être interrogé sans ménagement. Dans ces conditions, il pouvait lâcher des informations préjudiciables à la Résistance. Seulement, où trouver Paul ? Ce dernier ne lui avait donné aucune indication pour le localiser…

Agacée par les pleurs et les reniflements de Colette, elle l'envoya se calmer dans sa chambre. Elle irait chercher les enfants elle-même. La jeune fille obtempéra.

Dès qu'elle fut sortie, Fernand s'adressa à Emma.

— Vous êtes un peu dure avec elle.

— Je sais. Néanmoins, tout cela arrive à cause d'elle. Qu'avait-elle à s'amouracher d'Albert, puis ensuite de Marcel ?

Fernand ne dit rien. Il ne connaissait pas assez les protagonistes de cette histoire pour avoir une opinion sur la question.

— Vous souvenez-vous de notre dernière conversation ? reprit Emma. Vous vouliez vous rendre utile, au cas où…

— Oui !

— Le moment est venu. Connaissez-vous un moyen de rentrer en contact avec le maquis ?

Fernand hésita, puis acquiesça d'un hochement de tête.

— Dans ce cas, faites-leur savoir ce qu'il vient d'arriver et informez-les que je souhaiterais rencontrer leur chef.

Emma s'était refusé à nommer Paul. Par pudeur, mais aussi pour ne pas prendre de risques.

— Comment allez-vous faire ? demanda-t-elle.

Fernand sourit et se leva. La clochette de l'entrée du café venait de tintinnabuler.

— Moins on en sait, mieux c'est, ironisa-t-il en sortant de la cuisine.

Emma se laissa aller contre le dossier de sa chaise, vidée, incapable d'agir.

Elle se servit un autre café, l'esprit ailleurs. Le « pardon ! » lancé par Marcel résonnait dans sa tête tel un aveu.

Elle tenta de cerner le moment du crime. Vainement. Cela lui avait complètement échappé. Quelles avaient été les motivations du gamin ? Tout à la fois, la haine envers le collabo et celui qui lui enlevait Colette ?

Ce drame lui en rappela d'autres. Émile chutant dans le puits… L'accident de Louis, l'arrestation de Colliard, le décès de Margot qu'elle aurait tant aimé avoir à ses côtés en ces heures douloureuses. Elle était si tendre… si réconfortante !

Elle chassa ses souvenirs et se leva, envahie par une pesante sensation de lassitude. Pourtant, ce n'était pas le moment. Tant de tâches l'attendaient !

En ce mois de juillet, la chaleur restait accablante jusqu'à tard dans la nuit. Aussi, ce soir-là, Marie vint-elle s'allonger sur l'une des chaises longues installées devant la maison, pour y siroter une Suze glacée en attendant Mayer.

Excepté les jours d'opération militaire ou de réunion, il arrivait aux environs de 21 heures, et ils bavardaient en attendant que le dîner fût servi.

Pour Marie, c'était le meilleur moment de la journée. Le seul où elle fût assez tranquille pour laisser libre cours à ses pensées…

Sa relation avec Mayer s'était améliorée. Celui-ci semblait avoir retrouvé son enthousiasme d'antan. Il se posait moins de questions et évoquait parfois l'issue de la guerre avec un certain optimisme.

Marie ne le contredisait pas, même si elle pensait différemment de lui. Malgré ce qu'affirmait la propagande, l'armée allemande avait déjà perdu la guerre. Le récent débarquement des Alliés en Sicile en attestait.

Au fond, cette question lui importait peu. Elle désirait vivre pleinement chaque minute, sans se soucier de l'avenir. En cas de victoire des Alliés, son sort serait scellé. Mais cela la laissait de marbre. Quoi qu'il arrivât, elle aurait profité de la vie.

En même temps, elle se rassurait. Elle n'avait pas fait que collaborer. Elle avait aussi aidé Emma, puis d'autres anonymes derrière elle. Jamais elle n'avait livré un Français à la Gestapo, ni n'avait trahi son pays. Tout au plus était-elle tombée amoureuse d'un Allemand…

Soudain, elle entendit la voiture de Mayer qui grimpait la côte des Quatre-Vents. À travers le rideau d'arbres, elle percevait la lumière des phares par intermittence. Son cœur s'emballa. Elle avait tellement envie de se réfugier dans ses bras !

Sorti du véhicule, Mayer s'approcha d'elle en sifflotant. Il l'embrassa et prit place sur une chaise longue, à côté d'elle.

— On dirait que tu as la forme, dit-elle en demandant à la domestique de servir un whisky à « monsieur ».

— Il y a de quoi ! répondit-il en desserrant le nœud de sa cravate. Nous avons enfin mis la main sur l'assassin d'Albert.

— De qui s'agit-il ?

— Du gamin… Marcel.

Marie ne fut guère surprise. Depuis qu'elle l'avait croisé, elle le pensait impliqué. Elle songea à ceux du café de la Poste, qui d'une manière ou d'une autre allaient en subir les conséquences.

— Vous avez des preuves ?

— Plus qu'il ne nous en faut ! s'exclama Mayer après avoir avalé une gorgée de whisky. Il est tellement bête qu'il a laissé des indices derrière lui.

— Lesquels ?

— C'est confidentiel, ma chérie. Mais le plus intéressant n'est pas là. Qu'il ait tué Albert n'a plus guère d'importance. Ce qui en a, en revanche, c'est ce qu'il nous balance sur les terroristes. Paraît-il qu'un temps il était en liaison avec ceux des Bertranges. Je le crois, si l'on s'en réfère aux détails qu'il donne. Seulement, voilà, maintenant il prétend ne pas savoir où se sont réfugiés les survivants. Il affirme ne plus les fréquenter.

— C'est peut-être vrai ? risqua Marie.

— Penses-tu ! Il ment tel un arracheur de dents ! J'ai d'ailleurs donné l'ordre qu'on le bouscule un peu, sans plus. Il a tellement la trouille qu'il finira par tout déballer !

— Vous l'interrogez à Donzy ?

— Non. J'ai préféré le faire transférer ici. Ainsi, je n'aurai pas la Gestapo dans les pattes.

Marie ne laissa pas transparaître son étonnement. Marcel à La Vernière, à quelques pas d'ici… C'était tout bonnement incroyable !

Emma était en danger. Marcel risquait de livrer aux Allemands des informations compromettantes sur elle. Elle devait aller la prévenir dès le lendemain matin.

— D'autres que lui sont compromis ? s'enquit-elle, l'air faussement indifférent.

— Non, répliqua Mayer. Pas pour l'instant, en tout cas. Il prétend avoir commis le crime seul.

Cela détendit Marie.

— J'imagine qu'il va être exécuté, dit-elle.

— Évidemment. Mais, auparavant, je veux qu'il avoue ce qu'il sait.

Marie changea de sujet. Elle ne voulait pas intriguer Mayer par ses questions. Elle en savait suffisamment pour informer Emma et surtout la rassurer sur son sort.

Depuis l'arrestation de Marcel, Colette était rongée par la culpabilité.

Lui revenaient en mémoire les remarques acerbes de l'adolescent au sujet d'Albert, son acharnement à la convaincre de sa traîtrise, puis, plus tard, ses regards mauvais chaque fois qu'elle évoquait son souvenir.

Elle s'en voulait de ne pas y avoir accordé assez d'attention, d'avoir cru que ce n'étaient que paroles en l'air… Plus vigilante, elle aurait pu empêcher ce dénouement tragique. Elle était impardonnable. Non seulement elle était responsable de la mort d'Albert, mais elle avait couché avec son assassin !

Ses réflexions la renvoyaient à sa propre faiblesse. Elle n'était qu'une gamine écervelée qui s'était contentée de satisfaire ses désirs, sans se poser de questions.

Avoir caressé, embrassé Marcel et joui dans ses bras la dégoûtait. Dire qu'elle était allée jusqu'à envisager de vivre et d'avoir un enfant avec lui…

Son angoisse s'accentuait quand elle songeait à l'avenir. Qu'allait-il arriver ? Serait-elle arrêtée pour complicité ? Comment allait-elle vivre avec cette blessure ? Pourrait-elle à nouveau faire confiance à un homme, à l'amour, à la vie ?

Néanmoins, grâce à son art de la dissimulation, une forme de sang-froid dans son cas, elle parvenait à donner le change. Elle continuait à s'occuper des enfants, de l'intendance et du service en salle, sans broncher. Toutefois, elle ne pouvait dissimuler son amaigrissement, ses cernes profonds, ni son regard triste.

Heureusement, personne ne lui faisait de remarque. Tout juste Emma se permettait-elle de temps en temps de lui dire qu'elle la trouvait fatiguée…

Comme d'habitude, Emma attendait Paul dans la cuisine. Elle présumait qu'il viendrait bientôt. Fernand avait fait passer le message.

Pour tromper l'attente, elle cousait, lisait, préparait à manger pour le lendemain.

Ce soir, elle avait attaqué des travaux de couture qu'elle retardait depuis longtemps. Des torchons à repriser, des boutons et des ourlets à coudre. Cette tâche ne la rebutait pas. C'était utile. Cette passion lui avait été transmise par Margot à son adolescence et elle lui en était reconnaissante.

Coudre, c'était laisser libre cours à ses pensées. Tandis qu'elle bordait, crantait, fronçait, son cerveau reprenait sa liberté. C'était agréable, car la vie lui paraissait plus douce. Pour un temps, elle oubliait les soucis de la journée, ses frayeurs, ses doutes…

Soudain, alors qu'elle se versait du café, un bruit venu de l'extérieur attira son attention. Son cœur se mit à battre plus vite. C'était Paul.

Effectivement, il enjamba le rebord de la fenêtre quelques instants plus tard. Elle se précipita dans ses bras. Après une étreinte longue et silencieuse, ils se détachèrent l'un de l'autre.

Comme il était trop risqué de rester dans la cuisine, elle éteignit puis ils gagnèrent discrètement la chambre en s'éclairant à la bougie.

La porte fermée, Paul l'entraîna vers le lit. Ils firent l'amour en silence. Pas question que les filles ou les enfants les entendissent.

Puis, enlacés, ils échangèrent en chuchotant.

Emma raconta l'arrestation de Marcel, la violence des agents de la Gestapo, la présence d'Armand et des miliciens, enfin l'aveu de l'adolescent.

Paul tentait de comprendre l'enchaînement des faits. De pointer ce qui lui avait échappé et le moment où il aurait dû anticiper le drame. Il se souvenait de certaines conversations avec le gamin, au cours desquelles ce dernier lui avait paru remonté contre Albert. Il s'en voulait de n'avoir pas perçu qu'il s'agissait des prémices du crime.

Emma l'informa des confidences de Marie, venue lui rendre visite la veille. Celle-ci lui avait confié que Marcel était emprisonné à La Vernière et commençait à déblatérer sur la Résistance.

Paul se redressa, tendu.

— T'a-t-elle dit combien de temps ils vont le garder ?

— Elle m'a laissé entendre qu'il serait bientôt conduit au siège de la Gestapo à Nevers.

Paul alluma une cigarette. Emma aperçut son visage dans la lueur de la flamme. Elle eut envie de l'embrasser mais se retint. Elle le sentait à fleur de peau.

— Cela a l'air de te préoccuper.

Ignorant la question, il demanda des nouvelles de Colette.

— Ça va, répondit-elle. Elle est bouleversée, mais elle fait bonne figure.

Elle parla ensuite de ses soucis du moment. La difficulté de tenir le restaurant à cause des restrictions… Les filles qui en prenaient à leur aise avec les clients… Sa propre fatigue. Heureusement, les enfants allaient bien. Ils adoraient aller à l'école et s'amusaient beaucoup. Elle pouvait aussi compter sur Fernand.

— Et Mayer ? s'enquit Paul. Il te réclame toujours des renseignements ?

— Non. Je ne l'ai pas rencontré depuis un moment.

Après un nouveau silence, elle questionna Paul sur sa vie clandestine. Avaient-ils trouvé un lieu de repli définitif ? Y étaient-ils davantage en sécurité ?

Évasif, Paul se contenta de lui rapporter quelques anecdotes sans rien confier sur l'emplacement du camp, la nouvelle organisation de la Résistance et les opérations qu'il menait avec ses hommes. Il tut ses inquiétudes au sujet de Marcel. Celui-ci savait énormément de choses sur le maquis et ne pourrait résister à l'interrogatoire musclé des Allemands.

Après un coup d'œil au réveil, il étreignit Emma. Comme celle-ci le sollicitait pour faire l'amour, il la repoussa délicatement. Il était temps de partir.

Emma cacha sa frustration. Elle ne supportait plus cette solitude, ni cette peur qui l'étreindrait après son départ.

Habillé, il se pencha sur elle et l'embrassa.

— Je reviendrai bientôt. Je te préviendrai par l'intermédiaire de Fernand.

— Il est des vôtres ? murmura-t-elle.

Paul ne répondit pas et se fondit dans l'obscurité. Quand elle entendit la porte se refermer, elle ne put retenir ses larmes…

À son retour au camp, Paul convoqua une réunion extraordinaire des principaux maquis pour le lendemain soir.

Des messagers partirent dans différentes directions, les uns à pied, les autres à vélo, en ayant mémorisé le texte codé qui indiquait l'heure et le lieu de la réunion, qu'eux-mêmes ignoraient. Cette précaution n'était pas excessive. En cas d'arrestation, personne ne pourrait révéler quoi que ce fût.

La rencontre se tiendrait dans un château, proche de Chasnay, mis à la disposition de la Résistance par son propriétaire.

Le lendemain, Paul arriva aux alentours de 23 heures. Le châtelain l'attendait à l'entrée. Paul l'informa que d'autres membres de la Résistance viendraient vers minuit et que des sentinelles étaient postées autour du domaine.

Son interlocuteur ne posa aucune question et le conduisit jusqu'à la cave de l'une des dépendances. L'entrée était si bien dissimulée qu'on ne pouvait pas suspecter son existence. Autre avantage, on pouvait s'échapper par un tunnel qui débouchait dans le bois Renard…

La pièce était vide. Le sol en terre battue. Il y régnait une forte humidité. Pas très luxueux, s'excusa le propriétaire, mais ils y seraient à l'abri et en sécurité. Même le personnel du château ignorait l'existence de cet endroit.

Il désigna à Paul les bouteilles de vin, les verres et les bougies qu'il avait lui-même apportés dans l'après-midi.

À l'aide d'une vieille clé, il ouvrit la porte qui donnait accès au souterrain.

Paul s'y engagea, une bougie à la main. L'humidité était plus intense que dans la pièce. Le sol regorgeait d'eau.

Il eut l'idée d'aller chercher ses compagnons qui l'attendaient sur le pont enjambant la rivière. Il les ferait venir par ce chemin… Le châtelain trouva l'idée excellente, puis il indiqua qu'il retournait au château, afin de ne pas éveiller les soupçons.

Paul marcha jusqu'à la sortie. C'était sinistre. Le boyau, creusé à même la terre, suintait d'eau. Sans doute était-ce dû à la proximité de la rivière…

Il ressortit dans le bois Renard et rejoignit les responsables convoqués. Il leur expliqua succinctement où la réunion allait se dérouler, puis leur ordonna de le suivre.

Antonio et un autre homme garderaient l'entrée du tunnel jusqu'à la fin de la rencontre.

Peu après, le groupe s'installait dans la cave. Paul servit le vin. Quand ils eurent trinqué, il prit la parole. Marcel avait été arrêté. On le suspectait d'avoir tué Albert. Il expliqua les raisons de son éventuel crime. Sa haine envers Albert, qu'il croyait collabo et aussi sa jalousie, à cause d'une femme…

Dès lors, continua-t-il, il représentait un danger. Transféré à La Vernière, sur ordre de Mayer, il y était vraisemblablement interrogé avec brutalité. Or, il détenait quantité d'informations sur le fonctionnement du maquis, son organisation et ses hommes.

Son exposé terminé, ce fut le silence, chacun prenant la mesure de la menace.

Certains remâchaient leur colère contre cet imbécile qui avait privé la Résistance d'un agent d'exception et la mettait aujourd'hui en danger. Tout cela pour une histoire de cul !

D'autres s'inquiétaient de ce qu'il fallait faire pour éviter le pire.

Paul reprit la parole et développa les options qui s'offraient à eux. Ne rien faire et prendre le risque que le réseau fût démasqué, ou sauver ce qui pouvait l'être en sortant Marcel des griffes de Mayer. Le temps était compté. Leur décision devait être arrêtée au sortir de cette réunion.

Une vive discussion s'engagea. Si tous s'accordaient à condamner Marcel, ils divergeaient sur la conduite à tenir.

Pour certains, c'était une folie d'organiser une attaque de La Vernière. Les Boches y étaient bien défendus et pourraient appeler des renforts.

Pour d'autres, c'était le moment de frapper un grand coup. Les « fritz » étaient en position de faiblesse sur le front. En France, les attentats et les sabotages étaient quotidiens. Leurs liaisons téléphoniques et télégraphiques étaient mises à mal par la destruction des lignes. Leurs troupes semblaient démotivées et peu réactives.

Enfin, s'ils attaquaient La Vernière, l'effet de surprise jouerait pour les assaillants. Ils gagneraient donc sur les deux tableaux. Ils récupéreraient Marcel en infligeant une défaite supplémentaire aux Allemands !

Comme la réunion se prolongeait au-delà du raisonnable, Paul intima le silence. Lui aussi hésitait, mais les informations dont il disposait sur l'organisation défensive de La Vernière l'avaient convaincu qu'une attaque serait victorieuse.

Il leur décrivit en détail la topographie des lieux, la disposition des bâtiments, l'emplacement des sentinelles. Puis il développa sa stratégie. Isoler le domaine en coupant les lignes électriques et téléphoniques, neutraliser le bâtiment de l'administration et éventuellement faire sauter le garage où étaient parqués des véhicules militaires.

Le temps de comprendre, les sentinelles seraient sous contrôle. Quant aux autres soldats, réveillés en pleine nuit, désorganisés, voire effrayés, ils constitueraient des cibles faciles.

— Admettons que tu aies raison, dit l'un des hommes, mais toi qui as vécu là-bas, sais-tu où Marcel peut être retenu ?

— Il n'existe que deux endroits possibles. Dans la maison même de Mayer, aux Quatre-Vents, mais je n'y crois guère dans la mesure où elle abrite sa famille. Sinon, dans la cave où naguère nous entreposions le vin. Elle est assez grande pour avoir été transformée en geôle. Nous devrons nous y rendre en priorité.

Après d'ultimes échanges d'arguments, ils votèrent à main levée. Une large majorité décida de suivre Paul. Ils lui faisaient confiance. Mener une telle opération motiverait les hommes et sauverait le réseau.

Rendez-vous fut pris le lendemain, à Bellary, vers midi. Jusqu'au soir, Paul et ceux qui connaissaient La Vernière pour y avoir été jadis saisonniers prépareraient l'offensive. Celle-ci aurait lieu à minuit. La météo était favorable. Ce serait une nuit de pleine lune et il ne pleuvrait pas…

Cette décision prise, le groupe ne s'attarda pas. Chacun devait retourner dans son camp pour constituer les commandos.

Une heure plus tard, la cave était déserte. Au château, le propriétaire se couchait, rassuré.

12

Fernand était inquiet. Chaque jour, il notait une dégradation de l'humeur de Colette.

D'ordinaire joviale, elle était absente, voire acrimonieuse, quand on lui adressait la parole.

Cela le peinait, car il s'était pris d'amitié pour elle. Il comprenait son désarroi et songeait à la meilleure manière de l'aider.

Un objectif ambitieux pour un taiseux tel que lui, fâché avec les mots ! Il craignait également que la jeune femme ne prît son intérêt amical pour une tentative de séduction. Peut-être aussi lui en voulait-elle d'avoir été lucide sur Marcel ?

Ce soir-là, pourtant, profitant qu'Emma était déjà montée dans sa chambre, il s'enhardit.

Dès que Colette eut fini de ranger la salle, il l'invita à boire un verre au comptoir.

Elle vint s'asseoir sur l'un des tabourets de bar et accepta un alcool de poire.

— Cesse de te culpabiliser à propos de Marcel, dit Fernand en remplissant les verres.

— J'aurais dû t'écouter. Il ne valait pas tripette… D'ailleurs, c'est moi que j'aurais dû écouter. Je le savais sans vouloir me l'avouer.

Ils trinquèrent.

— J'ai toujours senti qu'il y avait quelque chose d'anormal dans son comportement, continua-t-elle. Et dire que j'ai cédé à ses avances.

— Et alors ? Cela s'appelle le désir… On y cède tous.

Elle le regarda, amusée.

— Comment tu sais ça, toi ? Je ne t'ai jamais vu avec une femme…

Fernand sourit.

— Tu as raison, je suis le plus mal placé pour en parler.

Elle continuait à le dévisager.

— Tu es curieux, mais on ne sait rien de ta vie !

— Que veux-tu, c'est ma nature… J'ai été élevé dans le culte du silence et du secret. Chez moi, on ne parlait guère. Cela présente des avantages. On te fiche la paix, personne n'a de prise sur toi.

Colette fit tourner le liquide dans son verre. Elle observa le dépôt d'alcool sur les parois, puis avala une nouvelle gorgée.

— Pourquoi te méfiais-tu de Marcel ?

— Je ne parvenais jamais à croire ce qu'il racontait. C'était comme s'il parlait à côté de lui-même…

Colette se rappelait certaines nuits passées dans ses bras et ce qu'ils se disaient. Elle n'avait pas senti cela chez lui. Pourtant, elle pensait posséder quelque intuition… Peut-être n'avait-elle pas voulu le voir ?

— Il ne faut pas que Marcel gâche ta vie, reprit Fernand.

— Il n'y a pas de risque. C'est un salaud. En revanche, oublier Albert m'est difficile. Et surtout, accepter qu'il soit mort par ma faute.

Fernand remplit à nouveau les verres.

— Tu n'es pas plus fautive à l'égard de l'un que de l'autre. Tu n'avais pas de prise sur les choses, voilà tout !

Ils trinquèrent, puis gardèrent le silence. Colette appréciait que Fernand s'intéressât à elle.

— En tout cas, s'enhardit ce dernier, si tu en ressens le besoin, n'hésite pas à venir me parler.

Au grand étonnement de Fernand, elle se pencha par-dessus le comptoir et l'embrassa sur la joue. Puis elle disparut derrière le rideau.

Quand Fernand entendit la trappe du grenier se refermer, il éteignit et sortit. Joyeux…

Grâce aux nuages qui masquaient la lune, la nuit était assez sombre. Pour Paul, c'était un avantage inespéré. Les combattants postés autour de La Vernière pourraient s'approcher des bâtiments sans être vus.

Les chefs des commandos avaient réglé leur montre à la même heure. Dès que les uns auraient investi le bâtiment d'habitation, les autres lanceraient l'offensive sur l'ancien corps de ferme, là où se situaient les bureaux et la cave dans laquelle Marcel était vraisemblablement détenu.

Paul et une douzaine d'hommes étaient dissimulés derrière un bosquet, à environ cent mètres de la bâtisse qui abritait les chambres du personnel administratif et des soldats. Certains d'être à l'abri d'une attaque, ceux-ci devaient dormir.

Pour arriver jusque-là, il suffisait de passer les barbelés, puis de gagner l'entrée en longeant la mare.

D'après le rapport de Blanchard, ces lieux n'étaient même pas gardés.

Paul se remémora une dernière fois la stratégie adoptée, puis à minuit pile, il fit signe à ses compagnons d'avancer. Deux d'entre eux, équipés de pinces, ouvrirent un passage à travers les barbelés.

Quelques minutes plus tard, ils longeaient la mare en file indienne jusqu'à l'entrée de la bâtisse.

Tapis dans l'ombre derrière une haie, ils attendirent l'arrivée d'Antonio et de son commando.

Lorsque ceux-ci les eurent rejoints, Paul et Antonio se concertèrent. Le hall, éclairé par une ampoule, semblait ne pas être surveillé. L'un des hommes alla s'en assurer : la voie était libre.

Paul donna ses dernières recommandations : un commando à chaque étage, investir les chambres de manière simultanée. Et pas de quartier ! Les femmes devaient être épargnées, sauf si elles opposaient une résistance armée.

Puis il lança l'attaque.

Celle-ci fut rondement menée. Endormis, la plupart des soldats allemands n'opposèrent aucune résistance. Seuls trois d'entre eux qui tentèrent de riposter furent abattus.

Les prisonniers furent transférés dans la salle commune du rez-de-chaussée, puis bâillonnés et ligotés les uns aux autres. Les trois femmes faites prisonnières, des secrétaires selon leurs dires, furent attachées ensemble.

Cette tâche accomplie, Paul envoya Antonio et ses hommes prêter main-forte à leurs camarades, apparemment en difficulté. En effet, contrairement à ce qu'ils avaient envisagé, la résistance allemande était plus âpre du côté du bâtiment administratif.

Après un dernier coup d'œil sur les prisonniers, allongés sur le sol pieds et mains liés, Paul fit effectuer une dernière inspection dans les étages, au cas où des soldats se seraient cachés. Puis il entraîna ses compagnons vers l'arrière du bâtiment administratif qui ne semblait pas défendu.

Au pied de l'escalier qui menait au grenier, il expliqua qu'ils allaient passer par celui-ci, au-dessus des anciennes écuries, et redescendre sur les pièces d'habitation pour prendre les Allemands à revers.

Aussitôt, le groupe gravit la volée de marches qui menait aux combles. Cueillis à l'entrée par des tirs automatiques, deux résistants furent tués. Pour sa part, Paul reçut en plein visage un éclat de pierre arraché du chambranle par une balle.

Tapi derrière le mur, il lança une première grenade au milieu de l'immense pièce. Juste après l'explosion, il s'engouffra dans les lieux avec ses hommes en tirant au jugé dans l'obscurité. Mais plus aucune résistance ne leur était opposée.

À l'extérieur, l'échange nourri de coups de feu donnait l'impression que les autres commandos piétinaient.

Paul alluma une lampe de poche. Deux soldats allemands gisaient sur le sol.

Sans se soucier d'eux, il entraîna ses hommes vers la porte du fond. Cette fois-ci, la partie allait se corser, prévint-il. Ils se rendaient dans la grange, où pouvaient se trouver de nombreux ennemis.

Il ouvrit avec précaution. L'endroit, transformé en bureaux, était désert. Il se détendit. Les Boches s'étaient donc regroupés dans les pièces d'habitation de La Vernière, la cuisine au rez-de-chaussée et les chambres à l'étage.

Il fit signe d'investir les lieux. En passant devant une fenêtre, il jeta un coup d'œil à l'extérieur. Leurs camarades étaient pris entre deux feux ! Des soldats allemands, sans doute venus des Quatre-Vents, les avaient pris à revers. Il ne fallait plus perdre de temps !

Il mena ses hommes jusqu'à la porte qui donnait accès à la cuisine et à la cave.

L'un des assaillants l'ouvrit d'un coup, permettant ainsi à d'autres de jeter des grenades à l'intérieur.

Après les explosions, ils se ruèrent dans la cuisine. Des soldats allemands gisaient sur le sol, ensanglantés. Un incendie s'était déclaré et déjà le plafond brûlait.

Paul ordonna à trois hommes de grimper à l'étage pour anéantir toute résistance et s'assurer que Marcel n'y était pas emprisonné. Quant à lui, il allait investir la cave avec le reste de la troupe.

Il fallait se dépêcher. Un peu plus tôt, selon un maquisard, une voiture avait jailli du garage avant de disparaître dans la nuit. Vraisemblablement un Boche parti chercher des renforts. Ils avaient tiré sans toutefois parvenir à l'arrêter…

Passer par la cave fut une formalité. Les deux soldats qui gardaient Marcel, allongé sur une civière, se rendirent.

Dehors, ils furent ligotés avec ceux qui avaient sauté de l'étage pour échapper à l'incendie. On les allongea dans l'herbe. Un résistant proposa de les abattre. Paul refusa, ils ne présentaient plus aucun danger.

Antonio siffla le rassemblement. On releva les cadavres des résistants, dont ceux du grenier, puis les blessés qu'on installa dans les véhicules de repli. Celui-ci s'effectuerait par de petites routes, vers des destinations secrètes que seuls les chauffeurs connaissaient.

Les maquisards, qui transportaient la civière sur laquelle gisait Marcel, passèrent devant Paul. Le visage et le corps tuméfié, l'adolescent grimaça un sourire. Il tenta vainement de parler. Paul ordonna de l'installer dans son véhicule, à bord duquel il rejoindrait la planque de Bellary en compagnie d'Antonio.

Avant de se glisser au volant, il regarda le feu qui se propageait à l'ensemble du bâtiment. Il éprouva une profonde tristesse. Toute une époque disparaissait dans les flammes…

Aux Quatre-Vents, c'était la consternation. Agglutinés aux fenêtres, dans le salon du rez-de-chaussée, Marie et les domestiques regardaient l'incendie qui faisait rage, en bas, à La Vernière.

Marie était incrédule. Mayer lui avait répété tant de fois que les résistants n'attaqueraient jamais.

Qu'était-il devenu, d'ailleurs ? Aux premiers coups de feu, il avait sauté du lit avant de disparaître à la hâte, un revolver à la main, en lui ordonnant de se mettre à l'abri avec Lou. Depuis, plus rien… Son cœur se serra à l'idée qu'il était peut-être mort.

Elle ne savait que faire. Prendre une voiture avec la petite et aller se réfugier à Donzy ? Elle y renonça.

À quoi bon fuir ? Maintenant, elle ne risquait plus rien…

Elle demanda à l'une des domestiques de rejoindre Lou à l'étage et de rester auprès d'elle. Puis elle gagna la sienne pour s'habiller. La tristesse l'envahit. Fini la quiétude des Quatre-Vents ! Fini l'insouciance ! La victoire était réellement en train de changer de camp.

Mayer conduisait vite, indifférent aux risques qu'il prenait. Il devait arriver rapidement pour mettre en branle la machine militaire. En même temps, il savait que cela serait inutile. La Vernière avait été attaquée. Il ne lui restait qu'à honteusement constater sa défaite.

Qu'allait-il répondre à ses supérieurs, lorsqu'ils lui demanderaient des comptes ? Qu'il n'aurait jamais cru la Résistance assez folle pour entreprendre une telle opération ? Qu'il avait allégé les effectifs de La Vernière tant il était certain de son invincibilité ? Et qu'au moment de l'attaque il dormait dans les bras de sa compagne, en rêvant au bonheur qu'ils partageraient en Bavière ?

Il imaginait la rage de Wengler, les sanctions qui tomberaient.

Il pénétra à toute allure dans la cour de la *Kommandantur*. Sitôt sorti du véhicule, il fit convoquer les officiers et ordonna le rassemblement des soldats dans la cour.

Malgré son air martial, tout cela n'était qu'une tragique pantomime. Ses collaborateurs verraient la défaite sur son visage, dans son regard, en chacun de ses gestes. Il était déjà déchu, dégradé… fusillé.

Plus tard, dans son bureau, il exposa la situation à son état-major et distribua ses ordres. Puis il décrocha son téléphone pour informer Wengler.

Paul et ses hommes venaient d'arriver dans la forêt de Bellary. Ils n'avaient croisé aucun véhicule. Mais cela ne durerait pas. Bientôt, les Allemands quadrilleraient la campagne, et sans doute réprimeraient-ils violemment la population pour se venger de l'humiliation qu'ils avaient subie.

Paul en était conscient. Des femmes et des hommes innocents, choisis au hasard, risquaient d'être arrêtés, voire exécutés. C'était difficile à accepter, mais il s'était blindé contre tout sentiment de culpabilité.

En effectuant cette mission, lui et ses hommes avaient servi la cause de la liberté. Leurs documents détruits, les Allemands seraient désorganisés pour un long moment. En exfiltrant Marcel, ils avaient protégé des réseaux de résistance. Enfin, ils avaient remporté une victoire psychologique en détruisant le mythe d'invulnérabilité des Boches.

Après l'enterrement des victimes, Paul entra dans la tente où reposait Marcel. Assis à son côté, Georges, un médecin, lui prodiguait des soins. L'adolescent était inconscient.

Le docteur entraîna Paul dehors.

— Il n'y a plus grand-chose à faire, dit-il. Ils l'ont salement amoché.

— Il est conscient ?

— Par intermittence, mais il s'en va…

— Tu crois que je peux lui parler ?

— Tu peux essayer. Pendant ce temps, je vais m'occuper des autres blessés.

Paul pénétra sous la tente et prit place à côté de Marcel. Une bougie dispensait une faible lumière. C'était sinistre. L'intérieur d'un cercueil, songea Paul en saisissant la main du moribond dans la sienne.

Son visage était tuméfié, ses yeux gonflés et noirs, à moitié clos. La bouche était déformée par les contusions.

Paul résistait à l'envie de pleurer, c'était la première fois que cela lui arrivait. Comment le gamin en était-il venu à mourir là, dans des circonstances aussi tragiques ?

Il le revoyait joyeux et insouciant quand il s'était installé à La Vernière. Il l'avait tout de suite apprécié, sans doute parce qu'il était l'inverse de lui. Il parlait sans arrêt, riait pour un rien. Il respirait la joie de vivre. Son patriotisme exacerbé et authentique le rendait sympathique.

Que s'était-il passé, ensuite ? Emporté par une passion juvénile incontrôlable, qui mélangeait à la fois ses propres désirs et sa haine du collaborationniste, il avait été amené à tuer. Sans avoir cherché à comprendre la situation, la vraie personnalité d'Albert.

Paul se félicita de ne jamais s'emballer. Il détestait les excès de passion, que ce fût en amour ou en politique. Il préférait le juste milieu, le raisonnable. La maîtrise, en fait. La seule manière de ne pas en arriver là… à l'agonie… sur une civière…

Il sentit la main de Marcel exercer une légère pression sur la sienne.

— Je sais que c'est toi, Paul… Pardonne-moi !

— Reste tranquille… Tu as besoin de te reposer.

Marcel étreignit sa main plus fortement. Au prix d'un effort il parvint à s'exprimer clairement.

— Je sais que je vais mourir… Je le sens. Écoute-moi…

L'adolescent raconta les événements tels qu'ils s'étaient déroulés. Sa haine pour Albert, son amour pour Colette et enfin le crime.

Quand il eut terminé, il tenta de se relever, sans y parvenir.

— Je ne vous ai pas dénoncés, dit-il en forçant sa voix. T'es fier, dis ?

Paul lui caressa la joue.

— Oui…

— Tu diras aussi à Colette de me pardonner…

Paul se contenta de lui sourire. À quoi bon répondre ? Pour lui dire quoi ? Qu'il avait fait une connerie. Qu'Albert était l'un de leurs meilleurs agents ? Qu'il avait mis la Résistance en danger par jalousie ? À quoi cela servirait-il ? Six pieds sous terre, il s'en ficherait.

Soudain, la main de Marcel devint molle. Il expira très fort, puis sa tête roula sur le côté.

— Je ne t'oublierai jamais…, murmura Paul, les larmes aux yeux.

Il se leva et couvrit le visage du défunt avec la couverture. Il se sentait tellement impuissant face à l'absurdité de la vie.

Il sortit et alluma une cigarette.

Armand avait réuni chez lui son « état-major », tel qu'il aimait l'appeler. En fait, une douzaine de ses proches au sein de la Milice.

De vrais soldats, claironnait-il partout, prêts à donner leur vie pour assurer la survivance des valeurs françaises.

Assis dans le salon, ils écoutaient religieusement Armand éructer contre la vermine communiste qui avait attaqué La Vernière – mais ce n'était que partie remise. Eux, les miliciens, fiers d'appartenir à l'avant-garde antibolchevique, viendraient bientôt les combattre sur leur propre terrain.

Selon les dernières informations dont il disposait, continua-t-il, cette attaque de la Résistance avait causé la mort d'une vingtaine de soldats allemands et la destruction d'un corps de ferme. Cela l'avait affecté, car il gardait un profond attachement pour ce lieu où il avait passé des dizaines d'années de sa vie. Toutefois, il ne fallait pas désespérer. Un tel événement arrangeait les affaires de la Milice en la rendant incontournable. Alors que des semaines auparavant, les Allemands poussaient des cris d'orfraie à l'idée qu'elle fût armée, désormais ils n'excluraient plus cette possibilité…

Comme ses auditeurs l'applaudissaient, Armand s'interrompit, à bout de souffle et assoiffé. Il leur adressa des sourires encourageants. Mais ceux-ci n'étaient que de façade…

En effet, il mesurait combien le conflit avait changé de nature. Aujourd'hui, les Allemands étaient sur la défensive. La Résistance était fortement armée et ses chefs devenaient des experts en guérilla.

Il imagina ce qu'entraînerait la défaite de l'occupant… une catastrophe ! Les rouges envahiraient la France…

Il chassa ces pensées et reprit sa harangue avec d'autant plus de conviction.

— Nos amis allemands vont se contenter de demander aux responsables de ces actes odieux de se dénoncer pour éviter l'exécution d'otages innocents. Or, cela n'aura aucun impact sur ces terroristes. Eh bien, moi, je vous le dis, il existe une autre manière de lutter contre ces ennemis de la France. Celle de les attaquer sans cesse. Et leur montrer que nous sommes aussi forts et déterminés qu'eux.

Des encouragements enthousiastes l'interrompirent. Il leva la main pour imposer le silence.

— Terrorisons leurs familles, leurs enfants, leurs amis ! lança-t-il. Ainsi, nous leur montrerons ce que veulent les bons Français ! Un pays débarrassé de la racaille judéo-communiste et de ces terroristes qui se prétendent résistants !

De nouveaux applaudissements saluèrent ses mots. Les visages extatiques témoignaient de l'adhésion des hommes à ses propos. Lui-même se rengorgeait. Il était devenu un leader, à l'image de ceux qu'il admirait, les Doriot, Déat et autres Rebatet.

Il conclut en demandant l'attention de chacun, car il allait enfin dévoiler son plan.

Le 15 août prochain se déroulerait le pèlerinage de Sainte-Anne… Une chapelle perdue au milieu de la campagne… Une assistance nombreuse… Parmi elle, des réfractaires ou des terroristes… Bref, l'occasion rêvée de montrer à ces traîtres de quel bois se chauffaient les vrais Français !

Dès le lendemain, il comptait en parler avec Mayer, le chef de la *Kommandantur* de Donzy.

13

Ce soir-là, en se rendant à la réunion des chefs de réseau, Paul était inquiet. Les Allemands avaient violemment réagi à l'opération de La Vernière. Des dizaines d'hommes avaient été arrêtés au hasard dans les fermes environnantes.

Humiliés par ce camouflet, ils avaient fait preuve d'une extrême brutalité. Les suspects avaient été emmenés sous bonne garde aux *Kommandantur* de Donzy et de Nevers, pour y être emprisonnés.

Les autorités d'occupation avaient fait afficher dans les villages un communiqué relatant l'événement avec le nombre des tués allemands, leur nom et leur grade, ainsi que la liste des destructions et des pillages.

Cette attaque sauvage était mise au compte des communistes, qui voulaient installer l'anarchie sur le territoire.

Il était précisé que des otages seraient fusillés si les coupables ne se dénonçaient pas sous quarante-huit heures. La population était invitée à communiquer tout renseignement utile afin de capturer les terroristes.

Paul avait un exemplaire du tract dans sa poche, car il présumait que le sujet serait abordé au cours des discussions.

Il connaissait à l'avance ce que certains diraient : qu'on ne pouvait pas laisser des innocents se faire fusiller, qu'ils avaient sans doute femme et enfant, que c'était injuste.

Il savait également ce qu'il répondrait à ces objections : qu'on était en guerre, une guerre secrète, sans visage, et qu'il était impossible d'éviter ce genre de situation. Cela ne l'enthousiasmait pas. Lui aussi était bouleversé, lui aussi avait du mal à trouver le sommeil. Mais sa décision était prise depuis qu'il était aux commandes des maquis. Il ne faillirait pas à sa mission, dût-il se faire haïr.

Il descendit de son vélo un peu avant la ferme, où était fixé le rendez-vous, et le dissimula derrière une haie. Puis il avança en marchant dans l'herbe jusqu'à un muret qui entourait la cour de la ferme, se cacha derrière et attendit.

Soudain, un bruit de pas le fit se plaquer contre l'enceinte. Les pierres, chauffées par le soleil durant la journée, dégageaient une agréable chaleur.

Un homme passa près de lui, sans le voir. Il reconnut l'un de ses compagnons, mais ne bougea pas. C'était la règle. On arrivait un par un, selon une cadence extrêmement précise.

Peu après, il se redressa et observa le bonhomme qui traversait la cour à grandes enjambées, avant de pénétrer dans le bâtiment.

Lorsque ce fut son tour, il gagna la porte qui s'ouvrit au moment même où il arrivait devant.

Il se retrouva dans une pièce plongée dans l'obscurité. Il prononça le mot de passe à haute voix. Un homme qu'il n'avait pas repéré apparut à son côté, un pistolet à la main.

Ils se saluèrent, puis ce dernier le guida dans le noir jusqu'à une autre porte. Celle-ci s'ouvrait sur une salle, dotée d'une seule fenêtre, dissimulée par une couverture.

Une dizaine d'hommes, assis sur le sol autour d'une caisse en bois, chuchotaient en fumant. Antonio se trouvait parmi eux.

Ils saluèrent Paul, qui s'installa à son tour. Il manquait les délégués de Nevers et de Clamecy. On s'attendait à ce qu'ils fussent en retard. Ils venaient de plus loin et devaient éviter de nombreuses patrouilles allemandes.

Paul saisissait des bribes de conversation. Les hommes discutaient de leur famille, de leurs enfants ou de la femme qu'ils courtisaient. Mal rasés, les traits creusés par la fatigue, ils ressemblaient à des comploteurs affamés. Pourtant, ils souriaient… Les deux retardataires arrivèrent peu après.

Paul ouvrit la réunion. Il remercia les présents de leur soutien efficace lors de l'opération de La Vernière. Puis il exprima sa peine pour les morts, qu'il ne manquerait pas de faire décorer au lendemain de la guerre.

En attendant, continua-t-il, les événements se précipitaient. Les Alliés avaient débarqué en Sicile. Le Duce avait été destitué et arrêté. Cela ne signifiait pas que la guerre était gagnée, mais objectivement, on constatait que l'ennemi cédait du terrain partout. Cela expliquait sans doute le décret de Vichy autorisant les Français à contracter un engagement volontaire pour combattre le bolchevisme dans des formations constituées par le gouvernement allemand au sein de la *Waffen SS*.

Il évoqua ensuite l'opération de La Vernière et en tira un bilan encourageant. Certes, cela leur avait coûté des vies, mais les Allemands étaient désorganisés pour un bon moment. Cependant, il fallait s'attendre à ce qu'ils réagissent plus violemment qu'annoncé. En plus des otages fusillés, ils allaient interroger, torturer et tuer pour obtenir des informations.

Dans ces conditions, chaque maquis devait changer d'emplacement. De même, les codes devaient être renouvelés. C'était indispensable pour assurer la survie de la Résistance.

Désormais, souligna-t-il, on était entré dans une nouvelle phase de la guerre. Il ne fallait plus laisser de répit aux Boches. Des actions de harcèlement devaient être menées quotidiennement, contre les convois d'armements, les *Kommandantur*, les soldats allemands, la Milice, les administrations vichystes…

Enfin, au détour d'une phrase, il annonça la mort de Marcel, sans donner de détails. Mais personne n'en demanda…

Puis chacun parla. L'un exposa la nécessité de revoir la communication entre les différents réseaux, un autre celle de se fournir en armes et en munitions. Certes, on en prenait aux Allemands, mais cela ne suffisait pas. Il fallait programmer l'attaque d'armureries à Nevers, Donzy, La Charité et demander à Londres de nouveaux parachutages.

Enfin, on aborda la question du sort des otages. La plus délicate. L'échange qui s'ensuivit, parfois vif, dura près d'une demi-heure, chacun énonçant ses arguments.

Puis ce fut au tour de Paul de trancher. Non ! On n'attaquerait pas les *Kommandantur* pour les sauver ! Bien que ce fût douloureux à admettre, ces innocents étaient condamnés. C'était le prix à payer pour la victoire.

Il n'y eut pas de contestations, mais un temps de silence comme si chacun logeait cette décision au fond de sa conscience…

Peu après, Paul conclut la réunion. On allait se revoir dans une quinzaine, dans un autre lieu qu'il ne connaissait pas encore. Toujours selon le même protocole.

Certains se serrèrent la main, d'autres s'embrassèrent en se souhaitant bonne chance. En effet, on ne savait jamais si l'on se reverrait…

En pénétrant dans le bureau de Wengler, Mayer n'en menait pas large. Lors de leurs précédents échanges téléphoniques, l'*Oberst* n'avait manifesté aucune colère, ce qui ne présageait rien de bon.

Il ne l'avait ni injurié ni menacé. Au contraire, il avait écouté ses explications, sans intervenir. Plus déroutant, il lui avait recommandé de mener les travaux de réfection de La Vernière le plus vite possible avec les renforts qu'il lui avait alloués.

Aussi, quand Wengler lui demanda de s'asseoir, Mayer était-il dans l'incapacité d'anticiper ce qui allait se passer.

Contrairement aux usages, l'*Oberst* vint prendre place à côté de lui.

— Mon cher Mayer, commença-t-il. Je ne vais pas vous féliciter. Nous avons été ridiculisés. Au point qu'il n'existe plus personne dans cette région pour croire que nous sommes capables de la contrôler…

— Je sais, dit piteusement Mayer.

Wengler l'interrompit en levant la main.

— Vous ne savez rien, Mayer. Je suis appelé à Berlin pour y faire mon rapport. Manière élégante de dire que cela aura des suites négatives pour ma carrière.

— Mais…

Wengler lui intima à nouveau le silence.

— Bien sûr, l'état-major n'ignore pas que vous êtes le responsable direct de ce fiasco, mais ils considèrent à juste titre que c'est moi qui dois en subir les conséquences. Cela ne signifie en rien que vous êtes absous. Vous serez même sanctionné.

Il se leva, fit le tour du bureau et ouvrit un tiroir. Il en sortit une boîte de cigares et revint s'asseoir en face de Mayer. Il lui en proposa un, qu'il accepta.

Quand chacun eut allumé le sien, Wengler reprit :

— Quoi qu'il en soit, ce n'est pas la seule raison pour laquelle je vous ai convoqué…Voilà des mois que je vous observe. J'ai étudié votre dossier. Vous êtes un mauvais soldat doublé d'un mauvais nazi. Pourtant, j'ai toujours éprouvé de la sympathie pour vous. Peut-être à cause de votre culture, votre sensibilité, votre finesse aussi – talents dont je suis dépourvu. Pour ma part, je me suis hissé jusqu'à ce grade grâce à ma volonté et poussé par l'unique obsession de défendre les valeurs du Reich. Depuis le début de ma carrière militaire, je n'ai jamais ressenti le moindre doute à ce sujet. Pour moi, avec Hitler à sa tête, le peuple allemand était l'avenir de l'humanité. J'étais un soldat. Un vrai. Sans états d'âme ! Néanmoins, depuis que je dirige cette *Kommandantur*, mes convictions se sont affadies. Pis, elles ont fait place au doute. Je ne crois plus à la supériorité de notre race, de notre philosophie et même de nos armées. Évidemment, je me suis interrogé sur cette érosion de mes certitudes, sur son origine. C'est là que j'ai compris. Vous étiez celui qui m'avait montré la vérité !

— Mais enfin, *Oberst*, se récria Mayer, vous ne pouvez pas dire cela ! J'ai obéi aux principes de notre armée, j'ai effectué…

— Ne vous défendez pas, je ne vous reproche rien ! Je dis simplement ce qui est. Lors de réunions d'état-major, de réceptions, de dîners et j'en passe, nous avons beaucoup échangé, n'est-ce pas ? J'ai écouté vos arguments, étudié votre comportement d'officier, observé vos réactions, vos décisions aussi. Grâce à cela, j'ai découvert que nous avions tort. Ce conflit n'a plus de sens…

Les deux hommes, silencieux, échangèrent un regard. Un nuage de fumée stagnait au-dessus de leur tête. Mayer se détendit. Si Wengler pensait ce qu'il venait de lui confier, c'était plutôt rassurant. Cela signifiait que tous les officiers n'étaient pas aussi stupidement obéissants qu'il le croyait.

— Oublions cela, lâcha soudain l'*Oberst*. Je souhaitais seulement que vous le sachiez. Néanmoins, nous ne sommes que des pions, mon cher Mayer, et nous devons assumer nos contradictions. Quelles que soient nos opinions sur cette guerre, nous devons obéir.

Il alla se rasseoir derrière le bureau. Mayer se raidit. Wengler avait repris son masque d'officier supérieur.

— Face à la situation créée par l'attaque de La Vernière, il vous faut rétablir l'ordre. Vous réprimerez sans états d'âme, vous m'entendez ? Je veux pouvoir témoigner à Berlin qu'au moins notre riposte a été à la hauteur.

Mayer écrasa son cigare dans le cendrier et se leva. Il ne savait que penser de l'attitude de Wengler. Mais ce n'était pas le moment d'y réfléchir.

Par habitude, il se mit au garde-à-vous.

— Heureusement, continua Wengler, nous avons de solides soutiens. J'ai reçu votre ami Armand, le chef local de la Milice. Il m'a parlé du pèlerinage de Sainte-Anne, qui va avoir lieu prochainement. Une tradition locale, paraît-il. Selon lui, des terroristes pourraient y assister. Ce serait une belle occasion de laver l'affront. Vous voyez où je veux en venir ?

Mayer opina de la tête.

— Faites au mieux. C'est une chance pour sauver votre carrière !

Mayer claqua des talons, puis sortit.

Sitôt dehors, il s'engouffra dans la voiture et ordonna au chauffeur de rouler. Il souhaitait rentrer par le chemin des écoliers. Le temps de remettre ses idées en ordre.

Paul avait choisi de rejoindre Emma en empruntant le chemin de la forêt. C'était moins dangereux et plus agréable, en ces temps de lourdes chaleurs. Il y voyait suffisamment pour avancer.

Il était impatient de revoir la jeune femme et de lui raconter l'opération de La Vernière. Il tenait aussi à lui dire la vérité à propos de Marcel et comptait sur elle pour en parler ensuite à Colette. Nul doute qu'elle saurait s'y prendre avec tact…

Il se réjouissait de voir la situation militaire évoluer favorablement. Récemment, ils avaient reçu des armes. Les consignes étaient désormais d'attaquer les Allemands sans relâche.

Au plan politique, la nervosité des autorités était palpable. Sauckel, chargé du recrutement de la main-d'œuvre étrangère, éructait contre Laval. Eh oui, les jeunes rejoignaient en masse les maquis.

Pour la première fois depuis de longs mois, il lui semblait apercevoir le bout du tunnel.

Néanmoins, il ne fallait pas crier victoire. Dans la région, les Boches n'avaient pas relâché la pression. Après l'opération de La Vernière, ils avaient fusillé des otages, d'autres avaient été déportés.

Les patrouilles avaient été renforcées. Il arrivait même à certains régiments de la Wehrmacht de pénétrer dans la forêt des Bertranges pour y débusquer les résistants. Heureusement, sans grand résultat. En effet, ceux-ci étaient devenus insaisissables et bénéficiaient de complicités au sein de la population.

Récemment, il avait engagé Bertaud. L'homme lui avait inspiré confiance et l'avait convaincu qu'il était en position de rendre des services inestimables à la Résistance, grâce à son métier d'épicier ambulant. Il pouvait en particulier servir d'agent de liaison, sans être inquiété par les Boches. Au terme de plusieurs missions, il se révélait être une excellente recrue.

Arrivé à l'entrée de Donzy, Paul abandonna son vélo dans un fourré et continua à pied. C'était plus pratique pour se cacher. Il espérait que Norbert, le postier, membre actif du réseau, aurait prévenu Emma de sa venue.

Après un détour par les ruelles, il déboucha dans la cour, derrière le café.

Silencieux, il avança jusqu'à la fenêtre ouverte et souleva le rideau. La cuisine était plongée dans l'obscurité. Aucune lumière ne filtrait aux fenêtres des chambres. Tout le monde dormait. Comme il était près de 2 heures du matin, Emma ne l'avait pas attendu, ce qu'il comprenait.

Il enjamba le rebord, alluma son briquet pour repérer d'éventuels obstacles, puis éteignit. Ses chaussures enlevées, il grimpa à l'étage. Il était sur le qui-vive, redoutant de se retrouver nez à nez avec Colette ou l'une des filles.

Lorsqu'il ouvrit la porte de la chambre d'Emma, le battant grinça légèrement. Il referma et s'immobilisa, l'oreille aux aguets.

La jeune femme dormait. Sa respiration était régulière.

Il s'approcha du lit et s'allongea à son côté, tout habillé. Lorsqu'il l'enlaça, elle se colla contre lui.

— Je ne t'ai même pas entendu venir, s'étonna-t-elle, d'une voix endormie.

Ils s'étreignirent.

— Tu savais que je venais…

— Oui, Norbert m'avait prévenue. Mais comme tu n'arrivais pas, je suis montée me coucher. Je me suis dit que tu avais eu un empêchement.

Ils s'embrassèrent longuement en échangeant des caresses.

— Quelle folie de s'attaquer à La Vernière, chuchota Emma entre deux baisers. J'ai eu tellement peur.

— Il le fallait, répondit Paul. Je suis désolé pour les dégâts…

— Je m'en fiche. Ce qui compte, c'est que tu sois là, vivant.

Paul lui expliqua qu'ils avaient été dans l'obligation d'intervenir. À tout moment, Marcel risquait de divulguer des secrets qui auraient mis le maquis en danger.

— Il a parlé ? s'inquiéta Emma.

— Non. Il a été parfait.

— Il va bien ?

Après une brève hésitation, Paul lui apprit qu'il était mort.

— Mon Dieu ! s'exclama Emma, bouleversée.

Il lui rapporta ce que lui avait confié le gamin avant de mourir. Effectivement, il avait tué Albert et l'avait immergé dans l'étang avec la voiture. Puis il était mort apaisé, en demandant pardon à ceux qu'il avait fait souffrir, en particulier Colette.

— Qu'est-ce que je vais lui raconter ? s'interrogea Emma.

— Ce que ton cœur te commandera de lui dire, la rassura Paul. Ne te précipite pas.

Il l'étreignit avec force. Il aurait aimé allumer, la regarder, lui dire qu'elle était belle. Puis lui faire l'amour. Mais le temps manquait. Il devait bientôt s'en aller. Il se contenta de l'embrasser.

— J'en ai tellement marre, reprit Emma. Je n'en peux plus des Boches vulgaires, des putes et des soiffards ! Je voudrais tant retourner à La Vernière et y vivre comme avant. Respirer à nouveau l'odeur de la terre, celle du lait qu'on vient de traire, celle du feu dans la cheminée… Entendre les cris des enfants qui jouent dans la ferme… Et oublier cette saloperie de guerre !

Ça n'allait pas tarder, la rassura Paul. Ils reconstruiraient La Vernière, puis retrouveraient leur joie de vivre d'antan… C'était promis.

Lorsqu'il arriva à la *Kommandantur*, tôt le matin, Mayer s'enferma dans son bureau et exigea de n'être dérangé sous aucun prétexte.

Il avait mal dormi. Toute la nuit, il avait ressassé les propos de Wengler. Qu'est-ce qui l'avait poussé à lui faire de telles confidences. Quelle mouche l'avait piqué, pour avouer à mots couverts qu'il ne croyait plus en la victoire de l'Allemagne ?

En s'exprimant ainsi, il avait pris un risque énorme. Mayer pouvait être un nazi fanatique qui avançait masqué. L'un des espions du SD, comme il en existait dans tous les régiments, qui dénonçaient les militaires défaitistes ou anti-hitlériens… Wengler faisait-il partie de ces officiers séditieux de la Wehrmacht, qui, selon une rumeur tenace, voulaient faire tomber le régime ? L'hypothèse paraissait peu crédible. Et pourtant, ce dernier avait été clair…

Mayer regrettait de ne pas lui avoir confié que lui aussi détestait Hitler et réprouvait sa politique. Seulement voilà, il était trop prudent pour s'exposer ainsi. Lâche même. Il préférait obéir et se réfugier derrière son statut d'officier pour justifier ses actes, même les plus immoraux.

N'était-ce pas, d'ailleurs, ce qu'il avait fait en ordonnant la prochaine opération contre les pèlerins de Sainte-Anne ?

L'occasion de sauver sa carrière, lui avait dit Wengler. Mais à quel prix ! Des arrestations d'otages innocents, des interrogatoires et des exécutions…

Il se leva et arpenta la pièce.

Bon Dieu ! Que devait-il faire pour respecter à la fois son devoir de soldat et la morale ? Pour continuer à dormir sereinement et se regarder dans la glace, sans être envahi par le dégoût de soi-même ?

Il se sentait perdu, seul. Ni Dieu ni les hommes ne pouvaient l'aider. La preuve, il n'avait même pas parlé à Marie de son entretien avec Wengler. Pas plus qu'il ne l'avait informée de l'opération de Sainte-Anne…

Soudain, il se morigéna, conscient de l'impasse à laquelle le menaient de telles réflexions. Combattant du Reich, il lui était interdit d'être effleuré par le doute. Sa mission était justifiée : il fallait effacer l'affront de La Vernière.

Requinqué, il convoqua son ordonnance et lui ordonna de réunir son état-major.

Emma n'osait pas rapporter à Colette ce que Paul lui avait confié sur Marcel. Une fois ou deux, elle avait failli lui parler, mais le cœur lui avait manqué. Elle ne se sentait ni l'envie, ni la force d'affronter son chagrin et sans doute sa colère.

Elle avait conscience de sa lâcheté. Mais n'était-ce pas excusable dans les circonstances actuelles ? Était-ce utile, en ces temps de privations, de peur et de désespoir, de rajouter de la souffrance en entrant dans les détails d'un crime qui trouvait sa source dans la jalousie ?

Cependant, Emma avait beau convoquer tous les arguments possibles pour garder le silence, elle mesurait combien sa dérobade ne s'harmonisait pas avec la relation de confiance qu'elle entretenait avec la jeune fille.

Aussi, ce soir-là, quand le café fut fermé et alors que Colette s'apprêtait à monter se coucher, l'invita-t-elle à boire une tisane dans la cuisine. Cela faisait longtemps que ce n'était pas arrivé, prétexta-t-elle, et elle avait des choses importantes à lui dire.

Colette la suivit et s'attabla. Elle avait perçu l'embarras d'Emma. Sans doute souhaitait-elle lui parler de problèmes d'intendance, d'organisation ou même des enfants ? Lui adresser des reproches ?

Emma mit de l'eau à chauffer et y fit infuser de la camomille. Puis elle disposa les tasses sur la table. Les deux femmes échangèrent un sourire.

— Vous vouliez me parler ? demanda Colette, impatiente.

— Oui, répondit Emma en se tournant vers la cuisinière pour échapper au regard de la jeune fille. J'ai vu Paul, la nuit dernière…

— C'est vrai ? Je n'ai rien entendu…

Emma se retourna et remplit les tasses en filtrant l'eau à l'aide d'une passoire.

— Il est très discret. C'est devenu une seconde nature chez lui…

Emma s'assit. On entendait le tic-tac de la pendule venant du café. Par la fenêtre ouverte, l'air chaud entrait par vagues en agitant les rideaux.

— Marcel est mort, dit-elle.

Comme Colette ne réagissait pas, elle continua. Paul et ses hommes avaient attaqué La Vernière pour libérer le gamin. Sous la torture, il risquait de divulguer des renseignements préjudiciables à la Résistance. Toutefois, il n'avait rien avoué, ce qui témoignait chez lui d'un sacré courage !

Puis elle raconta les confidences que Marcel avait faites à Paul. Il avait tué Albert, parce qu'il croyait que c'était un collaborationniste. Par jalousie également, car lui aussi l'aimait, Colette.

Quand elle s'interrompit, la jeune fille la regardait, les yeux embués. Elle était triste, sans être surprise. Elle avait toujours su la vérité, sans jamais vouloir l'admettre.

— Je suis désolée…, ajouta Emma.

— Vous avez bien fait, répliqua Colette. Maintenant, je vais pouvoir faire le deuil d'Albert…

Emma posa une main sur la sienne.

— Marcel a demandé que tu lui pardonnes.

Colette ne répondit rien. À quoi bon ? Son problème n'était plus de pardonner, mais de se préparer à affronter l'avenir avec un bagage plus lourd…

Elle sécha ses larmes d'un revers de manche.

— Merci de votre confiance. Je vais monter me coucher.

Lorsqu'elle passa à côté d'Emma, celle-ci se leva et l'étreignit.

La chapelle de Sainte-Anne était construite au milieu d'un vaste champ, isolée de tout. Au point qu'on pouvait se demander pourquoi elle était là.

Mais, dans la région, on ne se posait pas de questions : depuis des lustres, elle était le lieu d'arrivée d'un pèlerinage.

Quand les pèlerins furent rassemblés autour de lui, le curé prit la parole. Il commença par remercier Sainte-Anne, qui s'était montrée si généreuse en leur offrant un tel soleil pour la fêter. Puis il félicita les femmes, les hommes et les enfants, réunis ici pour honorer la mère de Marie et prier pour la paix. Pour lui demander aussi la rémission de leurs péchés et lui confier leurs cœurs.

Soudain, alors qu'il bénissait la foule, on entendit un grondement qui semblait venir de partout – de Mauvrain, Chasnay, des Trois-Chênes…

Caché dans le bois proche, avec des hommes du maquis venus assister à la bénédiction, Paul reconnut le vacarme caractéristique des véhicules blindés. Les Boches arrivaient, ils devaient fuir !

Aussitôt, le commando s'enfonça dans la forêt surplombant la route du champ de Frasnay.

Autour de la chapelle, l'inquiétude gagnait les fidèles qui cherchaient à deviner l'origine de ce tonnerre motorisé. Paniqués, certains commençaient à s'éloigner en courant.

Emma, qui se trouvait là avec Colette et les enfants, comprit qu'il fallait se sauver.

— Fichons le camp ! dit-elle en les entraînant vers la voiture. Ce sont les Boches !

Mais il était trop tard. Des camions bâchés et des automitrailleuses surgissaient de partout, accompagnés de tractions noires. Ils étaient encerclés.

Emma s'immobilisa, les enfants serrés contre elle. Colette se tenait à ses côtés avec d'autres fidèles. Il ne fallait plus bouger, expliqua Emma, sinon, on les tirerait comme des lapins !

Malgré sa mise en garde, quelques hommes, femmes et enfants tentèrent de s'échapper par les champs. Ils n'allèrent pas loin. Des dizaines de miliciens, cachés derrière des arbres et des bosquets, firent soudain leur apparition et tirèrent. Plusieurs fuyards, fauchés par les balles, s'affalèrent dans l'herbe.

Sur la route, le convoi s'était immobilisé. Des soldats sautèrent des camions et formèrent un cordon autour des fidèles, en braquant leurs fusils sur eux.

Mayer descendit de la voiture de tête, encadré d'autres officiers. Courageusement, le curé s'avançait vers lui pour protester, quand un Allemand lui assena un coup de crosse dans le ventre qui le fit s'agenouiller de douleur.

Les miliciens, emmenés par Armand, commencèrent à faire le tour du groupe. Ils insultaient et frappaient qui avait le malheur de leur déplaire. « Sale terroriste ! Vendu ! Traître à la France ! », hurlaient-ils en faisant pleuvoir les coups.

— Alors ? ironisa Armand à l'adresse de l'assemblée. On manifeste contre la France ?

Il allait et venait d'un pas martial parmi les pèlerins, tétanisés par la peur. Parfois, il s'arrêtait devant un homme, le toisait, un mauvais sourire aux lèvres, puis il passait au suivant.

Devant Emma, il ricana.

— On ne fait plus la crâneuse, hein ? Cette fois, toi et tes youpins de mômes, vous êtes cuits !

Comme il tapotait la joue de Martin, Emma le gifla à pleine volée.

— Ne touche pas mes enfants, salopard !

— Je vais te crever, sale pute de juive ! hurla-t-il en portant la main à son pistolet.

Il s'apprêtait à dégainer, quand deux soldats allemands s'interposèrent. C'étaient leurs prisonniers !

Attiré par les éclats de voix, Mayer s'approcha. Quand il reconnut Emma, les enfants et Colette, il s'en voulut de n'avoir pas prévu leur présence. Il n'en laissa rien paraître.

— Que se passe-t-il ?

Les deux militaires au garde-à-vous lui firent leur rapport.

Mayer se tourna vers Armand.

— Qu'est-ce qui vous prend ? s'étonna-t-il froidement. Je ne vous ai pas demandé de faire notre travail. Il n'était pas non plus prévu que vous soyez armés.

Il ordonna à ses hommes de désarmer les miliciens. Ceux-ci protestèrent, Armand le premier.

— C'était bien la peine que…

— Fermez-la ! ordonna Mayer. Nous réglerons cette affaire plus tard. Maintenant, accomplissez la tâche pour laquelle vous êtes payé et désignez-nous les terroristes que vous reconnaissez !

Il fit sortir les hommes du groupe de fidèles et leur commanda de s'aligner, excepté le curé, incapable de se remettre debout. Les femmes pleuraient en serrant leurs enfants contre elles.

Malgré la consigne, Armand désigna Emma.

— *Herr Oberst !* Elle aide la Résistance ! Son café sert…

— Taisez-vous ! le coupa Mayer. Occupez-vous uniquement des hommes !

Armand obéit et les passa en revue, suivi par deux soldats allemands.

Chaque fois qu'il hochait la tête, le suspect était brutalement saisi par des militaires et mené vers l'un des camions, garés sur le bord de la route.

Quand ce fut terminé, Mayer fit relâcher les femmes et les enfants. Ils pouvaient retourner chez eux. En revanche, les hommes seraient conduits à la *Kommandantur* pour un contrôle d'identité.

Alors qu'il regagnait sa voiture avec des miliciens, Armand passa près d'Emma.

— Tu vas le payer, lâcha-t-elle, lèvres serrées. Et très cher, crois-moi.

— Va te faire foutre, la youpine ! répliqua-t-il. Tu as beau être protégée, je vais m'arranger pour que toi et tes mômes passiez vos vacances dans un camp !

Peu après, les Allemands et les miliciens avaient déserté les lieux. Des fidèles entouraient le prêtre et s'apprêtaient à le transporter à l'hôpital pour le faire soigner ; d'autres pleuraient sur les dépouilles des victimes.

Emma s'installa au volant. Colette s'assit à l'arrière, les enfants contre elle, murés dans le silence. Après un dernier regard vers le champ, elle démarra.

— Les salauds, murmura-t-elle. Ils ne perdent rien pour attendre !

14

Quand, au milieu de la nuit, Paul surgit dans sa chambre, Emma ne marqua aucune surprise. Même plongée dans le sommeil, elle l'attendait. Après le massacre de Sainte-Anne, elle savait qu'il ne la laisserait pas longtemps seule avec sa douleur.

Il l'embrassa et la prit dans ses bras. L'heure n'était pas aux étreintes enflammées…

Il alluma une cigarette.

— Je ne pensais pas qu'ils seraient capables d'en arriver là, dit-il.

Emma se taisait, son corps collé au sien. Elle avait tellement besoin de sa chaleur, de son odeur, de sa force… Malgré son désir de parler, les mots ne venaient pas. Son chagrin était trop prégnant.

Paul comprenait le silence d'Emma. Lui-même était choqué. Comment les Boches pouvaient-ils se montrer aussi inhumains ? Commettre des violences gratuites sur des gens inoffensifs ? Certes, c'était la guerre, mais une guerre ne se menait pas contre des femmes, des enfants ou des vieillards !

— J'espère que vous allez leur en faire baver ! s'exclama Emma. Tout particulièrement à ce salopard de Mayer et à ces ordures de miliciens ! Tuez Armand, je t'en conjure. Il ne mérite plus de vivre.

— Ne t'inquiète pas. Nous allons leur régler leur compte…

Ce fut à nouveau le silence. Par la fenêtre ouverte leur parvenaient des chuchotis et des rires étouffés, d'une chambre voisine. Sans doute l'une des filles…

— Tu as tout vu à Sainte-Anne ? s'enquit Emma.

— Non, nous nous sommes repliés.

— C'était horrible. J'ai cru qu'ils allaient nous fusiller sur place. J'ai eu tellement peur pour les enfants.

Paul l'enlaça. Emma sentit les larmes perler à ses paupières. Elle ne chercha pas à les arrêter.

— Nous étions si heureux avant, dit-elle. Comment les hommes…

Elle s'interrompit, secouée par les sanglots.

— Cela va bientôt prendre fin, répondit Paul. La victoire est proche…

Il savait qu'il mentait. Rien n'autorisait un tel optimisme. Les Allemands étaient puissants et des Français leur prêtaient désormais main-forte. Oui, il mentait, mais c'était nécessaire. Il fallait entretenir l'espoir.

Emma sécha ses larmes et l'embrassa.

— Vivement que cela se termine. J'ignore si je vais pouvoir tenir le coup longtemps.

— Il le faut, insista Paul. Nous devons nous blinder contre l'horreur. C'est le prix à payer pour arracher la victoire.

Paul avait raison, songeait Emma. Elle devait trouver au fond d'elle-même la force de résister. De soutirer des renseignements ici et là et d'en informer

Mayer. Elle le devait pour elle-même, mais également pour Marthe, Nicole, Romain et au-delà pour ceux qui donnaient leur vie dans ce combat. Pour ses enfants aussi, afin qu'un jour ils pussent vivre dans un monde meilleur.

Elle demanda une cigarette à Paul, qui la lui alluma.

— Donne-moi des informations à balancer à Mayer, dit-elle.

La nuit venait de tomber. Marie attendait Mayer. Excédée, elle allait et venait dans la maison, ressassant ce qu'elle avait lu dans les journaux sur l'opération de Sainte-Anne. Comment ne pas prendre fait et cause pour les pèlerins en lisant l'article ? Les Allemands et les miliciens s'étaient conduits tels des salauds. Cet acte barbare n'avait aucune justification stratégique. Pis, elle avait appris par une domestique qu'Emma s'y trouvait avec ses enfants. Marie avait songé à lui rendre visite, puis elle s'était abstenue. Elle souhaitait d'abord avoir une explication avec Klaus.

Quand la voiture stoppa devant la guérite des sentinelles qui gardaient l'accès aux Quatre-Vents, Mayer sortit du véhicule et libéra le chauffeur. Il monterait à pied.

En fait, il suivit le chemin de La Vernière pour vérifier l'état d'avancement des travaux entrepris au lendemain de l'attaque. Cela lui donnerait un répit avant de devoir justifier l'injustifiable face à sa compagne.

Il n'avait pas besoin d'être devin pour imaginer l'humeur de Marie. Elle ne lui avait pas téléphoné de la journée et n'avait répondu à aucun de ses appels. D'évidence, elle l'attendait pour l'interroger sur l'opération de Sainte-Anne…

Sur le chantier, en activité jour et nuit depuis l'attaque de la Résistance, des officiers l'accueillirent pour lui montrer la progression des réparations dans le bâtiment principal : les murs effondrés avaient été remontés à l'identique, les charpentes réparées, et l'on entamait maintenant la peinture.

Toute trace de l'incendie avait disparu. D'ici deux ou trois jours, un nouveau mobilier serait livré. Par ailleurs, des soldats du génie consolidaient les barbelés. Enfin, de puissants projecteurs étaient en cours d'installation et les équipes de garde avaient été renforcées.

L'architecte militaire qui conduisait les travaux accompagna Mayer dans le logement des personnels, peu abîmé. On avait profité de l'occasion pour repeindre les chambres et construire, derrière la bâtisse, un mur d'enceinte au faîte duquel couraient des barbelés électrifiés.

Mayer écoutait à peine les explications de son guide. Qu'allait-il dire à Marie ? Comment justifierait-il la violence de l'intervention envers des pèlerins inoffensifs, ces morts innocents ?

Bien sûr, il pouvait affirmer avoir obéi aux ordres, s'être réfugié derrière le secret militaire. Mais, voilà, Marie n'était pas du genre à admettre de tels arguments. Elle le pousserait à fond dans ses retranchements, sans lui laisser la moindre échappatoire. Elle serait son procureur.

La visite du chantier terminée, un officier lui proposa de le conduire aux Quatre-Vents. Il refusa. Marcher lui ferait du bien.

En fait, il voulait retarder encore le moment de se trouver devant Marie, d'affronter son regard et ses questions. Et échapper à ses arguments qu'il savait justes, pour la bonne raison qu'il les partageait…

Quand il entra dans la maison, il régnait un étrange silence. Marie n'étant pas venue l'accueillir, il interrogea la domestique qui l'aidait à se défaire de son manteau. Même cette dernière paraissait différente ; elle avait esquivé son regard en répondant que madame se trouvait à l'étage.

Il grimpa l'escalier avec l'enthousiasme d'un condamné qui monte à la potence, puis pénétra dans la chambre. Marie se tenait debout devant la fenêtre. Elle se retourna, les yeux étincelant de colère.

— Pourquoi ne m'avoir rien dit ? demanda-t-elle, glaciale.

Il se défit de sa veste et la jeta sur un fauteuil.

— De quoi parles-tu ? se risqua-t-il, conscient de sa lâcheté.

— Prends-moi pour une imbécile ! ironisa-t-elle. Le pèlerinage de Sainte-Anne, cela ne te dit rien ?

— Et alors ? répliqua-t-il, bravache. En quoi cela te concerne-t-il ?

— C'est tout ce que tu trouves à répondre ? s'écria-t-elle. Je vais te dire en quoi cela me concerne. Parce que des innocents qui allaient prier en pleine campagne avec leur famille ont été brutalisés, et certains tués ! Parce que ces crimes ont été commis par des miliciens, dont cette saloperie d'Armand. Parce que celui qui commandait cette opération, c'était toi, l'homme que j'aime, le père de mon enfant, qui n'a même pas eu le courage de m'en parler avant ! Parce que j'apprends par une domestique qu'Emma et ses enfants étaient présents ! Voilà pourquoi cela me concerne !

— Je comprends ta colère. Mais cette opération devait rester secrète. Il fallait que nous ripostions à l'attaque de La Vernière. J'avais reçu des ordres en ce sens.

Marie lui répondit par un rire méprisant.

— Tu es pitoyable ! Est-ce là ta seule justification ? Répondre à une attaque militaire par l'agression de pèlerins innocents ? J'espère que tu ne crois pas un mot de ce que tu dis !

— Si ! répondit-il en haussant le ton.

— Dans ce cas, Klaus, je préfère partir d'ici. Peu importe ce qu'il m'arrivera, mais je ne peux supporter que tu sois tombé si bas…

Alors qu'elle passait devant lui, fière et indifférente, il la saisit par le bras et l'obligea à s'asseoir sur le lit.

— Écoute-moi, je t'en supplie…

Certain que Marie resterait, il prit le temps de desserrer sa cravate et d'allumer une nouvelle cigarette.

Elle avait raison, admit-il. Il n'avait aucune excuse. Bien qu'il l'eût ordonnée et commandée, il avait désapprouvé cette opération. Mais que pouvait-il faire ? Désobéir ? Au risque d'être expédié sur le front russe, sans espoir d'en revenir. Que deviendraient-elles, elle et Lou, dans ces circonstances ? En temps de paix, on pouvait écouter sa conscience, c'était facile ! En guerre, cela devenait un luxe. Sauf à trahir, déserter, renoncer. Il savait que ces justifications pesaient peu par rapport à la morale. Il le savait d'autant mieux que, depuis sa rencontre avec Marie et la naissance de Lou, il était rongé par la culpabilité. Combien de fois n'avait-il pas retourné ce dilemme dans sa tête ! Ne s'en était-elle donc pas aperçue ? Qui avait sauvé Emma et les enfants ? Qui avait fait arrêter Armand ? Qui s'était juré la perte de Blanchard ? Combien de fois n'avait-il pas freiné des ordres pour éviter une arrestation ? Arrêté des procédures pour éviter la prison à tel ou tel, voire la mort ? Que pouvait-il faire de plus ? À l'instar de nombreux soldats et officiers allemands, il n'assumait pas cette situation parce qu'il n'avait pas été élevé dans les principes du national-socialisme. Combien renâclaient à exécuter les ordres, parce qu'ils répugnaient à tuer, déporter, torturer ? Des tas. Pour la plupart, des gens simples et honnêtes, étrangers à la vulgate nazie. Quel choix restait-il à ces hommes pour échapper à ce dilemme ? Désobéir ? Déserter ? Se mutiler ?

Bien sûr que de tels actes n'avaient aucun fondement moral, encore moins de sens. Cette guerre était une folie. On leur mentait ; ils appartenaient désormais à une armée lancée dans une fuite en avant sans fin.

Émue, Marie lui prit la main et l'invita à s'asseoir auprès d'elle.

Savait-elle que le nombre des suicides augmentait au sein du contingent ? continua-t-il. Celui des désertions aussi, qui se terminaient par une fusillade dans le dos ?

Comme d'autres, il savait qu'ils perdaient la guerre. En témoignait la politique de collaboration avec des Français, souvent plus sauvages qu'eux-mêmes. Oui, il haïssait les Blanchard, Armand et autres Bardeau, cupides, amers et revanchards. Oui, il détestait les fréquenter et, comme à Sainte-Anne, effectuer le sale boulot avec eux !

Effondré, il secouait doucement la tête. Il n'en pouvait plus de devoir renier ses idéaux de jeunesse ! Il se sentait si misérable. Seules Marie et Lou le faisaient tenir debout, lui procuraient l'énergie d'obéir à des ordres imbéciles et d'en donner.

Marie le fit s'allonger et se réfugia dans ses bras. Elle sentait combien il était fragilisé, perdu, noyé dans un désespoir sans fond.

Elle l'embrassa et lui promit de tout faire pour l'aider. Ils allaient s'en sortir, elle en était certaine. Parce qu'ils s'aimaient, parce qu'ils ne ressemblaient pas au commun des mortels, parce qu'ils seraient plus forts que la guerre.

Il l'étreignit, incrédule.

Allongée sur le lit, Colette retenait ses pleurs. Ce n'était pas le moment. Elle devait regarder les choses en face, assumer.

Malgré tout, les larmes perlèrent à ses paupières.

Elle découvrit son ventre et le palpa avec l'espoir de trouver un signe qui contredirait l'évidence. Mais c'était illusoire, elle était enceinte. Enceinte de l'homme qui avait ôté la vie à Albert, son seul amour ! C'était à la fois tellement horrible et stupide que ses pleurs redoublèrent…

Soudain, la porte s'ouvrit. C'était Emma.

— Que se passe-t-il ?

— Ce n'est rien, répliqua Colette, qui s'était assise sur le bord du lit.

Emma vint s'asseoir à côté d'elle.

— Tu en as enduré plus qu'il n'en faut. Mais, tu sais, ça va s'arranger.

— Ça ne risque pas, se récria Colette en se levant. Je suis enceinte !

— Mon Dieu ! De qui ? s'exclama Emma tout en réalisant l'absurdité de la question.

— De Marcel, pardi !

Emma reprit ses esprits. Elle se rappelait son propre sentiment d'abandon et de fragilité quand elle avait su l'être de Martin.

Elle rejoignit Colette et la serra dans ses bras.

— Descendons à la cuisine. On va discuter de ça autour d'un verre. J'en ai autant besoin que toi.

Lorsqu'elles furent attablées, Emma leur servit un verre de calva.

— Demain, tu iras chez le Dr Germain. Si ça se trouve, tu es simplement en retard !

Colette secoua la tête.

— Je suis réglée telle une horloge !

Des larmes perlèrent à nouveau à ces paupières.

— Quelle catastrophe ! murmura-t-elle. Enceinte d'un criminel !

— Allons ! répondit Emma. Là où il est, cela n'a plus guère d'importance. Ce qui compte maintenant, c'est toi. Pourquoi ne pas le faire passer ?

— Il n'en est pas question ! C'est mon enfant, je veux le garder !

Le silence s'installa. Emma avala une gorgée d'alcool.

— Tu aimais Marcel ?

— Pensez-vous ! rétorqua Colette en haussant les épaules. J'aimais bien faire la chose avec lui, c'est tout !

Emma finit son verre et s'en resservit un autre.

— Pourquoi le garder ? insista-t-elle. Tu penses à l'enfant ? Orphelin et conçu par un criminel que tu n'as même pas aimé !

— Jamais je n'avorterai ! répéta Colette. D'ailleurs, je le sens dans mon ventre !

Emma sourit.

— Ne sois pas stupide, il est trop tôt pour sentir quoi que ce soit !

Colette vida son verre d'un trait.

— Je m'en fiche, lança-t-elle, l'air bravache. Je le garderai !

Emma allait lui opposer d'autres arguments. Où trouverait-elle les moyens de l'élever ? Comment réussirait-elle à se faire aimer d'un autre homme ? Que répondrait-elle quand on lui demanderait qui est le père ? Pourtant, elle ne dit rien. Colette était devenue mère...

— Je sais que vous me jugez ! lança cette dernière sur un ton agressif. Vous m'en voulez parce que cela va vous compliquer la vie. Mais ne vous inquiétez pas, je travaillerai jusqu'au terme. Et dès qu'il sera né, je partirai...

Emma éclata de rire.

— Je te ficherais dehors parce que tu aurais un marmot ? Pour qui me prends-tu ? Pas question, ma chérie. Tu n'es pas ma fille, mais c'est tout comme ! On s'en occupera toutes les deux, de ton gamin !

Un sourire éclaira le visage de Colette.

— Vrai ? Vous pensez ce que vous dites ?

— Et comment ! répliqua Emma en venant l'embrasser.

Armand se servit une prune et se laissa aller contre le dossier de son canapé, satisfait.

Il rentrait de Nevers, où Wengler l'avait reçu. L'événement était tellement extraordinaire qu'il n'en revenait pas encore. L'*Oberst* l'avait même félicité. À Sainte-Anne, avait-il dit, le concours de la Milice avait été décisif. Grâce à Armand et ses hommes, des suspects avaient été arrêtés et « traités ». Nul doute que l'on parviendrait à leur soutirer des renseignements majeurs sur la Résistance.

Armand avait tout de suite proposé ses services pour seconder plus activement l'armée allemande. Il en avait également profité pour soulever la question cruciale de l'armement de la Milice : les Allemands devaient fournir des mitraillettes et des revolvers à ses hommes.

Wengler lui avait rappelé que le haut état-major allemand n'y était pas favorable, malgré les interventions de Darnand. Néanmoins, avait-il continué, si un milicien tuait un terroriste, la justice, qu'elle fût française ou allemande, saurait fermer les yeux…

Cette réponse avait satisfait Armand. En fait, sans le reconnaître, Wengler venait de lui donner son feu vert pour que la Milice intervînt… armée.

Après avoir hésité à évoquer Emma et ses enfants, il s'y était résolu au moment où Wengler le raccompagnait à la porte de son bureau.

— Je suis étonné que la patronne du café de la Poste n'ait pas été arrêtée. On sait qu'elle a eu deux enfants avec un juif notoire, le Dr Colliard, et…

Wengler l'avait interrompu assez sèchement.

— Cher monsieur, cela concerne exclusivement les services de la Gestapo. Je vous saurai gré de ne pas vous en mêler !

Armand n'avait pas insisté. Il était assez fin pour comprendre qu'Emma était encore protégée. Qu'elle eût deux enfants juifs pesait peu, comparé au service qu'elle rendait en offrant aux soldats allemands la possibilité de vivre leurs fantasmes…

Il se leva, son verre à la main. La protection dont jouissait Emma l'agaçait. C'était injuste et cela l'empêchait d'assouvir sa haine.

Il se mit à arpenter la pièce. De quel moyen disposait-il pour lui faire payer les humiliations qu'elle lui avait fait subir ?

De rage, il lança le verre sur le sol, qui explosa en une multitude d'éclats.

Avec septembre, les premiers frimas apparurent. Ceux-ci ne duraient pas. En milieu de matinée, les nuages s'effilochaient et laissaient place à un généreux soleil.

Marie aimait se promener à cette heure du jour. Généralement, Mayer était déjà parti et Lou s'était rendormie après son biberon…

Aujourd'hui, elle avait choisi d'emprunter le chemin forestier, où naguère elle avait séduit Louis. Il y avait si longtemps déjà…

Les arbres commençaient à perdre leurs feuilles. L'automne s'annonçait.

En d'autres temps, elle aurait apprécié cette nature aux teintes mordorées. Elle se serait assise sur une souche, à l'écoute de la rumeur sylvestre. Le frissonnement des feuilles, les craquements du bois mort, le croassement des corneilles… L'air chargé d'effluves flottants et indistincts l'aurait ramenée des années auparavant, quand elle arpentait la campagne avec Émile…

Aujourd'hui, elle était trop préoccupée pour s'intéresser à la nature.

Depuis l'opération de Sainte-Anne, Klaus sombrait dans la dépression. D'ordinaire si disert, il participait de moins en moins aux conversations. Combien de fois lui avait-il paru revenir d'un autre monde quand elle le questionnait ?

Désormais, il refusait les mondanités, au prétexte qu'il les trouvait assommantes.

Même avec elle, il se révélait plus distant. Il ne lui témoignait guère de tendresse, et quand ils faisaient l'amour, c'était à la va-vite, sans passion… Avec Lou, il se montrait attentif, mais elle sentait qu'il se forçait.

Bref, il lui échappait chaque jour un peu plus.

Plusieurs fois, elle l'avait supplié d'exprimer son malaise et lui avait proposé son aide. Elle l'avait même encouragé à demander une permission. Ainsi pourraient-ils se retrouver et renouer avec l'ardeur des débuts…

Mais il refusait, au prétexte qu'il se soumettait à son devoir de soldat. Une contradiction car, en même temps, il répétait sans cesse ne plus croire en la victoire.

En cela, il était lucide. Partout, on sentait le vent tourner. Particulièrement à Vichy, où, selon des informations concordantes, des dignitaires du régime cherchaient à se dédouaner des horreurs dont ils étaient pourtant coupables. Pendant ce temps, Laval durcissait sa politique de répression. Il avait même fait arrêter Albert Lebrun, le dernier président de la République.

Au plan militaire, les Alliés avaient débarqué dans le sud de l'Italie. Récemment, ils avaient bombardé Rouen, Saint-Omer, Boulogne-sur-Mer.

Même Blanchard, qu'elle avait revu, manifestait de réels signes d'inquiétude. Craignant tellement pour son or qu'il était allé à Vichy pour adhérer à l'Association des biens aryanisés, créée par Darquier de Pellepoix !

Face à cette situation incertaine, Marie se sentait isolée, impuissante et coupable de ne pas être allée voir Emma pour lui dire l'horreur provoquée par le massacre de Sainte-Anne.

Mais aujourd'hui, elle savait ne plus pouvoir retarder cette rencontre, car elle ressemblait à un rendez-vous avec sa propre conscience…

15

Deux heures maintenant que Blanchard et Armand dînaient ensemble chez ce dernier. Et qu'ils buvaient du champagne, bien sûr, pour fêter l'opération de Sainte-Anne.

Blanchard n'était pas avare de compliments envers son associé. Il avait réussi un coup de maître. Surtout, il avait fait évoluer la pensée des huiles de Vichy, y compris Déat. Armer ces supplétifs devenait indispensable pour qu'ils pussent remplir leur mission de police sans risque d'être tués.

Le notaire éprouvait une certaine aversion envers cette troupe composée de ratés, de revanchards et de frustrés. Mais il ne fallait pas faire la fine bouche. Les Allemands traversaient une mauvaise passe. Il fallait les aider.

Enfin, il devait ménager son associé. Lui et ses acolytes mettaient la main sur de nouvelles propriétés dont il tirait d'énormes profits.

C'était cela l'essentiel, non pas ces fadaises politico-morales de Vichy : Travail, Famille, Patrie, l'ordre nouveau, la France éternelle.

Pour Blanchard, le monde était exclusivement dirigé par l'appât du gain. Banquier ou péquenot, ouvrier ou fonctionnaire, chacun y allait de sa petite combine pour posséder toujours plus. Le reste n'était que du bavardage, et s'il y avait des innocents ou des imbéciles qui jouaient au héros pour se faire fusiller, c'était leur affaire. En réalité, la vie n'était qu'une farce tragique où chacun choisissait un rôle et essayait de le tenir le mieux possible.

Lui tenait le sien… Être riche, très riche même, traverser la guerre indemne et ensuite goûter aux joies de l'existence, en Suisse ou ailleurs. En tout cas, là où l'on ne viendrait pas le chercher.

Alors oui, il applaudissait à cette opération de Sainte-Anne. Il le faisait avec d'autant plus d'enthousiasme, que parmi les hommes arrêtés figuraient sans doute des amis de Paul, dont il espérait admirer un jour le cadavre…

Ah ! ce dernier ne la ramenait plus. La preuve ! Un bail qu'il n'avait pas été kidnappé ! Sûr que l'attaque de leur camp de base leur avait porté un coup fatal.

Aussi éméchés l'un que l'autre, les deux hommes trinquaient à tout et à rien, en accompagnant leurs toasts de blagues vulgaires et de rires gras.

Ils buvaient, transformant les défaites allemandes en victoires. Stalingrad avait montré l'extraordinaire puissance des armées nazies. D'ailleurs, celles-ci n'avaient-elles pas libéré le Duce lors d'une remarquable opération aéroportée ? Quant au débarquement des Alliés en Sicile, un épiphénomène ! Enfin, en France, Pétain était acclamé par des milliers de Français à chacun de ses déplacements.

Ce n'était pas de Gaulle, ce traître, qui allait y changer grand-chose, avec son rassemblement des oppositions à Alger. Ni d'ailleurs l'assassinat de l'adjoint de Sauckel à Paris, qui allait se solder par l'exécution d'une cinquantaine d'otages. Oui, les Allemands étaient là pour longtemps…

Ils trinquaient aussi à l'argent qui coulait à flots ; à ces lingots d'or qui s'empilaient dans leurs coffres ; aux fêtes collaborationnistes, ici et là, où on levait les filles pour une poignée de billets, où l'on servait les mets les plus raffinés, où enfin l'on se sentait en famille.

Quand 2 heures sonnèrent au clocher de l'église, Blanchard décida de rentrer chez lui. Armand tenta de le retenir, sans succès. Le notaire était un bourgeois plein de manies. Il lui fallait son lit, son verre d'eau sur la table de chevet, ses charentaises. Bref, son confort.

Les deux hommes se serrèrent la main sur le perron en échangeant une dernière blague raciste, puis Blanchard, sonné par l'alcool, prit le chemin du retour.

Convaincu qu'une marche l'aiderait à dessouler, il décida de longer la Loire jusqu'au pont. Ensuite, il remonterait la grand-rue jusqu'à sa demeure…

Un moment, il songea qu'il pouvait être arrêté par une patrouille. Mais il se rassura vite, les Allemands devaient se torcher dans leur caserne…

Au bord de vomir, il entama la montée jusqu'à la place de la Mairie. Un vrai calvaire. Il s'arrêtait sans cesse, tant la tête lui tournait. Parfois découragé, il s'imaginait dormir à l'abri d'une porte cochère ou dans une cour quelconque. Mais la perspective de retrouver son lit lui redonnait assez d'énergie pour continuer.

Arrivé devant le portail de sa demeure, il était très tard. Mais il n'en avait cure, il n'avait programmé aucune obligation professionnelle ou mondaine pour le lendemain. Il pourrait dormir tout son saoul.

Repérer le trou de la serrure fut délicat. D'autant que la Lune qui jouait à cache-cache avec les nuages ne lui facilitait pas la tâche.

Alors qu'il traversait le jardin, il s'immobilisa, soudain angoissé. Il lui semblait avoir remarqué quelque chose d'insolite, sans pour autant savoir quoi. Un détail que son cerveau embrumé s'obstinait à ne pas lui restituer.

Perplexe, il regarda autour de lui. Rien. Un petit vent faisait s'agiter les feuilles des haies. La maison était plongée dans l'obscurité. Rien que de très normal.

Il reprit son chemin, légèrement dégrisé. Bon Dieu ! Il était certain d'avoir décelé une anomalie quelque part. Mais allez savoir lorsqu'on est ivre !

Il entra et referma vivement la porte avec l'impression tenace d'avoir échappé à un danger.

Il alluma et monta.

Quand il déboucha sur le palier, il comprit qu'il avait vu juste. Paul, Antonio et deux autres types, aperçus lors des précédents enlèvements, l'attendaient, assis dans son salon, le regard mauvais.

Pour masquer sa frayeur, il éclata de rire. En même temps, il se cramponnait à la rampe pour soutenir ses jambes flageolantes.

— Je ne crois pas vous avoir invités ! lança-t-il, provocateur.

Deux hommes s'emparèrent de lui et le forcèrent à s'asseoir dans un fauteuil, face à Paul.

— Plaisante tant que tu le peux encore, railla l'un d'eux en lui assenant un coup de crosse de fusil sur l'épaule qui lui arracha un cri plaintif.

— Tu n'es qu'un tas de merde, enchaîna Paul avec mépris, mais tu peux nous servir…

Cela redonna un peu d'allant au notaire, qui se redressa sur son siège.

— Je n'ai jamais voulu autre chose, dit-il, un sourire exagéré aux lèvres. Vous ne me recontactiez pas, je…

Cela lui valut un second coup de crosse, aussi douloureux.

— Cesse de frimer ! insista Paul. Comme promis, on ne t'a pas lâché d'une semelle. Mais, évidemment, tu es trop sûr de toi pour le voir. Quoi qu'il en soit, pour toi et tes copains, Boches ou collabos, la fête est finie. Maintenant, on va passer aux choses sérieuses.

— Je ferai ce que vous demandez, balbutia le notaire, effrayé à l'idée de recevoir un autre coup.

Sous l'effet de ce dégrisement accéléré, il tentait d'anticiper les exigences de ces salauds et surtout de trouver la parade. Mais ses idées étaient aussi volatiles que les bulles du champagne qu'il avait ingurgité durant la soirée.

Antonio prit la parole.

— Écoute, salopard. Tu vas nous décrire les habitudes de ton copain d'en bas, celui que tu viens de quitter. On veut des détails. Quand il sort, quand il rentre, où il va, les gens qu'il fréquente.

— Maintenant ? bredouilla Blanchard.

— Maintenant !

— Mais je ne suis pas en état de…

— C'est cela ou une balle dans la tête. Une triste fin qu'on maquillera en suicide.

Un frisson parcourut le notaire de la tête aux pieds. Cette fois, ces types ne plaisantaient plus. Leurs regards fixes, vides d'émotion, étaient éloquents.

— On t'écoute, reprit Antonio.

Blanchard parla pendant près d'une heure. Il répondait aux questions, n'essayant même pas de mentir. La seule fois où il tenta de le faire, l'homme qui se tenait derrière lui assena une violente tape sur le crâne.

Au terme de l'interrogatoire, il avait livré ce qu'il savait sur Armand.

Paul et ses hommes gardèrent le silence un long moment. Parfois, ils échangeaient des regards appuyés, pleins de sous-entendus. Blanchard tremblait, certain que sa vie ne tenait plus qu'à un fil.

— Je veux sincèrement vous servir, lâcha-t-il piteusement. Je vous assure !

— Tu ne veux pas qu'on t'engage dans le maquis aussi ! répliqua Paul en se levant.

Il s'approcha du notaire.

— Normalement, on devrait te flinguer et ficher le camp. Mais on va te donner un petit sursis. Tu vas continuer à vivre ta chienne de vie. Tu ne changes pas tes habitudes. Tu rends visite à Mayer et à sa salope de Parisienne. Tu fréquentes également le café d'Emma et les tripots de collaborationnistes. Tu assistes aux réunions avec Déat, tu te rends à Vichy, tu rachètes des propriétés et des maisons…

— Comme d'habitude, quoi ! répliqua Blanchard, soudain détendu.

— Sauf que la situation a changé. Les Boches sont en train de perdre la guerre et, pour toi et tes amis, c'est fini !

Paul s'était exprimé sur un ton neutre, dénué d'émotion. Paniqué, Blanchard se raccrochait à l'idée qu'il était en vie, ce qui n'était déjà pas si mal.

Quand les quatre hommes se réunirent à l'écart pour échanger, il repensa aux informations balancées sur Armand. D'accord, il l'avait condamné, mais c'était la guerre. Pas de cadeau. D'ailleurs, si ce dernier s'était trouvé dans sa position, il n'aurait pas agi différemment.

Paul s'approcha à nouveau de Blanchard.

— On a besoin d'un petit service, dit-il.

Livide, le notaire hocha la tête.

— Tu vas nous donner de l'argent.

Blanchard sentit son ventre se contracter. Ah, les salauds ! Ils tapaient où ça faisait mal. Mais ils en seraient pour leurs frais, son or n'était pas ici. Ils pouvaient prendre ce qui se trouvait dans le coffre. Rien qu'une infime partie de sa fortune, quelques liasses de billets, tout au plus.

— Il faut descendre à l'étude, dit-il.

Antonio l'arracha de son siège et le poussa vers l'escalier.

Le coffre ouvert, Antonio vida les billets dans un sac à dos. Il s'empara également des montres en or et des bijoux. Pendant ce temps, Paul consultait les dossiers qui y étaient entreposés. Pour la plupart, de faux actes de propriété concernant des biens immobiliers volés aux juifs.

— On va les prendre aussi, dit-il. Ils serviront de preuves.

Blanchard ne discuta pas. Dans son souvenir, cette paperasserie n'était pas compromettante.

Peu après, les hommes sortirent du bureau.

— N'oublie pas, on t'a à l'œil, menaça Paul. Profite du peu de temps qu'il te reste à vivre.

Le notaire attendit que la porte fût refermée avant de bouger. Cette fois-ci, il se retrouvait dans la nasse ; il ne pouvait plus rien espérer. Certes, il pouvait fuir, mais c'était prendre un risque considérable. Si les autres l'interceptaient, il serait abattu comme un chien...

Après un dernier coup d'œil sur le coffre vide, il grimpa à l'étage. Un alcool fort l'aiderait à réfléchir.

Soudain, il comprit pourquoi il était sur le qui-vive en arrivant : la voiture, entraperçue dans la rue, n'avait rien à y faire.

Il sourit à l'idée qu'il aurait pu faire un excellent espion...

En cette matinée pluvieuse, Marie avait l'humeur en berne. La nuit avait été épouvantable. Mayer était rentré tard.

Quand il s'était glissé sous les draps, elle s'était réfugiée dans ses bras avec l'espoir que ses caresses, ses baisers, ses mots tendres le détendraient. Peine perdue ! Il s'était retourné pour dormir en invoquant la fatigue...

Elle parcourut les journaux qu'on venait de lui apporter. En France, ce n'étaient plus que bombardements, assassinats, représailles. Les traîtres, tels Armand, Blanchard ou Bardeau devenaient des criminels de droit commun, sous couvert politique. La guerre civile s'intensifiait.

Depuis le départ de Mayer, tôt ce matin, elle errait dans la maison. Elle n'avait même pas pris son petit déjeuner. L'idée de manger lui soulevait le cœur.

Elle eut alors l'envie d'aller voir Emma. La seule qui pouvait l'aider à y voir clair. La seule aussi qu'elle était disposée à écouter…

Elle enfila un manteau et gagna sa voiture. Malgré la pluie qui tombait dru, elle rallia Donzy rapidement. Il lui restait au moins ce talent, elle conduisait vite et sûr…

Dans le café, il n'y avait aucun client. Seule Emma s'activait au bar. Elle vint au-devant de Marie et la débarrassa de son imperméable.

— Si je m'attendais…, dit-elle. Viens dans la cuisine, je vais te préparer un café.

Marie se sentit tout de suite mieux. Elle en avait tellement besoin.

Elle s'assit dos à la cuisinière qui dispensait une agréable chaleur, puis elle alluma une cigarette.

— Je me demandais quand je te reverrais, dit Emma.

Marie lui expliqua qu'elle souhaitait venir depuis un bon moment, mais elle craignait ses reproches à propos de Sainte-Anne…

— Pourquoi t'en voudrais-je ? s'étonna Emma. Ce n'est pas toi qui as ordonné cette attaque, que je sache ?

— Non, mais je suis la compagne de celui qui l'a fait…

— Ce n'est pas la question, la rassura Emma en servant le café.

— En tout cas, nous avons eu une violente explication avec Klaus. J'ai même failli claquer la porte.

— Qu'en pense-t-il lui-même ?

— La même rengaine. Qu'il est soldat, qu'il doit obéir aux ordres… Cependant, il a fini par m'avouer qu'il désapprouvait cette répression aveugle.

Emma s'assit en face de Marie et sucra son café.

— Peut-être… Mais il était présent sur les lieux et donnait les ordres. Et il a laissé agir la Milice.

— Pourtant, je t'assure qu'il éprouve le même dégoût que nous pour ces sales types, mais…

Marie éclata en sanglots. Emma posa une main sur la sienne.

— Tu n'es pas responsable de…

— Si, je le suis. Je vis avec lui. Je dois prendre ma part du mal qu'il peut faire.

— Allons, tu es à ses côtés par amour, pas par conviction politique.

— Au début, si. D'ailleurs, tu en as été la victime.

Emma haussa les épaules.

— Tu étais surtout jalouse à mon égard…

— Tu te trompes. J'ai cru sincèrement que les Allemands allaient restaurer l'ordre et les valeurs auxquels j'étais attachée.

— Tu t'es fourvoyée, voilà tout. Aujourd'hui, tu prends conscience de tes erreurs, c'est l'essentiel.

Marie dévisagea Emma, décontenancée.

— Comment peux-tu être aussi compréhensive à mon égard ? Je ne comprends pas.

Emma lui demanda une cigarette et l'alluma. Elle toussa à la première bouffée et la reposa dans le cendrier.

— Comment pourrais-je t'accabler ? Tu nous as protégés. Si je suis ici avec les enfants, c'est grâce à toi.

Marie sécha ses larmes. Elle tenait son bol à deux mains pour se réchauffer.

— Je culpabilise tellement...

Elle se sentait mieux. Il faisait bon. L'odeur du café mêlée à celle du bois qui se consumait dans la cuisinière lui rappelait des souvenirs de bonheur auprès d'Émile.

— Et puis Klaus qui sombre dans la déprime, reprit-elle. Je me sens si impuissante.

Emma leur resservit du café.

— Nous sommes tous dépassés par cette guerre. À des degrés divers, elle heurte nos consciences. Alors nous souffrons. Klaus comme les autres.

— Tout le monde ne voit pas les choses comme toi...

Elles burent en silence, puis se levèrent et s'embrassèrent.

— Tu ne m'en veux pas, c'est sûr ? s'inquiéta Marie.

— Non. Nous sommes amies.

— Je t'envie d'avoir des certitudes, répondit Marie en enfilant son imperméable.

Emma l'accompagna jusqu'à la voiture. Il ne pleuvait plus, mais un vent frais balayait la rue.

Elles s'étreignirent une nouvelle fois devant le véhicule.

— La guerre prendra fin un jour ou l'autre, dit Emma. Compromets-toi le moins possible, car il faudra rendre des comptes.

— Je sais, répliqua Marie en s'installant au volant. Et toi, comment justifieras-tu d'avoir tenu un bordel pour les Allemands ?

Emma se contenta de sourire. Elle agita la main jusqu'à ce que la voiture eût disparu au carrefour suivant, puis elle rentra.

Marie avait raison. Même si c'était pour la bonne cause, elle aussi avait collaboré et elle n'en était pas fière. Cependant, jamais elle n'avait transigé avec ses propres valeurs. Cela lui suffisait pour avoir la conscience tranquille.

Quand Paul se glissa dans le lit, à 2 heures du matin, Emma dormait profondément. En s'éveillant, elle comprit que les caresses de ce dernier s'étaient immiscées dans son rêve…

Elle se donna à lui avec une fougue qui l'étonna elle-même. Elle désirait jouir. Histoire de faire un pied de nez à la guerre, à la violence, à la peur, à la stupidité des hommes. Et de signifier à Paul combien il lui était indispensable, combien aussi elle craignait de le perdre.

Leur désir apaisé, ils demeurèrent un moment silencieux, enlacés.

— Tu m'as surprise en plein sommeil, dit Emma.

— C'était plutôt excitant… Je t'aime, tu sais.

Emma ne put s'empêcher de sourire. C'était tellement inattendu d'entendre Paul faire une telle déclaration !

— Moi aussi. J'ai tellement hâte qu'on puisse enfin s'aimer au grand jour !

— Ça va venir.

— Tu en es certain ?

Les événements lui donnaient raison : plus un jour ne passait sans que l'Allemagne fût bombardée. Les Alliés progressaient en Italie, en Afrique, en

Extrême-Orient, et les Russes à l'est ! Bien sûr, il faudrait du temps et de nombreuses batailles avant de vaincre ; mais, cette fois-ci, c'était évident, les Allemands ne pouvaient plus inverser le cours de la guerre !

Emma voulait y croire. Cependant, le doute subsistait, tenace.

— Comment Blanchard ou Armand peuvent-ils croire en la victoire des Boches ? Pétain, Laval et leur clique sont-ils si peu conscients de la réalité ?

Paul la tranquillisa. Les collabos pouvaient se pavaner, ils auraient bientôt des comptes à rendre. Pour certains, avant la fin de la guerre ; aucun n'échapperait à la justice.

Emma n'osa pas lui faire préciser sa pensée. De toute manière, il ne répondrait pas.

— J'ai tellement hâte de pouvoir vivre à tes côtés, dit-elle. Librement !

— Oui… Mais le pourrons-nous vraiment ?

Emma se redressa, inquiète.

— Pourquoi dis-tu cela ?

— Tu es mariée ! Ton mari pourra s'en être tiré ! Que feras-tu le jour où il se présentera à La Vernière ?

Emma ne sut que répondre. Colliard ? Elle ne l'avait pas oublié, mais elle pensait rarement à lui. Elle en voulut à Paul de réveiller sa culpabilité.

— Je ne veux pas qu'on parle de lui, dit-elle sèchement en s'allongeant sur le dos.

— Il le faut pourtant, répliqua Paul. Comment nous imaginer un avenir quand le père de tes enfants peut réapparaître un jour ou l'autre ?

Emma se taisait. Paul avait raison, elle se comportait mal.

Comme le silence se prolongeait, il l'enlaça.

— Je suis désolé. Je ne voulais pas gâcher…

— Tu as bien fait, le coupa Emma, radoucie. Mais je ne souhaite pas discuter de cela maintenant. Nous verrons plus tard, quand la question se posera. C'est vrai, je ne songe guère à lui. Excepté quand les enfants m'interrogent à son sujet. D'ailleurs, ils le font de moins en moins. Je reconnais que ce n'est pas charitable, mais cela permet de vivre…

Il l'embrassa.

— Je n'en reparlerai plus, dit-il. Mais, au cas où il ne reviendrait pas, sache que je m'occuperai de tes enfants comme s'ils étaient les miens.

— Je sais. J'ai confiance en toi.

16

La chute des feuilles annonçait l'automne. Les pluies étaient plus fréquentes et le froid assez vif, surtout quand le vent était orienté au nord. Mayer n'aimait pas ce temps humide, si éloigné de celui qu'il connaissait dans les Alpes bavaroises.

Ce matin, il faisait le tour de La Vernière pour vérifier que la surveillance en était correctement assurée. Il avait fait doubler les patrouilles et renforcer le réseau de barbelés électrifiés. Des sentinelles en liaison radio surveillaient chacune des routes qui menaient à la propriété. Enfin, des unités canines sillonnaient les champs environnants, pour prévenir toute intrusion.

Il n'était pas dupe. Cela n'arrêterait pas un assaut d'hommes déterminés. Mais cela rassurait l'état-major, et Marie qui craignait parfois pour sa vie et celle de Lou.

La perspective d'une prochaine attaque n'était pas illusoire. Les Allemands étaient en position de faiblesse. Les bombardements alliés redoublaient d'intensité, en particulier en Normandie et dans le Nord. Rouen, Abbeville, Boulogne étaient le théâtre de gigantesques destructions qui faisaient de nombreuses victimes civiles.

La Résistance lançait des opérations de plus en plus hardies contre l'occupant. Quelques jours auparavant, une bombe avait éclaté au cinéma Rex à Paris, fréquenté par les Allemands. Elle avait causé la mort de trois militaires du contingent et fait une vingtaine de blessés. Cent seize otages avaient été fusillés.

Des soldats qu'il croisait le saluèrent. Il leur répondit par un vague sourire. D'ordinaire, il se serait arrêté et aurait discuté avec eux. Aujourd'hui, il n'en avait pas envie. Que leur aurait-il dit ? Qu'il culpabilisait à l'idée d'exposer leurs vies ? Que la défaite était inéluctable ? Que la plupart d'entre eux ne reverraient pas leur famille ?

Il continua son tour d'inspection, le long des barbelés qui protégeaient le sud de la propriété, indifférent. Il se sentait tellement perdu, seul, désespéré. Ses idéaux, ses espoirs, ses convictions s'étaient envolés. L'officier brillant et enthousiaste de septembre 1939, bourré de certitudes, l'amant transi, le père ébloui, s'était mué en un homme égaré, perclus de culpabilité, dont la vie n'avait plus de sens…

Il s'imagina comme ses prédécesseurs de 1914-1918, empêtré dans cet enchevêtrement de fils de fer sous le feu ennemi, loin de sa tranchée, en train de se vider de son sang…

Comprenant qu'il songeait au suicide, il se reprit. L'éducation familiale qu'il avait reçue, sa formation, lui interdisaient une telle pensée. Un soldat du Reich ne se suicidait pas, nom d'un chien ! Il était un officier, dont la mission consistait à assurer le succès de l'Allemagne, un homme de devoir qui se devait d'être exemplaire.

Cependant, alors qu'il grimpait aux Quatre-Vents où l'attendait son chauffeur, il prit conscience que ses phrases sonnaient creux. Il n'était rien qu'un être humain, face à son absurde condition…

Au café de la Poste, l'atmosphère avait changé. Était-ce le fait que la défaite des Allemands paraissait assurée ? Que les attaques des résistants se répétaient quotidiennement ? Ou parce que l'été traînait en longueur et qu'on avait envie de profiter du soleil ? En tout cas, les gens semblaient plus optimistes.

Colette et Fernand souriaient, eux aussi, à la vie. Depuis peu, sans qu'on sût pourquoi, leur relation avait changé de nature. Leur travail terminé, ils se promenaient ensemble et discutaient durant de longues heures, sans jamais se lasser.

L'un comme l'autre s'autorisait des gestes de tendresse. Fatiguée par sa grossesse, Colette n'hésitait pas à s'appuyer sur le bras de Fernand. Lui laissait parfois échapper une caresse affectueuse.

Même s'ils savaient que c'était un prélude à l'amour, jamais ils n'en parlaient. Par souci de ne pas gâcher ces instants de grâce, plus certainement parce qu'ils étaient aussi pudiques l'un que l'autre. Cela se devinait à leur manière de suggérer les choses plutôt que de les affirmer. C'était l'une de leurs ressemblances et ils y tenaient.

Leur sentiment réciproque s'était révélé un jour, tandis que Colette évoquait sa grossesse avec lui. Cela rebuterait forcément d'éventuels prétendants, disait-elle. Fernand lui avait cité des hommes du coin qui s'étaient montrés bons époux, alors que leur femme portait l'enfant d'un autre. Quand il avait ajouté qu'il les respectait, Colette avait compris qu'il parlait de lui.

Cet amour naissant plaisait à Emma. Fernand sortait enfin de son silence et Colette se détendait. Surtout, elle songeait au futur enfant qui ne serait pas orphelin. De ce fait, elle encourageait leur relation en leur offrant plus de temps libre, en leur suggérant de se promener ou de faire les courses ensemble. S'ils protestaient, elle les poussait dehors. Elle pouvait s'occuper du café, seule !

Les voir aussi heureux et assortis lui donnait l'envie de former un jour un aussi beau couple avec Paul. La perspective d'un possible retour de Colliard ne l'effrayait plus. Ils sauraient faire face à la nouvelle situation avec intelligence et tact.

Blanchard avait réussi à obtenir un rendez-vous avec Marie. Cela n'avait pas été facile. Malgré son insistance, elle avait montré peu d'empressement à le recevoir. Seule la promesse de lui révéler des informations confidentielles, recueillies à Vichy, l'avait décidée.

En route vers La Vernière, il songeait au changement d'attitude de la jeune femme. Elle prenait ses distances à son égard, mais aussi avec les principales figures de la collaboration. Des semaines qu'elle n'avait pas organisé une fête chez elle, ni participé à une réception !

Cela n'arrangeait pas ses affaires. Il devait absolument venir à La Vernière pour mener à bien sa mission d'espionnage au profit de la Résistance. Par ailleurs, Marie représentait un atout pour la cause collaborationniste. La perdre, ce serait ne plus avoir accès à Mayer, aux informations qu'il détenait et aux avantages qu'il pouvait lui procurer…

Blanchard était inquiet. Si la jeune femme n'était plus concernée par la cause vichyste, cela signifiait qu'elle anticipait la défaite de l'Allemagne. De son point de vue, on n'en était pas là. Mais, en ce mois d'octobre, il était évident que la partie s'annonçait difficile pour le Reich…

En arrivant à La Vernière, il constata que la sécurité avait été renforcée. À l'entrée de la propriété, les sentinelles se montrèrent tatillonnes. Plusieurs patrouilles surarmées allaient et venaient au milieu des bâtiments. Une ligne de barbelés impressionnante avait été dressée autour du domaine. Enfin, la présence de camions de transport de troupes témoignait d'une augmentation du contingent.

Il songea à Paul et à ses amis. Attaquer un tel endroit ne serait pas une mince affaire… Cela le rassura. Les Allemands n'étaient pas près de subir une seconde défaite.

Marie l'attendait sur le perron. Emmitouflée dans un manteau en fourrure, elle tenait le col serré autour de son cou. Elle avait les traits tirés et le regard triste.

Il marcha vers elle avec le sourire, histoire de lui montrer qu'il ne perdait pas confiance.

Il la salua avec une jovialité un peu forcée, notant au passage que les défenses de la maison avaient été renforcées. Les gardes étaient plus nombreux. Des mitrailleuses étaient installées aux deux extrémités du jardin, canon pointé vers La Vernière.

Elle l'accompagna à la véranda et le fit asseoir dans le canapé.

Les feuillages des arbres avaient roussi. Un épais tapis de feuilles mortes aux teintes mordorées recouvrait le sol.

— Pourquoi cette visite ? demanda-t-elle d'emblée.

— Juste pour te voir. C'est si rare…

— À d'autres ! répliqua Marie, un sourire entendu aux lèvres. Je n'imagine pas une seconde que tu sois venu jusqu'ici pour mes beaux yeux. Tu as quelque chose à me demander. Accouche !

— Pour une fois, tu vois, je suis désintéressé…

Elle haussa les épaules et ordonna à une domestique de servir le café. Ils se turent le temps qu'elle remplît les tasses.

Quand elle se fut retirée, Blanchard reprit :

— Je t'ai connue plus… gaie et expansive !

— Sans doute. Mais les choses ont changé…

— Tu veux dire que le vent de la défaite souffle pour nos amis allemands ?

Elle détourna le regard.

— Tu imagines le contraire ?

— Dans un conflit, il y a des hauts et des bas. Pour le moment, je garde confiance.

Elle se tourna vers lui et le fixa avec ce même air hautain qu'il détestait.

— Mon pauvre Blanchard ! Je te croyais meilleur analyste politique.

— Tu sais, à Vichy, je n'ai perçu aucune inquiétude. Même Déat semble rassuré.

— Il faut croire que ce joli monde est aveugle et sourd ! Ne me dis pas que tu crois à ces sornettes, ou c'est le début de la fin…

Il esquissa un sourire.

— Soit, je ne me fais guère d'illusions. À ce propos, tu prends tes précautions pour l'avenir ?

Elle s'affala contre le dossier de son siège.

— Que veux-tu que je fasse ? Fuir ?

— Tu peux partir t'installer en Amérique ou en Australie… Personne n'ira t'y chercher.

Marie regarda vers l'extérieur. Elle n'avait jamais pensé fuir dans des contrées aussi lointaines. Son imagination ne l'avait guère transportée qu'au-delà du Rhin, vers cette Bavière dont Mayer lui avait tant vanté la beauté. Et encore, elle lui paraissait tellement éloignée… Non ! répondit-elle. Elle ne partirait pas ! Elle assumerait sa part de responsabilité, si tant est qu'elle fût responsable de quoi que ce soit. Elle avait vécu selon ses désirs, son instinct et des convictions qu'elle avait cru justes… Et lui Blanchard, qu'allait-il faire ?

— Je vais partir en Suisse ou ailleurs ! répliqua-t-il en ricanant. Cela m'est égal. Avec l'argent dont je dispose, je peux me racheter une conduite à peu près partout dans le monde.

— Je te croyais plus engagé que cela…

Il haussa les épaules.

— Je me fiche des idéaux de nos amis. Cette guerre n'est qu'un moment de l'histoire. Dans vingt ou trente ans, les vainqueurs et les vaincus, quels qu'ils soient, se seront réconciliés sur l'autel de l'argent. Il n'y a que cela qui compte…

— Tu crois que les résistants oublieront ? Ils se vengeront…

— Sans doute, admit Blanchard. Il suffira de ne pas être présent à ce moment-là !

Ils se turent, comme si chacun avait besoin de repenser à ce qu'il venait de dire, de s'en imprégner et peut-être de s'en convaincre.

— Et Klaus ? demanda le notaire. Qu'en pense-t-il ?

Marie répondit par un sourire et se leva. Elle devait s'occuper de Lou. Même s'il savait que c'était un prétexte pour le congédier, Blanchard n'insista pas. À quoi bon ! Il avait perçu dans le regard de Marie toute la détresse que sa question avait suscitée.

Elle l'accompagna sur le perron. Alors qu'il grimpait dans sa voiture, elle lui adressa un signe de la main, impassible.

Elle mesurait combien cet homme qui l'avait tant fait jouir lui était indifférent, combien elle le méprisait.

Le mois d'octobre était largement entamé. Le temps avait fraîchi. Les pluies se succédaient avec une intensité inhabituelle. Le sol était détrempé. On pataugeait.

Cela freinait les opérations militaires des Allemands, qui ne se risquaient plus là où ils pouvaient s'embourber, se perdre ou tomber dans des embuscades.

À l'inverse, cela faisait l'affaire des résistants qui pouvaient se déplacer plus aisément et attaquer les gares, les entrepôts ou même les administrations tenues par l'occupant.

Ce soir-là, à la nuit tombante, il pleuvait à verse. Paul avait choisi de se rendre à La Charité en voiture, afin d'y rencontrer Blanchard. Il était passé par de petites routes, certain de ne pas y croiser d'Allemands, puis il s'était garé sur la route de Raveau en prenant soin de dissimuler son véhicule derrière un bosquet.

De là, il avait marché en direction de la place de la mairie. Malgré la pluie et l'obscurité, il était rapidement parvenu sous la porte cochère, en face de la maison du notaire, sans jamais croiser de Boches.

Informé par un membre du réseau, Blanchard devait l'attendre. Néanmoins, Paul demeurait sur le qui-vive. Ce traître en puissance pouvait avoir prévenu les Boches.

Lorsqu'il eut estimé ne plus rien risquer, il gagna le portail. Comme convenu, celui-ci était ouvert. Il traversa la cour jusqu'à la porte de la maison, la main serrée sur la crosse de son revolver.

Blanchard lui ouvrit, vêtu d'une robe de chambre, un cigare aux lèvres. Paul le trouva ridicule mais se garda de faire une réflexion.

Sans même le saluer, il entra dans le bureau de l'étude.

— Fais comme chez toi ! ironisa le notaire.

— C'est ce que je fais, répliqua Paul en s'installant sur le canapé, sans prendre la peine d'ôter son imperméable trempé.

Blanchard prit place derrière le bureau.

— J'ai vu ton... camarade. C'est ainsi qu'on s'appelle dans le maquis, non ?

Paul ne répondit pas à la question. Méfiant, il lui demanda un nouveau rapport sur Armand. Avec le zèle de l'espion qu'il croyait être, le notaire énuméra les personnes et les lieux qu'il fréquentait, précisa ses horaires, les trajets qu'il empruntait. Il souligna même les moments où il le pensait plus vulnérable.

Paul notait mentalement ce qui l'intéressait. Parfois, il lui faisait préciser telle ou telle information pour s'assurer que Blanchard ne lui mentait pas.

Ensuite, ce dernier relata avec luxe de détails ce qu'il avait vu à La Vernière, convaincu qu'ainsi il se dédouanait aux yeux de son interlocuteur.

Quand il eut terminé, il attendit une réaction de Paul qui ne vint pas. Cela l'inquiéta.

— J'espère que vous me serez redevable de mon travail, dit-il, et que…

— Ferme-la ! le coupa Paul, d'un ton froid. Nous ne te devons rien ! Tu n'es qu'un traître, rien d'autre. Tu ne travailles pas pour la Résistance, tu es son prisonnier.

Blanchard se crispa. C'était idiot, mais il avait peur de cet homme. Il l'imaginait l'abattre sans aucun remords. Il préféra se taire.

— J'espère que tu as pensé à l'argent, reprit Paul.

— Bien sûr, répliqua Blanchard en ouvrant le coffre.

Il en sortit des liasses de billets qu'il disposa sur le bureau.

— C'est tout ce que j'ai pour l'instant.

Paul se leva et compta. La somme était rondelette et permettrait d'acheter des armes et de la nourriture dans les fermes environnantes.

Blanchard enfourna l'argent dans une sacoche en cuir qui lui appartenait.

— Avec le temps qu'il fait, c'est plus prudent…

Cette sollicitude irrita Paul.

— Tu veux vraiment sauver ta peau !

— Que ferais-tu à ma place ? riposta le notaire.

— Je n'y suis pas ! lui lança Paul en saisissant la sacoche.

Après son départ, Blanchard s'affala sur le canapé. Le début de la fin, songea-t-il. Jouer gagnant sur les deux tableaux n'avait plus de sens. Il était temps pour lui de fuir et de disparaître.

Un peu avant l'heure du dîner, Emma s'offrit quelques instants de repos dans la cuisine. Elle se servit un café et s'attabla.

Le va-et-vient des clients et des filles, le service en salle, les enfants qui couraient partout l'épuisaient. Le plus fatigant était d'être sans arrêt disponible pour régler les problèmes qui se présentaient.

Arbitrer les conflits entre les filles qui se jalousaient et s'arrachaient les meilleurs clients. Tempérer les disputes entre celles qui se disaient pro-Allemandes et les autres. Calmer les consommateurs excités qui parlaient à tort et à travers. Convaincre les pochetrons de rentrer chez eux…

Il lui fallait aussi trouver de la nourriture en quantité suffisante pour préparer des repas. Une gageure en ces temps de restrictions ! L'intendance de la *Kommandantur* n'arrivait plus à fournir, malgré les razzias opérées par les Allemands dans les fermes. Du coup, Emma ne servait plus guère de repas le midi.

Ses nuits n'étaient pas plus reposantes. Toujours sur le qui-vive, elle trouvait difficilement le sommeil et quand celui-ci survenait, il était interrompu par des cauchemars ou des réveils intempestifs dus aux soucis qu'elle ressassait.

Heureusement, Colette et Fernand se révélaient précieux en la déchargeant de multiples tâches. La jeune fille s'occupait à merveille des enfants, gérait la salle avec efficacité. Pourtant, ce n'était pas évident. Les Allemands, qui sentaient le vent tourner, devenaient de plus en plus arrogants et exigeants.

Au café, l'atmosphère s'était tendue. Les conversations étaient parfois orageuses, car les partisans de Vichy trouvaient désormais des contradicteurs qui osaient critiquer le régime.

Emma retournait ces pensées dans sa tête quand la porte du café s'ouvrit avec fracas. Inquiète, elle se précipita dans la salle et se retrouva face à Armand, accompagné d'une dizaine de miliciens.

Tandis que ceux-ci déplaçaient les tables pour n'en former qu'une, il s'approcha d'Emma.

— Donne-nous à manger ! ordonna-t-il d'un ton cassant. Et pas de topinambours ni de rutabaga !

— Je n'ai pas assez pour autant de personnes, rétorqua Emma. Il fallait me prévenir avant.

Armand ricana et se tourna vers ses hommes qui tapaient du poing sur la table en exigeant du vin.

— Vous entendez, les gars ? Qu'est-ce que vous diriez de faire un tour dans la cuisine et dans la cave !

— C'est bon, dit Emma. Je vais voir ce que je peux faire.

— Il vaut mieux, répondit Armand en allant s'asseoir en tête de table. Et que ça saute, on a faim et soif !

Emma s'excusa auprès des autres consommateurs. Elle ne pourrait pas leur servir à dîner. Quelques-uns râlèrent, mais discrètement. On craignait trop ces hommes en uniforme noir pour s'opposer à eux. Seuls deux d'entre eux restèrent pour boire un dernier verre.

Emma requit l'aide de Colette, qui venait de descendre, puis demanda à Fernand de la suivre dans la cuisine.

— Je ne veux pas d'histoires, dit-elle. Va à la cave et remonte autant de bouteilles qu'ils voudront.

Colette et Emma se mirent à l'ouvrage. Elles serviraient ce qui avait été prévu pour le service du soir, du poulet et des pommes de terre sautées.

— Mais comment va-t-on faire si d'autres clients se pointent ? objecta Colette. Nous n'aurons jamais assez…

— On improvisera, la tranquillisa Emma.

Plus tard, elles commençaient à servir quand quatre officiers allemands firent leur entrée. Des habitués qui, en général, dînaient avant de monter à l'étage.

Emma les accueillit et les installa volontairement près de la table des miliciens.

— Je suis désolée, leur dit-elle de manière à ce qu'Armand et ses hommes pussent entendre, mais ces messieurs ont commandé tout ce que j'avais pour ce soir…

Les Allemands lancèrent un regard peu amène à leurs voisins.

— Nous devons être servis en priorité, lâcha sèchement l'officier le plus haut gradé.

Armand, qui avait entendu, imposa le silence à sa tablée et s'adressa aux derniers arrivés.

— Ne vous inquiétez pas, *meine freunde* ! lança-t-il d'un ton jovial. Il y en aura pour tout le monde ! Joignez-vous à nous !

Les officiers se concertèrent du regard, puis se mêlèrent aux miliciens.

Contrariée – elle aurait tant aimé les voir s'affronter ! –, Emma dressa de nouveaux couverts, tandis que la tablée trinquait joyeusement à la victoire de l'Allemagne et à Hitler.

Après avoir diminué les parts et mis sur la table un jambon et du saucisson remontés de la cave, les convives paraissaient satisfaits.

D'ailleurs, qu'ils le fussent ou non n'avait plus guère d'importance. À force de trinquer à n'importe quoi, aucun d'eux ne se préoccupait de manger. Ce qui comptait, c'était remplir et vider les verres en entonnant des chansons égrillardes, allemandes ou françaises, et de rire à gorge déployée en se moquant des youpins et des fiottes, forcément communistes ou terroristes…

Cette curée verbale dura un bon moment, déchaînant force rires et plaisanteries, sous le regard écœuré de Fernand qui préparait les boissons, et d'Emma et Colette qui servaient.

Soudain, l'ambiance dérapa. Aussi soûls les uns que les autres, Allemands et miliciens mêlés hurlaient plus qu'ils ne parlaient. C'était à qui couvrirait la voix de l'autre. Les propos devenaient outranciers à l'égard de ce qu'ils appelaient la racaille.

Parfois, il était suggéré d'aller régler son compte à tel ou tel, supposé être communiste, gaulliste, anti-vichyste, terroriste ou tout simplement mauvais

Français. On allait leur faire la peau et confisquer leurs biens !

Les officiers allemands, dont un seul parlait français correctement, avaient également oublié toute retenue. Leur veste d'uniforme ôtée, ils n'étaient guère différents des miliciens.

Brusquement, l'un d'eux projeta son verre contre un mur. Cela fit beaucoup rire. Puis un autre fit chuter assiettes et couverts en balayant la table d'un revers de bras.

Aussi cuit qu'on peut l'être, Armand encouragea sa troupe à faire de même. Il ne fallait pas se gêner, on était chez une youpine qui fricotait avec des Boches pour se faire bien voir !

Excités par ses propos, des hommes se levèrent et renversèrent des tables. D'autres lancèrent des bouteilles vides contre celles exposées derrière le bar.

Fernand se réfugia dans la cuisine avec Emma et Colette, qui tremblaient d'effroi.

De là, ils entendaient le fracas de la casse, mêlé aux rires et aux cris de joie.

Surprises par le vacarme, des filles descendaient. Emma leur ordonna de remonter. Ces hommes étaient ivres et ne savaient plus ce qu'ils faisaient : elles devaient s'enfermer dans leur chambre et surtout ne pas coucher avec eux.

Quelques minutes plus tard, comme par miracle, un profond silence succéda au tohu-bohu. Accompagnée de Fernand, Emma risqua un œil dans la salle. La troupe avait déserté les lieux. Le désordre était indescriptible. Les chaises et les tables étaient renversées. Des éclats de verre et d'assiettes, des couverts jonchaient le sol. Les murs étaient tapissés de longues coulures de vin ou de sauce. Derrière le bar, le miroir était fendu, les bouteilles et les verres brisés.

Fernand jurait, tandis qu'Emma contemplait le désastre en silence. Colette pleurait. C'était tellement invraisemblable ! Scandaleux !

Emma se mit à ranger ce qu'elle pouvait avec les deux autres.

Les filles descendirent. Toutes étaient révoltées, car rien ne justifiait une telle attitude.

Emma les calma et confia une tâche à chacune. Le café serait ouvert le lendemain, manière de montrer à ces porcs qu'on ne devait jamais s'incliner devant la violence gratuite.

Le nettoyage dura jusque tard dans la nuit. Au fil des heures, l'ambiance devenait plus amicale, presque gaie. On plaisantait, on se charriait gentiment, on racontait ses souvenirs…

Quand ce fut fini, Emma distribua les verres de la cuisine et invita tout le monde à boire un coup pour fêter ce joyeux moment. Elle avait un petit mot gentil pour chacun, souriait, plaisantait…

À la voir aussi détendue, on aurait pu penser que cet acte de vandalisme n'avait guère d'importance à ses yeux. Certaines la félicitaient pour son sang-froid, son détachement.

C'était mal la connaître. Dissimulant sa colère, elle ne songeait qu'à se venger d'Armand. Il avait dépassé le tolérable. Il devait mourir.

17

En sortant de la *Kommandantur* de Nevers, Mayer ordonna à son chauffeur de l'amener à La Vernière. En effet, qu'irait-il faire à Donzy, après l'humiliation que venait de lui infliger Wengler ?

Ses hommes jaseraient sur son compte. Certains le plaindraient, d'autres se réjouiraient. Et lui n'aurait plus qu'à s'enfermer dans son bureau pour remâcher sa déconvenue.

Il préférait se retrouver dans les bras de Marie. Au moins, elle compatirait, le soutiendrait, à défaut de l'aider.

Il alluma une cigarette et ouvrit la vitre. Indifférent au paysage qui défilait à vive allure, il se remémora son entretien avec l'*Oberst*. Cette fois, c'était fini ! lui avait-il signifié. Il ne pouvait plus rien pour lui. Avec le désastre de La Vernière, son incapacité à juguler la rébellion et enfin son manque de conviction idéologique, il avait scellé son propre destin.

À Berlin, où Wengler s'était rendu, les huiles avaient ordonné de lui adjoindre Otto Muller, un jeune *SS-Standartenführer* brillant, doté de tous les pouvoirs. Désormais, à La Vernière ou à Donzy, Mayer devrait se conformer aux ordres de cet officier.

Bref, il était sous contrôle en attendant des suites que Wengler lui prédisait douloureuses.

Cependant, ce dernier était resté amical. Il lui avait redit qu'il l'appréciait et regrettait d'en être arrivé à de telles extrémités. Mayer aurait dû comprendre ! La situation désastreuse des armées allemandes interdisait de s'embarrasser d'officiers incompétents.

Mayer était réaliste. D'ici un mois ou deux, au mieux, il serait affecté sur le front de l'est, à la tête d'une unité combattante, avec toutes les chances d'y crever… Bref, l'horreur !

Aux Quatre-Vents, Marie l'attendait sur le perron, l'air inquiet. Elle était étonnée de le voir revenir à une heure aussi inhabituelle.

Il l'embrassa avec une tendresse appuyée qui éveilla ses soupçons.

— Que se passe-t-il ? demanda-t-elle, anxieuse.

Il l'entraîna vers la véranda, où il s'affala dans un fauteuil. Elle lui proposa un thé, mais il refusa.

Après un temps de silence, il lui conta son entretien avec Wengler.

Marie ne répondit pas tout de suite. Elle avait besoin d'un peu de temps pour assimiler la mise à l'écart de Mayer. Lui ôter son commandement revenait à le tuer. Et les tuer, elle et Lou par la même occasion. Car il ne reviendrait jamais du front russe. Comment pourrait-elle vivre sans lui, seule avec leur fille ?

— Il n'est plus temps de tergiverser, Klaus. Nous devons fuir et sauver notre amour, Lou, nos biens, notre avenir !

Il haussa les épaules.

— Je ne me déroberai pas à mes responsabilités. J'ai suffisamment échoué pour ne pas y ajouter le déshonneur. D'ailleurs, quand bien même voudrais-je déserter, nous serions interceptés avant de quitter le territoire.

— Tu préfères mourir en Russie ? s'écria-t-elle, la voix vibrante de colère. M'abandonner avec Lou ? Tirer un trait sur notre couple ? Dans ce cas, demande ta mutation en Russie ce sera plus simple !

Il se tourna vers elle.

— Je ne peux pas envisager de fuir ! Et pour aller où ?

— En Amérique, en Australie, que sais-je ! Nous avons de l'argent, des réseaux ! Nous referons notre vie là-bas !

Il quitta sa veste d'uniforme, puis alluma une cigarette.

— Pas question de quitter le bateau quand il coule, c'est mon dernier mot.

— Dans ce cas, dit-elle, je prendrai mes propres dispositions. Je dois me sauver avec Lou.

Il ne tenta même pas de la retenir lorsqu'elle quitta la pièce. Il n'en avait plus le courage. Tout foutait le camp ! Le Reich, Hitler, l'Allemagne et lui avec ! Son monde s'écroulait. Mais au moins témoignerait-il d'une certaine dignité au milieu de cet effondrement généralisé…

Emma vivait quotidiennement dans la peur. Pas seulement à cause d'Armand et de ses sbires, mais aussi parce qu'on ne parlait plus que d'attentats, d'arrestations, de répression.

Désormais, les opinions étaient diverses, souvent antagonistes.

Au café, il y avait ceux qui souhaitaient ficher les Boches dehors, ceux qui soutenaient Vichy et les Allemands, ceux qui admiraient exclusivement le Maréchal, et puis des giraudistes, des gaullistes, des communistes. Des indécis aussi, qui attendaient de voir comment le vent allait tourner.

Parfois, les échanges tournaient au vinaigre. On se disputait, on se traitait de tous les noms, on se menaçait. Cela pouvait avoir des conséquences tragiques. Récemment, des clients avaient été arrêtés sur dénonciation…

Du coup, en cette mi-novembre, l'ambiance s'était considérablement dégradée.

Ce soir-là, il pleuvait à verse et la température avait chuté. Paul arriva, trempé. Emma lui offrit un café chaud, mais il refusa. Il n'avait pas le temps. Les Allemands avaient renforcé leurs effectifs et traquaient les maquisards jusque dans la forêt. Il n'était pas à l'abri d'une mauvaise surprise lors de ses déplacements…

Il la prit dans ses bras. Il avait tant besoin d'entendre sa voix, de respirer le parfum de sa peau et de profiter de sa tendresse. Vivre dans les bois, aller par monts et par vaux, la nuit, la peur au ventre, était épuisant. Cet instant auprès d'elle valait tous les repos.

Elle lui raconta l'agression d'Armand et de ses hommes. L'indifférence des Allemands, complices, la peur et la colère mêlées qu'elle avait éprouvées, son envie de tuer Armand…

Il la rassura. Cela ne se reproduirait pas.

Quant aux Allemands, malgré leur répression barbare, ils n'étaient plus en mesure de s'opposer aux maquis. La preuve, la veille, il avait défilé librement à Montsauche avec d'autres résistants pour fêter le 11 novembre.

L'enthousiasme de Paul revivifiait Emma. Elle se ressourçait à ses mots comme à une fontaine de jouvence.

Elle exprima à nouveau son désir de vivre avec lui, de reconstruire La Vernière et de retrouver la douceur de vivre d'avant la guerre.

Paul acquiesçait avec une conviction un peu forcée. Il souhaitait ne pas briser son rêve en lui répondant qu'il ne se réaliserait jamais, qu'après le conflit le monde aurait changé : on penserait différemment et on adopterait d'autres manières de vivre.

Un peu plus tard, lorsqu'il quitta le café, il s'enfonça dans l'obscurité, le cœur léger. Voir Emma, ne serait-ce qu'un court moment, lui redonnait l'énergie nécessaire pour poursuivre le combat.

La réunion des responsables de maquis se tint à la chartreuse de Bellary. Son propriétaire, négociant en vins, avait mis la sainte demeure à la disposition de la Résistance. Peu connu et isolé, c'était l'endroit idéal pour ce type de rencontre. Sa position permettait aussi de surveiller efficacement les environs.

Les participants étaient assis autour d'une table de ferme, dans une pièce qui avait dû être jadis le parloir. Chacun rapportait les opérations militaires menées dans son secteur. Des convois ferroviaires détruits, des bureaux de poste et des tabacs attaqués, des collaborationnistes exécutés. Récemment, des résistants avaient monté un traquenard dans une ferme et décimé un peloton allemand qui réquisitionnait du bétail. Enfin, des camarades avaient pu s'enfuir de l'hôpital de Nevers, grâce à la complicité du personnel.

Après ce bilan, « Socrate », le responsable régional, prit la parole.

— Nous pouvons nous féliciter. Malgré la violence de la répression, nous remportons des succès qui minent le moral des Allemands. Mais maintenant nous devons frapper plus fort. Que proposez-vous ?

Les chefs de maquis s'exprimèrent. On suggéra de détruire des silos de blé qui servaient à approvisionner l'occupant, d'attaquer simultanément des lignes ferroviaires ou de couper les lignes téléphoniques entre les *Kommandantur*. Tous les projets furent discutés et adoptés.

Un échange s'ensuivit pour organiser les renforts, le déplacement des hommes, l'armement et le repli. Quand, enfin, les divers plans furent dressés, Paul intervint.

On devait porter un coup décisif à la Milice dans le département. Selon lui, ces extrémistes, bien que peu nombreux, étaient dangereux. Ils infligeaient des coups sévères à la Résistance et entretenaient la terreur au sein de la population. Ils dénonçaient, arrêtaient, voire torturaient, ceux qui avaient le malheur de leur déplaire. Depuis que Darnand, leur chef, avait discrètement obtenu des Allemands que ces types pussent porter une arme, ils étaient redoutables.

Il cita le groupe d'Armand et évoqua ses récentes exactions, dont la mise à sac du café de la Poste, à

Donzy. Il revenait à la Résistance de les stopper, une fois pour toutes.

La discussion s'engagea, passionnée. Pour certains, ce n'était pas la priorité ; pour d'autres, au contraire, ces ennemis de l'intérieur pouvaient faire plus de mal que les Allemands, dans la mesure où ils évoluaient en terrain connu.

Finalement, Socrate donna son aval pour qu'une opération fût engagée contre eux. Il en confia l'organisation à Paul.

Puis on parla d'autres collaborationnistes notoires qu'il convenait d'exécuter. Blanchard fut cité. Il devait mourir et le plus tôt serait le mieux.

Paul s'y opposa. L'individu le dégoûtait, mais il fallait le laisser en vie pour deux raisons : il se révélait précieux comme agent de renseignement et il donnait de l'argent à profusion pour la Résistance. Son cas, conclut-il, serait réglé plus tard. Il s'en occuperait personnellement. Personne n'y trouva à redire.

Le tour de table terminé, les hommes se séparèrent, toujours selon un protocole établi à l'avance.

Paul rejoignit Antonio, qui l'attendait dans la forêt avec leurs deux vélos.

Celui-ci l'interrogea sur les prochaines opérations prévues. La première d'entre elles, répondit Paul, consisterait à éliminer Armand.

En fin de matinée, Marie s'installa dans la véranda, avec une tasse de café. Mayer avait rejoint Donzy très tôt pour y accueillir Muller, son supérieur hiérarchique.

Elle aimait cet endroit. Elle avait l'impression d'avoir un pied dans le jardin, tout en étant à l'abri.

Aujourd'hui, les bâtiments de La Vernière étaient cachés par une nappe de brouillard qui recouvrait la campagne. Mais cela lui était indifférent. Elle avait d'autres choses à penser…

Déjà, clarifier ses pensées s'agissant de l'avenir. Si l'objectif était évident – Klaus et elle devaient sauver leur vie et celle de Lou –, les moyens de l'atteindre paraissaient plus compliqués. En premier lieu, il fallait concilier les intérêts de Mayer avec les siens. Or, pour lui, la fuite était exclue. Quant à elle, elle refusait de se réfugier avec Lou dans un coin perdu, fût-il en Bavière. Elle souhaitait lier leurs destins à celui de Mayer.

Seulement, encore aurait-il fallu pouvoir lui en parler. Amaigri, préoccupé, irrité pour des bricoles, il semblait ne plus prendre goût à rien. Lors de leurs rares conversations, quand il ne se taisait pas, il répondait évasivement. Au lit, lorsqu'elle le sollicitait, il feignait de dormir. Même Lou ne parvenait plus à le dérider…

Marie avait tout tenté : la séduction, le détachement, la colère… Sans succès.

Elle angoissait tellement qu'elle imaginait toutes sortes d'issues tragiques à cette situation. Dont la pire : emprisonné dans la spirale de l'échec, Mayer en sortait par le suicide. Bien sûr, c'était inconcevable de la part d'un officier allemand, mais avant d'être un soldat c'était un homme avec ses faiblesses.

Cette idée lui était intolérable, et elle cherchait par n'importe quel moyen à la chasser de son esprit.

Elle se plongea dans la lecture de *La Conquérante*, un roman de Brasillach, que Déat lui avait offert.

Paul et ses hommes étaient allongés sur le talus herbeux du bord de Loire, en face de la maison d'Armand dont ils étaient séparés par la route.

Selon leurs renseignements, ce dernier s'y trouvait avec d'autres miliciens pour l'une de leurs beuveries habituelles.

Après une minutieuse préparation, Paul avait décidé d'intervenir le soir même. Le temps était idéal. Il pleuvait. Une nappe de brouillard en suspension au-dessus du fleuve les dissimulait aux regards.

De temps à autre, un des maquisards s'approchait de la demeure pour vérifier que la fête continuait.

Paul avait choisi de lancer l'assaut le plus tard possible quand les convives seraient trop éméchés pour se défendre efficacement. Ils devraient agir vite, car des patrouilles allemandes pouvaient surgir à tout moment, soit de La Marche, soit de La Charité.

En attendant d'attaquer, lui et ses hommes, frigorifiés, étaient réfugiés dans leurs pensées.

Paul songeait aux dernières nouvelles communiquées par le réseau. Kiev avait été libéré par les Soviétiques… À Alger, de Gaulle organisait le Comité de libération national. Des groupes de maquisards avaient défilé le 11 novembre, non seulement dans la Nièvre, mais aussi dans l'Ain, en Corrèze et en Savoie.

En même temps, et c'était inquiétant, des réseaux de Résistance avaient été démantelés à Paris. Le colonel Gilles et le groupe Manouchian venaient d'être arrêtés !

Pour Paul, se trouver ici, au milieu de ses hommes prêts à détruire un nid de miliciens, prenait une signification particulière. En exécutant ces salopards, ils vengeraient en partie les camarades anonymes qui avaient donné leur vie pour la liberté.

L'un de ses guetteurs vint s'allonger à côté de lui, au moment où le clocher égrenait les douze coups de minuit.

— J'ai pu me faufiler derrière la baraque, chuchota-t-il. Ces cons n'ont même pas fermé les rideaux. Ils sont fin soûls !

Paul se tourna vers Antonio.

— Tu penses qu'on peut y aller ?

— Oui, il faut même se dépêcher. Une patrouille de Boches pourrait se pointer…

Sur un signe de Paul, la douzaine d'hommes s'élança vers la maison et se scinda en deux groupes. L'un se rassembla devant la porte d'entrée, l'autre gagna l'arrière de la demeure où se trouvait un autre accès. Leur ordre de mission était simple : investir les lieux et tuer ses occupants.

Sans crier gare, les assaillants firent irruption dans le salon et tirèrent sur les fêtards, certains en uniforme. Surpris dans leurs libations, la plupart n'eurent pas le temps de saisir leurs armes et moururent, le regard incrédule.

Alertés par la fusillade, Armand et deux de ses sbires, qui débouchaient des bouteilles de vin dans la cuisine, tentèrent de fuir par la fenêtre, revolver à la main. Peine perdue ! Un feu nourri, venu de l'extérieur, les en empêcha.

Ils se réfugièrent derrière la table de ferme qu'ils avaient renversée et attendirent, prêts à résister.

Un maquisard tenta une entrée en force et tira, sans résultat.

— Allez vous faire foutre, bande de rouges ! cria Armand. Nous tiendrons le temps qu'il faudra !

Paul ne souhaitait pas s'éterniser. Il ordonna à l'un de ses hommes de lancer une grenade dans la pièce. Tant pis pour le vacarme.

L'explosion arracha une partie du mur, qui s'effondra en libérant un épais nuage de poussière de plâtre.

Paul pénétra dans les lieux dévastés, suivi d'Antonio et de quelques autres. Ensanglantés, Armand et ses complices gisaient derrière la table déchiquetée. L'un des résistants cracha sur eux.

— Pas besoin d'en rajouter, s'indigna Antonio. Ils sont morts !

— À cause de cette crevure, j'ai perdu ma famille !

— Cela ne la fera pas revenir.

Après un dernier regard sur les cadavres, Paul ordonna le repli. Avec le raffut qu'ils avaient fait, les Boches n'allaient pas tarder !

Aussitôt, les hommes évacuèrent les lieux et s'égaillèrent dans la nuit par des chemins différents, les uns vers Champvoux, les autres vers La Marche ou Raveau, afin de rejoindre la forêt des Bertranges.

Des habitants sortis des maisons voisines les regardèrent disparaître dans l'obscurité, puis rentrèrent précipitamment chez eux en entendant le vrombissement lointain des camions allemands qui venaient du centre-ville.

Un peu plus tard dans la nuit, Mayer et Muller arrivèrent chacun dans leur voiture, l'un de La Vernière, l'autre de Donzy.

Ils firent le tour des pièces. Rien n'avait été touché. Les cadavres gisaient au milieu des gravats et de la poussière.

Silencieux, mâchoires serrées, lèvres pincées, Muller prenait son temps à la recherche d'un indice quelconque. Mayer le suivait, indifférent. Armand et ses hommes n'étaient que des lâches et des traîtres à leur pays !

Quand ils furent dehors, l'officier allemand arrivé sur les lieux en premier leur fit son rapport. On dénombrait onze morts, tous de la Milice, dont Armand, leur chef.

— Menez l'enquête à son terme, ordonna Muller, glacial. Associez-y la gendarmerie française. Il faut les mouiller, ceux-là.

Puis il s'adressa à Mayer :

— Vous voyez où conduit le laxisme à l'égard des terroristes ? Plus rien ne les arrête. Ils tuent quasiment sous notre nez, avec un sentiment d'impunité total. Il est temps de reprendre les choses en main !

Mayer s'apprêtait à répliquer que cela n'avait rien à voir avec un laxisme quelconque. En fait, les Allemands ne maîtrisaient plus rien…

Toutefois, il se ravisa. Muller et lui se haïssaient. Depuis que ce dernier était à Donzy, il n'avait fait que l'humilier aux yeux des autres officiers, soulignant son incompétence, sa déloyauté et sa couardise.

Muller le toisa.

— Votre silence est éloquent ! railla-t-il. Vous pouvez rentrer à La Vernière. Je prends la direction des opérations. Mais je m'arrangerai pour que vous soyez porté responsable de ce carnage.

Sans le saluer, il regagna son véhicule qui démarra aussitôt.

Debout au milieu de la chaussée, Mayer jeta un dernier coup d'œil sur la bâtisse investie par des dizaines de soldats et enquêteurs, puis il gagna sa propre voiture. Pourquoi s'attarder ? Muller l'avait démis de ses pouvoirs, il n'était plus rien…

18

L'assassinat d'Armand et des miliciens avait eu un énorme retentissement dans la région.

Les gens qui soutenaient cette action ne la commentaient pas, de peur d'être dénoncés comme sympathisants de la Résistance. En revanche, les collaborationnistes avérés n'hésitaient pas à stigmatiser la violence aveugle de ces pseudo-terroristes qui mettaient la France à feu et à sang, alors que le gouvernement de Vichy et les Allemands voulaient instaurer un climat de paix.

Au café de la Poste, où ils étaient nombreux à se réunir chaque soir, c'était devenu le principal sujet de conversation. Les terroristes voulaient la guerre, ils l'auraient ! On allait mettre cette racaille rouge hors d'état de nuire !

Emma, Fernand et Colette les laissaient dire. Devenus maîtres dans l'art d'éluder, ils avaient toujours quelque chose à faire lorsqu'on sollicitait leur avis.

En revanche, quand ils se retrouvaient ensemble après la fermeture, ils ne se privaient pas d'exprimer leur haine et leur dégoût vis-à-vis de ces traîtres.

Fernand, le plus virulent, leur souhaitait le sort d'Armand. Aucun d'entre eux ne devrait survivre à la fin de la guerre.

Les deux femmes étaient plus mesurées. Elles ne voyaient en eux que de pauvres types, tourneboulés par la propagande allemande…

Néanmoins, quelques jours après les événements, Emma leur proposa de trinquer à la mort d'Armand.

Les deux autres ne se firent pas prier. Il avait eu ce qu'il méritait ! Depuis le temps qu'il sévissait, c'était un bon débarras.

Emportés par leur détestation commune et par l'alcool, Fernand et Colette se laissaient aller. Pour la première fois, ils s'embrassèrent devant Emma.

Celle-ci était heureuse de les voir amoureux. Leurs sourires, leurs regards et leurs gestes tendres la ravissaient. À les voir aussi épanouis, on aurait pu croire que la guerre était terminée. Malheureusement, ce n'était pas le cas.

— Il faut que je vous parle, dit-elle soudain, coupant net leur enthousiasme. Ce matin, j'ai eu un entretien avec Muller, le remplaçant de Mayer. Il m'a fait comprendre que tout passerait par lui, y compris les questions d'intendance. S'agissant du café, il m'a prévenue. Pour lui, ce n'est qu'un vulgaire bordel et il interviendra en haut lieu pour qu'il soit fermé. Les militaires allemands, m'a-t-il expliqué, n'ont pas besoin de baiser pour être efficaces sur le champ de bataille. Dans ces circonstances, il n'est pas disposé à nous livrer de la nourriture à des prix préférentiels. Vous imaginez combien cela m'inquiète.

— Allez en parler à Marie, suggéra Colette, elle saura quoi faire.

— Tu as raison, répliqua Emma en sirotant son marc, mais ce n'est pas le moment de m'afficher aux Quatre-Vents. Si Muller l'apprenait, ce serait catastrophique…

Fernand approuva. Il était préférable de ne pas se mettre à dos le nouveau maître de la *Kommandantur*.

— Ce type ne m'inspire aucune confiance, reprit Emma. Il faut prévoir de nous mettre à l'abri.

— Vous voulez dire qu'il faut fuir ? s'exclama Fernand, l'air ahuri.

— Absolument, acquiesça Emma. Et le plus tôt sera le mieux.

— Nous pouvons attendre et voir ? suggéra Colette.

Emma haussa les épaules.

— Ne sois pas bécasse ! Quand ils fermeront le café, ils nous emprisonneront ! Nous avons vu et entendu trop de choses. En particulier à propos de Marcel…

Colette pensait à son enfant, à son avenir avec Fernand.

— Où pouvons-nous aller ?

— Je l'ignore, rétorqua Emma. Il faut y réfléchir.

Le silence s'installa. Chacun buvait, perdu dans ses pensées.

Colette et Fernand échangèrent un regard furtif, qu'Emma surprit. Elle comprit qu'ils préféraient parler de cela dans les bras l'un de l'autre, ce qui lui paraissait légitime.

Aussi prit-elle congé rapidement. Elle montait se coucher. Quant à eux, ils pouvaient profiter de la chaleur du grenier pour continuer à discuter…

Manière élégante de signifier à Fernand qu'il pouvait dormir ici, ce qu'il n'avait jamais osé faire.

Il était environ 16 heures quand Blanchard sortit du bureau de Wengler et s'installa au volant de sa voiture. Dans moins d'une demi-heure, songeait-il, il serait chez lui, à déguster un whisky devant la cheminée.

Malgré la grisaille et la pluie qui fouettait le pare-brise, il était d'excellente humeur. L'entretien avait été agréable et productif. Un laissez-passer pour la Suisse lui avait enfin été accordé. Il était là, dans sa poche intérieure de veste. Ne lui restait plus qu'à régler une ou deux affaires ici, et bientôt il passerait la frontière helvète pour jouir d'une retraite anticipée et méritée…

L'exécution d'Armand et de ses hommes avait hâté sa décision. Elle en annonçait d'autres. La sienne peut-être ? D'où son intention de s'enfuir très vite.

Évidemment, le prix à payer pour obtenir le précieux sésame était élevé. Mais on n'avait rien sans rien. Et puis, il n'avait eu ni or ni argent à débourser, ce qui rajoutait du piquant à l'histoire ! Un coup de maître qu'il avait joué.

Il pensa à la tête d'Emma quand elle comprendrait qu'il l'avait balancée comme espionne au profit de la Résistance… Une juive, par-dessus le marché !

Arrivé à hauteur de Tronsanges, il ralentit. La pluie redoublait et l'empêchait de voir correctement la route. Cela l'agaça. Il avait tellement envie de se retrouver au chaud, chez lui, pour jouir de sa vengeance.

Soudain, à la sortie du village, il aperçut les phares d'une voiture dans son rétroviseur. Celle-ci semblait s'approcher à vive allure. Il n'y prêta guère attention, jusqu'à ce que celle-ci le doublât et se rabattît vivement devant lui, l'obligeant à s'arrêter sur le bas-côté de la route. Paul, évidemment, ou l'un de ses complices ! se dit-il.

Une peur incontrôlable le saisit. Que lui voulaient-ils ? Pourquoi s'acharnaient-ils ainsi sur lui ? N'était-ce pas suffisant d'avoir tué Armand ?

Paul et Antonio jaillirent de leur véhicule, en laissant le chauffeur au volant, et vinrent s'installer dans le sien. Le premier à ses côtés, l'autre, derrière, un pistolet à la main.

— Démarre, ordonna Paul. Suis notre voiture.

Puis il se tut.

Blanchard collait au véhicule qui les précédait, inquiet. Avaient-ils le projet de le tuer, lui aussi ?

— Où va-t-on ? s'enquit-il, pour briser le silence pesant qui régnait dans l'habitacle.

— T'occupe ! répliqua Paul.

Peu après, les deux voitures stoppèrent devant la scierie de Murlin. Blanchard la connaissait pour être passé devant à maintes reprises. L'imposant bâtiment d'habitation, construit au bord de la route, avait le cachet unique de ces anciennes demeures qui défient le temps.

Paul demanda à Blanchard de les suivre. Accompagnés d'Antonio et du chauffeur, ils firent le tour de la bâtisse et pénétrèrent dans l'immense hangar qui se trouvait derrière.

La scieuse, actionnée par un jeu de poulies, s'étendait sur toute la longueur de la pièce. Le sol était recouvert d'une épaisse couche de sciure et de chutes. Des troncs coupés à l'horizontale, puis des empilements de planches, visiblement à l'abandon, encombraient les lieux. Tout indiquait que l'atelier n'avait pas servi depuis longtemps.

Antonio poussa Blanchard vers l'extrémité de la machine où se trouvait la scie à ruban.

Paul et ses compagnons l'entourèrent.

— Alors ? dit Paul. On va baver à la *Kommandantur* ?

— Pas du tout ! mentit Blanchard, bravache. Je devais donner de l'argent à Wengler… C'est que les Allemands sont aussi gourmands que vous !

— J'espère que tu dis vrai. Songe à ce qui est arrivé à Armand.

— Pas ce que vous avez fait de mieux, répliqua Blanchard. Wengler est hystérique, il le fera payer à des innocents.

— On ne te demande pas ton avis, dit Antonio en lui donnant un coup de crosse de fusil dans le dos qui le fit tomber.

— Bande de brutes ! marmonna le notaire en se relevant.

Dans sa chute, l'*Ausweis* était sorti de sa poche. Il voulut le ramasser, mais Paul s'en saisit.

— On a le projet de s'enfuir ! ironisa-t-il.

— Pas du tout, balbutia le notaire. C'est au cas où… Même quand on va à Vichy, ils peuvent en exiger un.

Paul passa le document à Antonio, qui lisait l'allemand.

— Destination Genève ! expliqua ce dernier. Et c'est signé d'hier.

Un silence pesant s'installa. Penaud, Blanchard esquissa une vague grimace qui se voulait être un sourire. La panique le gagna.

— C'est vrai, j'avais dans l'idée de m'exiler…

Paul s'approcha de lui.

— Qu'as-tu donné en échange ?

— De l'argent ! Beaucoup…

Paul le dévisagea, puis posément déchira le laissez-passer.

— Tu ne partiras pas, dit-il glacial. Nous avons besoin de toi.

Blanchard, qui frissonnait de froid et de peur, acquiesça d'un hochement de tête. Il était prêt à tout accepter pour sortir de cet enfer, retrouver sa maison, son fauteuil, ses cigares…

— Tu vas saisir n'importe quelle occasion de retourner à la *Kommandantur* de Nevers, reprit Paul. Observe et relève le maximum d'informations sur les défenses du site. La topologie des lieux, le nombre de gardes, les défenses à l'intérieur et autour du bâtiment. Comme tu l'as fait pour La Vernière.

Blanchard écarquilla les yeux de stupeur.

— Vous avez l'intention d'attaquer la *Kommandantur* ?

— Maintenant, tire-toi ! répliqua Paul. Et n'oublie pas que tu es sous surveillance.

Blanchard se précipita vers la sortie, sous les rires des résistants, et gagna son véhicule.

Il démarra promptement. Plus vite il s'éloignerait de ce lieu, mieux il se sentirait. Il avait eu tellement peur.

Au fil des kilomètres, il recouvra son calme. Après tout, il ne s'en sortait pas trop mal. Certes, son projet de fuir était retardé, mais cela n'était pas trop grave. Avec de l'argent, il pourrait aisément obtenir un autre *Ausweis* ! Et puis, il lui restait de quoi se réjouir : Wengler allait forcément faire arrêter Emma, ses enfants et le personnel.

Il songea à la nouvelle « mission » que Paul lui avait confiée. Que devait-il faire ? Lui donner de réelles informations sur la *Kommandantur*, ou bien les travestir pour faire échouer la folle opération qu'il préparait avec ses amis ? Après réflexion, il décida de ne pas jouer au plus malin. La situation s'était retournée à l'avantage de la Résistance. L'aider lui permettrait peut-être un jour de se dédouaner…

Pour le nouvel an, Wengler avait organisé une réception à la *Kommandantur* de Nevers. Le gratin militaire et collaborationniste avait été invité. Il fallait resserrer les rangs et montrer que le Reich n'était pas vaincu.

Une vraie gageure de passer un tel message. Les officiers allemands et les vichystes voyaient clairement que, malgré les déportations, les arrestations, les exécutions, la Résistance était de plus en plus active, et que les armées du Reich reculaient sur tous les fronts.

Les bombardements des Alliés s'intensifiaient en Europe. Leurs troupes progressaient maintenant en Italie. Enfin, les responsables des grandes puissances s'étaient rencontrés à Téhéran pour harmoniser leur stratégie et affirmer leur suprématie militaire.

Par ailleurs, la panique semblait avoir gagné Berlin. Les exigences de Hitler en témoignaient. Il venait d'ordonner à Pétain de nommer Darnand, membre de la *Waffen SS*, au poste de secrétaire au maintien de l'ordre avec autorité sur l'ensemble du pays, ce qui donnait à la Milice le rôle de police supplétive de la Gestapo.

Dans la salle des fêtes improvisée de la *Kommandantur*, toutes les personnes conviées étaient présentes. Outre les membres de l'état-major au grand complet, on y croisait le préfet, le sous-préfet et les collaborationnistes en nombre – dont Déat, Blanchard, Bardeau qui continuaient de traiter des affaires juteuses avec l'occupant.

La plupart des convives affichaient des mines réjouies et développaient leurs analyses avec conviction et optimisme. Les armées allemandes allaient se reprendre ! Les Russes patinaient à l'est et les Américains dans le Pacifique, ce qui prouvait qu'ils n'avaient pas la puissance nécessaire pour inverser le cours de la guerre.

Ici, en France, la Milice allait mettre au pas les récalcitrants, et cela ne se ferait pas sans casse. Mais il fallait faire des sacrifices si l'on voulait installer l'ordre nouveau…

Par ailleurs, les arrestations récentes de chefs résistants montraient à l'envi que le pouvoir reprenait la main. Les services allemands de renseignement et de police étaient efficaces, il n'y avait donc pas lieu de s'inquiéter outre mesure.

À minuit, selon la tradition, Wengler prononça un discours dans ce sens. Il ne fallait pas baisser la garde. Au contraire, il fallait traquer sans relâche les terroristes, les torturer et les exécuter. Cela pour dissuader les indécis de verser à leur tour dans la violence contre l'occupant. S'adressant aux officiers allemands, il les enjoignit à plus de fermeté. De même, la police française et la Milice devaient se montrer impitoyables. L'heure n'était plus aux atermoiements, mais aux actes !

Il fut applaudi à tout rompre. Quel orateur ! Il venait de redonner espoir, la victoire était pour demain !

Dès le début de la soirée, Marie s'était sentie en décalage au milieu de cette foule. Les collaborationnistes l'écœuraient. Voir des Français s'impliquer avec autant de fougue dans la répression de leurs concitoyens lui était insupportable.

Elle se tenait au côté de Mayer qu'elle sentait, lui aussi, étranger aux propos outranciers qu'ils entendaient.

Cela n'avait rien d'étonnant. Au fil des semaines, il sombrait dans une mélancolie silencieuse, dont rien ni personne ne pouvait le sortir. L'attention qu'elle lui témoignait était inopérante. Pourtant, elle persistait. Elle désirait tant le « rattraper » et préserver ainsi leur amour et l'avenir de Lou.

Tard dans la nuit, ils quittèrent Nevers pour regagner les Quatre-Vents. Le chauffeur conduisait vite. Il craignait une embuscade de maquisards, comme cela arrivait parfois.

Assise à l'arrière avec Mayer, Marie s'était blottie dans ses bras. Elle était heureuse, disait-elle, de l'intérêt dont il jouissait auprès de Wengler et des officiers de l'état-major. Elle l'avait vu discuter avec eux. Il semblait à son aise.

Mayer mit du temps à lui répondre. Il se fichait de la considération de ses supérieurs hiérarchiques. Ils étaient devenus fous et inconscients. La répression aveugle qu'ils menaient n'avait plus de sens. Du coup, sa propre vie de militaire n'en avait plus. Il n'en pouvait plus, renonçait…

Elle le serra dans ses bras, désemparée par ce désespoir qu'il ne cachait même plus et sa propre impuissance.

Elle lui suggéra à nouveau de fuir avec elle et Lou. Pourquoi pas en Suisse, comme pensait le faire Blanchard ?

Il lui caressa le visage, mais elle sentit que le cœur n'y était pas. Il ne fuirait pas ses responsabilités, répliqua-t-il. Même s'il désapprouvait la politique de ses supérieurs, il demeurerait fidèle à ses engagements.

Marie ne chercha pas à argumenter. Elle se contenta de se pelotonner davantage contre lui. Pour lui faire comprendre qu'elle l'aimait. Qu'il pouvait compter sur elle. Il ne lui restait plus que cela…

Le lendemain de la réception, Blanchard se réveilla avec la gueule de bois. Il avait trop bu. Pourtant, à aucun moment, il n'avait perdu sa lucidité.

Il se remémora les propos des uns et des autres. Un tissu de stupidités ! Bardeau qui croyait mordicus à la victoire de l'Allemagne, ces officiers qui chantaient les louanges de Hitler… Tous des imbéciles !

Il se leva, avala deux cachets d'aspirine et se prépara un café fort. Il avait besoin de remettre ses idées en ordre. Fuir était impératif, mais comment faire, maintenant que Paul et ses sbires lui avaient déchiré son

Ausweis ? Il ne pourrait pas raconter à Wengler qu'il l'avait perdu, cela éveillerait ses soupçons.

Comment se dépêtrer de ces salopards de résistants qui le tenaient en ligne de mire ? Impensable de vouloir leur fausser compagnie. Repris, ils n'hésiteraient pas à l'éliminer. Non, il fallait attendre une occasion et la saisir aussitôt. S'il le fallait, il s'arrangerait pour trouver un passeur… Avec l'argent on résolvait tous les problèmes.

Quoi qu'il en fût, il avait effectué la mission que Paul lui avait confiée. Sur invitation de Wengler, il avait visité l'immeuble de la *Kommandantur* avec d'autres invités, triés sur le volet. L'*Oberst* voulait prouver aux sceptiques que la place était imprenable. Certes, ils avaient été attaqués une fois, mais on ne les y reprendrait plus. Désormais, c'était une armée qu'il faudrait pour venir à bout des défenses érigées autour et à l'intérieur du bâtiment.

Wengler les avait guidés dans les couloirs, sous le regard glacial de sentinelles qui montaient la garde, doigt sur la détente.

Il leur avait montré les bureaux, les salles et les dortoirs réservés aux soldats. Clou de la soirée, comme promis, ils étaient descendus dans les sous-sols pour découvrir les salles d'interrogatoire. L'*Oberst* ne leur avait pas fait visiter les geôles. Mais, d'après lui, elles étaient toutes occupées et par de gros poissons.

Plus tard, en traversant d'autres bureaux, certains avaient posé des questions sur le système de défense extérieur.

De la fenêtre, Wengler leur avait désigné la cour et les alentours du bâtiment. En divers points stratégiques, des mitrailleuses, opérationnelles jour et nuit, étaient dissimulées derrière des empilements de sacs de sable.

On ne pouvait plus approcher les lieux en voiture, si l'on ne disposait pas d'une autorisation spéciale. Par ailleurs, des tireurs d'élite avaient été postés sur les toits.

Bref, avait conclu fièrement Wengler, il était impossible de pénétrer dans cette forteresse.

À l'unisson des autres, Blanchard – amusé à l'idée d'être un espion à la solde de l'ennemi – avait chaleureusement félicité l'*Oberst*. Après quoi, ils étaient revenus dans la salle de réception, où les attendaient du champagne et des filles…

Quand il eut avalé son café, il descendit à son bureau. Il voulait reporter sur un plan ce qu'il avait vu. Qui sait ? Peut-être cela lui permettrait-il d'endormir la méfiance des maquisards ?

Affalé sur le siège arrière de la voiture, Mayer regardait défiler le morne paysage d'hiver.

Conformément à ses ordres, le chauffeur roulait vite. Après sa réunion à la *Kommandantur* avec Wengler et Muller, sa seule préoccupation était de retrouver les Quatre-Vents.

Cette maison était devenue l'unique endroit où il se sentait exister. Et encore, l'angoisse continuait son travail de sape, nuit et jour.

Ses pensées, sombres pour la plupart, s'emmêlaient puis s'effilochaient dans sa tête, comme si son cerveau ne remplissait plus sa tâche. Plus rien ni personne ne l'intéressait vraiment. Y compris Lou et

Marie avec lesquelles il se comportait de manière quasi mécanique.

S'accrocher à la réalité lui coûtait cher. Quand on lui parlait, il n'écoutait qu'au prix d'un pénible effort. À peine s'il se souvenait des derniers propos de Wengler et Muller sur la situation militaire. Ce qu'il retenait, c'était qu'aucun doute ne leur traversait l'esprit, le Reich vivrait mille ans !

Bien sûr, il avait acquiescé. Qu'aurait-il pu dire d'autre ? Que la défaite était inéluctable ?

Lorsqu'il arriva, Marie l'attendait sur le perron, souriante. Il la rejoignit et l'embrassa.

— Il faut que je te parle, dit-il en l'entraînant dans la véranda.

Il demanda à la jeune femme de s'asseoir auprès de lui et lui prit la main.

— Emma et ceux qui l'entourent ont été dénoncés pour complicité avec la Résistance. Muller et Wengler m'ont donné l'ordre de les arrêter demain matin à l'aube, avec d'autres habitants de Donzy. Cette fois, je ne peux plus rien faire !

Comme Marie gardait le silence, Mayer reprit :

— Je sais combien Emma t'est chère, mais…

— Tu n'arrêteras personne, le coupa-t-elle. Je vais les prévenir maintenant pour qu'ils puissent fuir.

— Tu es folle ! Tu imagines ce que cela veut dire ? Je vais à nouveau manquer ma mission et nous en paierons le prix !

Marie se leva et alluma une cigarette. Une froide détermination s'était emparée d'elle.

— Wengler et les autres peuvent aller se faire foutre, répliqua-t-elle. Je dois sauver Emma et les siens. Pas question qu'ils soient arrêtés. Je ne le supporterais pas !

Mayer vint la rejoindre et la prit dans ses bras.

— C'est notre avenir que tu mets en jeu !

Elle se détacha de lui et ricana.

— Détruire, tuer, déporter, c'est cela l'avenir dont tu parles ? Je ne veux plus être la complice de ce carnage !

— Mais je suis officier…

— Cesse de me débiter ces sornettes ! Tu n'y crois pas toi-même !

Elle écrasa rageusement sa cigarette dans le cendrier.

— Je vais de ce pas à Donzy, lança-t-elle en enfilant un manteau.

Mayer ne réagit pas. Il ne ferait rien pour s'y opposer, car il la comprenait. Il se fichait des conséquences. De toute manière, il était déjà mort…

Il lui adressa un triste sourire qui valait approbation.

— Merci, dit-elle en l'embrassant.

19

En cette fin d'après-midi, il y avait peu de monde au café. Les joueurs de belote et des habitués désœuvrés qui buvaient leur alcool en rêvassant. Les soldats allemands arriveraient en début de soirée, après leur service.

Par la devanture, Emma regardait les passants aller et venir dans la rue, l'air triste et accablé. La plupart marchaient tête baissée, comme s'ils ne voulaient pas qu'on les reconnût ou qu'on leur adressât la parole. Elle ne s'en étonna pas. Aujourd'hui, chacun craignait les dénonciations, la malveillance, ou tout bêtement de paraître suspect.

Elle connaissait les drames intimes de certains d'entre eux. Un proche, tué à la guerre ou fusillé… Emma sentit une vague nausée l'envahir. Quand cela prendrait-il fin ?

Soudain, elle reconnut la voiture de Marie, qui se garait le long du trottoir. Elle se crispa. Cela ne présageait rien de bon. Elle en fut convaincue quand elle vit la jeune femme se précipiter vers le café. Elle lui ouvrit.

Marie l'embrassa et lui chuchota à l'oreille qu'elle devait lui parler de toute urgence.

Elles se rendirent dans la cuisine, sous l'œil suspicieux de Fernand qui œuvrait au bar.

La porte fermée, Marie expliqua à Emma l'objet de sa venue. Elle, les enfants et Colette devaient fuir cette nuit. Elle avait été dénoncée. Tous seraient arrêtés le lendemain à l'aube.

— Mais comment veux-tu que…

Marie l'empoigna par les épaules.

— Il n'est pas temps de se poser des questions. Tu rassembles des affaires et vous fuyez dès que tu as fermé le café. Gagnez la forêt et rejoignez Châteauneuf. Les Boches n'iront pas vous chercher dans cette direction. Après, continuez jusqu'à la Coulisse où vous pourrez vous planquer. Restez-y sans vous faire remarquer. Pas de feu, pas de bruit. Je me débrouillerai pour vous sortir de là…

Emma ne parvenait pas à organiser ses pensées.

— Tu es sûre que…

— Fais ce que je te dis, répliqua Marie.

Emma acquiesça d'un hochement de tête. Marie l'embrassa.

— Je ne peux pas rester ici plus longtemps. Je passe vous voir à la Coulisse dès que je peux !

Elle sortit, après avoir adressé un dernier sourire à Emma, paralysée par l'angoisse.

Complètement perdue, celle-ci se servit un café et s'attabla. Partir… Gagner la Coulisse… S'y terrer et attendre. Tout cela semblait irréel. Cependant, elle faisait confiance à Marie. Si elle avait pris le risque de la prévenir, la menace existait.

Son café avalé, elle avait recouvré son sang-froid. Elle demanda à Fernand d'aller chercher Colette à l'étage. Elle les attendait dans la cuisine.

Quand ils furent réunis, Emma ferma la porte. Elle leur exposa la situation. Il n'y avait pas une minute à perdre. Ils devaient préparer des affaires pour eux et les enfants. Rien de lourd, ni d'encombrant. Ils fuiraient par la forêt et s'installeraient de nuit à la Coulisse afin de ne pas être remarqués.

— Les filles risquent-elles quelque chose ? demanda Fernand.

— Non, répondit Emma. Nous sommes les seuls en cause. N'oublie pas qu'elles sont allemandes pour la plupart…

Colette hochait la tête pensive. Elle n'éprouvait aucune crainte. Plutôt de l'excitation, comme lorsqu'on part à l'aventure…

— Nous préviendrons les enfants lorsque nous les réveillerons, dit Emma. Ils ne doivent avoir aucun soupçon jusque-là. Allez ! Maintenant, on retourne en salle et on fait comme d'habitude.

Le 3 janvier, à 9 heures, lorsque Mayer entra dans le bureau de Wengler en compagnie de Muller, il savait que ce serait pour entendre sa condamnation. On ne lui pardonnerait pas le fiasco de l'opération de Donzy. Ceux qu'ils devaient arrêter s'étaient enfuis. Sa seule consolation : Muller en prendrait aussi pour son grade !

À sa grande stupéfaction, un *Brigadeführer* SS qu'il ne connaissait pas et le général Schiller, en personne, le supérieur de Wengler, étaient présents. Ils se tenaient debout, près de la fenêtre, tandis que l'*Oberst* demeurait assis derrière son bureau. Leurs mines figées disaient leur colère et leur mépris.

Après les présentations d'usage, Wengler s'adressa à Mayer et Muller.

— C'est un scandale ! aboya-t-il. Le Reich et notre *Führer* sont déshonorés ! Nous sommes la risée des Français ! L'un et l'autre, vous êtes relevés de votre commandement !

À l'unisson, les deux accusés claquèrent des talons.

Heinrich, le *Brigadeführer* SS, s'approcha de Muller et tourna autour de lui, la moue dédaigneuse. D'un geste rageur, il lui arracha ses épaulettes et sa croix de fer.

— Votre conduite a été inqualifiable. Une voiture cellulaire vous attend pour vous ramener à Berlin, où vous serez jugé en cour martiale. Je me ferai un plaisir de vous y accompagner et de témoigner contre vous.

D'une pâleur cadavérique, Muller acquiesça. Aussitôt, Heinrich ouvrit la porte et fit signe à deux SS qui attendaient dehors de se saisir de l'officier. Après quoi, il salua Wengler et Schiller, puis il sortit.

Un pesant silence s'installa dans la pièce. Le regard inexpressif, Mayer attendait le verdict le concernant. Au point où il en était, il s'en désintéressait. Sa vie était fichue. Au mieux, il allait se retrouver *Schütze* à l'est ; au pire, il serait fusillé. Plus rien ne pouvait enrayer la machine. Il la connaissait trop bien pour ne se faire aucune illusion.

Schiller vint se camper en face de lui et lui commanda de se mettre au repos.

— Wengler m'a rapporté ce qui s'est passé, déclara-t-il. Avez-vous une explication ?

— Ceux que nous devions arrêter ont été prévenus, *Herr* Général. Je ne vois que cette hypothèse.

— Avez-vous parlé de cette opération à qui que ce soit ?

— Bien sûr que non, répondit Mayer sans ciller.

Il croisa le regard inquisiteur de son supérieur, mais ne baissa pas les yeux.

— Soit ! reprit ce dernier. Dans ce cas, comment ces individus ont-ils été informés ?

— Je l'ignore, répliqua Mayer en masquant la satisfaction qu'il éprouvait à mentir.

C'était tellement jubilatoire de voir ce gradé, d'ordinaire si sûr de lui, décontenancé. Il imaginait ses pensées. L'armée allemande était-elle à ce point inefficace, vulnérable ?

Wengler lui lança un regard méprisant, puis, à son habitude, fit mine de consulter des documents pour se donner une contenance.

— Vous êtes relevé de votre commandement, lâcha-t-il, sans relever la tête. Vous êtes assigné à résidence à La Vernière, jusqu'à ce qu'on statue définitivement sur votre cas. Le général Schiller a accepté de ne pas faire figurer la haute trahison sur le rapport, mais vous ne couperez pas à la dégradation et à la mutation en Pologne.

Mayer demanda la parole. Wengler se laissa aller contre le dossier de son fauteuil. Schiller, qui fumait près de la fenêtre, se retourna et l'autorisa à s'exprimer.

— Je vous remercie, *Herr* Général, commença Mayer en regardant Schiller. Je n'ai fait qu'obéir aux ordres de Muller, qui supervisait l'opération. Sans doute la fuite de ces personnes a-t-elle été rendue possible par…

— Par votre incompétence ! le coupa Schiller. Votre trahison, c'est de ne pas avoir été à la hauteur de vos responsabilités d'officier du Reich. Vous n'êtes qu'une merde, Mayer !

Imperturbable, celui-ci reprit :

— D'autre part, je ne peux rendre ma femme et ma fille responsables de mon échec et je demande votre indulgence à leur égard.

Wengler et Schiller échangèrent un regard incrédule. Mayer, qui se sentait de plus en plus libre, s'amusait à anticiper leur réaction, forcément violente.

— Vous plaisantez ! hurla Schiller, la voix vibrante de colère. Vous… Vous évoquez votre famille ? Mais on n'en a rien à foutre, Mayer ! Au diable, votre femme et votre gosse ! Il s'agit ici de l'avenir de l'Allemagne, de la réalisation du grand dessein de notre *Führer* !

Wengler, qui écumait de rage, vint se planter devant Mayer.

— Vous… Vous osez nous parler de votre femme et de votre fille en un tel moment ! Alors que vous avez laissé s'échapper deux juifs et leur mère ! Vous perdez la tête !

— Je…, murmura Mayer.

— Taisez-vous ! répliqua Wengler en lui indiquant la porte. Fichez le camp ! Vous êtes en état d'arrestation. Vous serez escorté jusqu'à La Vernière. Et que je n'entende plus parler de vous !

Mayer, qui se retenait de sourire, claqua des talons et sortit. Deux soldats de la Wehrmacht l'attendaient sur le palier. Ils l'accompagnèrent jusqu'à sa voiture, où ils lui commandèrent de s'installer entre eux sur la banquette arrière.

Mayer obtempéra sans broncher. C'était la procédure pour tout officier aux arrêts.

En démarrant, le chauffeur lui lança un regard désolé par le biais du rétroviseur intérieur. Mayer lui renvoya un sourire rassurant.

Quelques kilomètres plus loin, il s'absorba dans la contemplation de ce paysage qu'il avait appris à aimer.

Sous le ciel plombé, les champs labourés, d'autres en friche, s'étendaient au loin. À l'unisson des hommes, la nature paraissait laide et monotone.

Alors qu'ils roulaient à vive allure, il repensa à Schiller et Wengler, désorientés par son insolence. Si fragiles et tellement prévisibles…

Quand ils traversèrent les Bertins, il aperçut la maison de la Coulisse. L'idée lui vint à l'esprit qu'Emma et les enfants pouvaient s'y être réfugiés, puis il se ravisa. Ce serait prendre trop de risques.

À l'arrivée aux Quatre-Vents, les gardes l'escortèrent jusqu'au perron et se mirent en faction devant la porte.

Marie se précipita dans ses bras. Il l'invita à monter à l'étage, pour parler à l'abri des oreilles indiscrètes du personnel.

Il alla d'abord embrasser Lou, qui dormait sous la surveillance d'une domestique, puis il suivit Marie dans leur chambre.

La porte refermée, il s'affala sur le lit. La tension nerveuse de ces dernières heures, la fatigue physique, le désespoir l'avaient épuisé. Marie s'allongea à son côté et se réfugia dans ses bras. Elle brûlait d'envie de lui poser des questions. Pourtant, elle se taisait, consciente qu'il fallait lui laisser le temps de revenir vers elle, de s'accoutumer au calme et à la sérénité des lieux.

Il l'étreignit et laissa vaguer ses pensées. Il ne savait quoi dire. Il se sentait étranger au monde qui l'entourait…

Pourtant, il se devait d'envisager l'avenir de sa femme et sa fille. Leur assurer au moins la sécurité matérielle, à défaut de leur offrir un mari et un père épanoui… Il le leur devait parce qu'il les aimait. Parce que sans elles, il n'aurait connu aucun véritable bonheur. Il se le devait aussi à lui-même, car c'était lui qui les avait conduites dans ce cul-de-sac.

Quand il se sentit prêt, il raconta ce qui s'était passé. L'échec de l'arrestation d'Emma, puis la convocation à Nevers, les réprimandes et l'ironie méprisante de ses supérieurs.

Marie l'écoutait sans l'interrompre. Derrière chacun de ses mots, elle devinait l'humiliation qu'il avait endurée.

Il lui révéla crûment sa situation. Aux arrêts et bientôt expédié à l'est, il n'était plus rien. Elle et Lou allaient se retrouver seules. Inévitablement, elles allaient être assignées à résidence aux Quatre-Vents. Peut-être en seraient-elles expulsées ? Elles devaient donc se mettre à l'abri jusqu'à la fin du conflit et l'oublier, car il ne reviendrait jamais du front.

Marie tenta de le rassurer. La guerre était entrée dans une phase extrêmement critique pour les Allemands. Pourquoi ne fuyaient-ils pas ensemble ? insista-t-elle à nouveau. Mayer sourit. C'était impossible. À partir d'aujourd'hui, il serait surveillé jour et nuit. En revanche, elles devaient partir, se réfugier dans un endroit sûr. Il lui proposa de gagner la Bavière, la Suisse, voire les États-Unis, mais elle refusa.

— Je continuerai à vivre ici, dit-elle. Je connais la maison. Je me débrouillerai.

— Mais enfin ! s'insurgea Mayer. La Résistance, tes voisins, les jaloux, les traîtres et les revanchards ne te feront aucun cadeau. N'oublie pas que tu as fréquenté un officier allemand. Que tu as eu un enfant de lui. Que tu…

— Ma décision est prise ! le coupa-t-elle. Ne t'inquiète pas pour moi. Je saurai faire face.

Le silence s'installa. Ne sachant comment lui exprimer sa douleur, Mayer l'étreignit.

Elle s'allongea sur lui et l'embrassa longuement, jusqu'à ce que le désir trouvât chez l'un et l'autre son chemin au milieu du chagrin et des angoisses. Puis ils s'unirent avec la rage de ceux qui vont se séparer sans certitude de se revoir.

La nuit venait de tomber. Pour Emma et les autres, c'était le moment où ils pouvaient enfin se dégourdir les jambes, sans crainte de se faire remarquer. Entassés durant la journée dans la pièce du premier étage de la Coulisse, silencieux, ils avaient attendu cette délivrance avec impatience. Surtout les enfants qui supportaient mal d'être assis dans une quasi-obscurité, sans pouvoir parler.

Emma avait été stricte : le moindre chuchotis pouvait causer leur perte. Certes, le risque que quelqu'un passât devant la maison était minime. Mais il suffisait d'une fois…

Cette situation ne s'éterniserait pas. Marie ne tarderait pas à venir. Et puis Paul apprendrait forcément qu'ils avaient échappé à l'arrestation. Peut-être aurait-il l'idée de venir les chercher ici ?

Quoi qu'il en fût, il ne fallait pas désespérer. Ils avaient emporté de quoi manger pendant plusieurs jours. Pour l'eau, ils iraient en tirer en pleine nuit dans la cuisine.

Fernand et Colette sortirent en premier. Sitôt sur le palier extérieur, où débouchait l'escalier en pierre, ils s'étreignirent. La nuit était froide, mais c'était tellement agréable de respirer l'air frais, de détendre ses membres endoloris.

Fernand caressa le ventre de la jeune femme pour lui dire sa joie de la savoir enceinte, puis, accoutumés à l'obscurité, ils descendirent.

L'oreille aux aguets, ils gagnèrent le pré qui se trouvait derrière la maison. La lueur nocturne était suffisante pour s'orienter. Ils firent leurs besoins puis, après une brève promenade ponctuée d'étreintes, ils remontèrent. Ils n'avaient pas prononcé un seul mot.

Ce fut ensuite au tour d'Emma et des enfants de descendre et de remonter. Comme il n'existait pas de fenêtre dans cette pièce, naguère la chambre de Colette et des enfants, ils allumèrent une bougie et partagèrent le dîner, du saucisson, du fromage et du pain.

Ils chuchotaient. Les adultes effectueraient un tour de garde nocturne en s'installant près de la fenêtre de la pièce mitoyenne. Ainsi, ils pourraient signaler leur présence, si Marie ou Paul venaient à passer.

Emma suggéra d'aller prévenir Bertaud de leur présence, mais Colette et Fernand s'y opposèrent – ce serait prendre un risque inutile !

Après quoi, ils éteignirent et s'allongèrent sur les matelas qu'ils avaient rapprochés. Bien qu'un peu humides, ceux-ci les protégeaient du sol glacé.

Enveloppé dans une couverture, Fernand prit le premier tour de garde. Assis près de la fenêtre, il se mit à prier, ce qu'il ne faisait jamais, pour qu'un miracle se produisît.

Les premières lueurs du jour filtraient par les volets quand Mayer se leva avec précaution. Il n'avait pas fermé l'œil, mais cela n'avait aucune importance. Il se sentait fort et déterminé. Peut-être plus qu'il ne l'avait jamais été !

Il se pencha sur Marie qui respirait calmement. Il la regarda longuement, mais renonça à l'embrasser pour ne pas l'éveiller.

Il rassembla ses vêtements, son uniforme d'officier, ses bottes, sa casquette et son arme, puis il sortit sur le palier. Il s'arrêta et prêta l'oreille.

Convaincu que tout le monde dormait, il s'habilla à la hâte et rejoignit la chambre de Lou. Assoupie dans son berceau, elle avait le visage serein. Il la regarda en se retenant de la prendre dans ses bras. Ce n'était pas le moment de faiblir. Après l'avoir embrassée sur le front, il quitta la pièce et gagna le salon, au rez-de-chaussée.

Face au miroir, près de l'entrée, il redressa son col et tira sur les pans de sa veste afin d'en supprimer les plis. Il vérifia ses décorations, serra son nœud de cravate et se passa la main dans les cheveux pour les lisser. Coiffé de sa casquette, il se redressa, satisfait : sa tenue honorait l'armée allemande.

Il choisit de passer par la cuisine, dont la porte donnait sur l'arrière de la maison. Par négligence – encore une, songea-t-il –, on avait oublié d'y poster un garde.

Dehors, le froid le fit frissonner. Un instant, il pensa à renoncer à son projet, puis se ravisa. Il était trop tard.

Il s'éloigna vers le bois, afin de ne pas attirer l'attention d'une éventuelle sentinelle, puis il contourna le jardin, jusqu'à se retrouver dans une clairière située à quelques dizaines de mètres de l'entrée principale. Caché par les arbres et la végétation, il pouvait observer le garde qui somnolait devant les Quatre-Vents.

Il s'approcha de l'endroit d'où l'on apercevait La Vernière et la campagne environnante. En bas, deux sentinelles faisaient le gué devant l'entrée du domaine.

Le jour se levait. Une brume bleutée stagnait au-dessus du sol. Tout paraissait figé dans un profond silence. Mayer songea qu'il devait ressembler à celui des premiers temps du monde… Ce monde qu'il n'avait pas compris. En tout cas, qu'il n'avait pas accepté parce que dénué de sens.

Il se rappela l'époque où il croyait que l'amour était l'alpha et l'oméga, que le bonheur était possible… Quelles chimères ! En fait, on était seul, du début à la fin, ballotté entre hasard, chaos et non-sens… Seul.

D'un geste rapide, il dégaina son Luger, entra le canon dans sa bouche et appuya sur la détente.

La détonation résonna jusque dans le lointain et fit s'envoler des oiseaux.

La sentinelle, tirée de sa somnolence, accourut. Bientôt rejointe par d'autres, elle restait figée devant le cadavre de cet officier qu'elle ne connaissait pas. Elle éprouva la sensation fugace que cet événement en annonçait d'autres, plus tragiques…

Peu après, Marie arriva en courant. Malgré ses protestations mêlées de pleurs, on l'empêcha d'étreindre Mayer.

Un officier lui expliqua qu'on allait ouvrir une enquête. Indifférent à ses supplications, il ordonna de la reconduire dans la maison. Elle serait tenue au courant en temps utile.

Vaincue par le chagrin, la bêtise de ces soldats, elle se laissa guider jusqu'au salon où elle s'effondra sur le canapé, en pleurs. Une domestique, qui peinait à contrôler son émotion, vint poser une tasse de café sur la table basse et se retira sans prononcer un mot.

Une soudaine angoisse fit se redresser Marie. Son esprit froid et raisonneur reprenait le dessus. Pas question de s'abandonner au chagrin, aux inévitables questionnements, à l'horreur de ce suicide qu'elle n'avait pas anticipé. Elle verrait cela plus tard !

Il y avait plus urgent. Elle n'était plus rien ici. Après un inévitable interrogatoire, on lui annoncerait sans ménagement qu'elle devrait déguerpir. Il fallait donc parer au plus pressé. Assurer l'avenir de Lou et le sien. Prévoir ce qu'elle devait faire pour échapper à la déchéance.

Elle interrompit ses réflexions. Déjà, des officiers pénétraient dans la maison, l'air indifférent. Elle se leva.

Le commandant de La Vernière s'approcha. Après un salut hitlérien, un claquement de talons, il regretta le geste de Mayer pour aussitôt le condamner durement. C'était là le choix d'un lâche, un affront au *Führer* et au Reich ! Ils allaient fouiller la maison, puis ils l'interrogeraient dans la journée.

Elle acquiesça, le regard sec, histoire de témoigner d'une certaine dignité.

Ils descendirent de la chambre un peu plus tard, emportant des dossiers, une machine à écrire et les vêtements de Mayer.

— Jusqu'à nouvel ordre, dit le commandant, vous pouvez demeurer ici, mais vous n'aurez droit qu'à une domestique et à la voiture. Pour vos déplacements, vous devrez obtenir mon accord préalable.

— Pourrai-je me recueillir sur la dépouille de mon mari ? demanda-t-elle.

— Non. Dans le cas d'une trahison, le corps de la victime est…

— Mais il n'a pas trahi !

L'officier ne daigna pas répondre. Après un hochement de tête, il sortit.

20

Ce 3 février, Paul avait décidé de déplacer le camp dans une autre partie de la forêt de Bellary. En effet, les Allemands étaient de mieux en mieux renseignés. Récemment, une dénonciation leur avait permis d'attaquer un maquis, plus au nord, vers le Morvan.

Le temps était maussade. La pluie alternait sans arrêt avec le soleil, à l'image de la situation où les bonnes nouvelles succédaient aux mauvaises. On s'était réjoui de l'assassinat de Deloncle, un collaborationniste notoire, du début de la bataille du Monte Cassino qui marquait la progression des Alliés en territoire italien. À l'inverse, on avait déploré l'exécution de Victor Basch et de sa femme, et la création des cours martiales par Darnand…

Ces événements alimentaient les conversations des hommes et des femmes, résistants ou simplement réfugiés, qui se cachaient ici.

Emma, les enfants, Fernand et Colette y avaient trouvé leur place depuis leur départ de la Coulisse, organisé par Bertaud.

Marie avait rendu visite à Emma le lendemain du suicide de Mayer. Elles avaient beaucoup parlé. Marie lui avait dit son chagrin, sa solitude, sa volonté de protéger Lou, sans jamais se plaindre. C'était le destin qu'elle s'était choisi et elle l'assumerait jusqu'au bout.

Bien sûr, elles avaient évoqué l'avenir. Surtout celui de Marie qui paraissait compromis, maintenant que se profilait la victoire des Alliés. Nul doute que les résistants lui feraient payer son engagement politique et son union avec Mayer. Emma lui avait promis de la soutenir et de la défendre…

Marie avait convaincu Emma de la laisser voir Bertaud. Elle le convaincrait de prévenir la Résistance de leur présence. Ce dernier, très froid à son égard, avait néanmoins accepté sans hésitation. À la tombée de la nuit, il avait accompagné la petite troupe à Bellary par des chemins détournés. Emma avait demandé à l'épicier comment il connaissait l'emplacement du camp, mais celui-ci s'était contenté de sourire.

La tendresse qu'exprima Paul – « le renard », comme on le désignait dorénavant – en accueillant Emma révéla aux yeux de tous les sentiments qui les unissaient. Il souhaitait ainsi montrer aux autres combien il était confiant en l'avenir…

Les jours suivants avaient été consacrés à l'installation des nouveaux venus. Deux tentes avaient été mises à leur disposition.

Paul avait prévenu Emma. Ils ne pourraient se voir dans l'intimité que très épisodiquement et surtout discrètement. Il se devait d'abord à ses responsabilités.

Emma, Colette, Fernand et les enfants devraient se plier à l'organisation du campement et partager des tâches communes avec l'ensemble du groupe.

Colette et Emma, comme les autres femmes non combattantes, s'occuperaient de la nourriture, de la lessive et de la surveillance des alentours.

Des règles très strictes avaient été édictées, afin de ne pas être repérés par les Allemands. Les feux étaient prohibés, aucune cuisson n'était possible et la lessive se faisait à l'eau froide. Les conversations devaient se tenir à voix basse.

Fernand s'était mis au service de Paul. Celui-ci lui avait proposé de travailler à l'intendance en relation avec Bertaud. Comme il désirait participer aux combats, Paul lui avait conseillé de s'entraîner d'abord avec des maquisards aguerris. En effet, la Milice et les Allemands étaient des combattants sans pitié.

Malgré sa grossesse, Colette se montrait très active. Rien ne la rebutait, y compris les tâches qui nécessitaient une grande dépense physique. Elle était solide et s'enthousiasmait à l'idée de se rendre utile pour la libération de la France.

Elle ne négligeait pas Fernand pour autant. Chaque jour qui passait, elle lui témoignait une affection de plus en plus marquée, qu'elle n'osait pas appeler amour. Dans son cœur de femme, il n'y avait aucun doute. Cet homme était bon. Il la rendrait heureuse et serait un père attentionné. Certes, son enfant resterait celui de Marcel. Mais cela n'avait plus d'importance. Elle était suffisamment pragmatique pour ne pas s'éterniser sur ce point.

Fernand lui savait gré de ne jamais évoquer cette question. Il y voyait une marque de confiance et d'amour de la part de la jeune femme.

S'ils parlaient peu de leurs sentiments réciproques, ils savaient les exprimer par des gestes ou des regards. Comme d'autres couples présents ici, ils auraient pu dormir ensemble, mais par pudeur, ils se l'interdisaient.

Dans le camp, l'ambiance était détendue, même si l'angoisse se lisait parfois sur les visages, en particulier à la veille d'opérations militaires. Celles-ci étaient le fait de commandos très entraînés. On allait faire sauter une ligne de chemin de fer, attaquer un dépôt de munitions, mitrailler des convois. Chaque homme qui partait savait qu'il ne reviendrait peut-être pas.

Cela s'était déjà produit depuis l'arrivée d'Emma. On organisait alors une cérémonie présidée par l'aumônier. Celle-ci était d'autant plus déchirante que le défunt avait souvent des attaches ici même. Il fallait réconforter une veuve, un frère ou une sœur, voire des enfants… Emma s'y employait. Elle était l'une des rares qui savaient trouver les mots justes pour apaiser.

Malgré cela, elle était la cible de nombreuses critiques, en particulier pour avoir tenu le café de Donzy.

Un soir, au cours d'une réunion d'organisation que présidait Paul, Marlène, une veuve de combattant, rongée par la colère et le chagrin, la prit à partie.

Selon elle, Emma n'était pas une résistante authentique, mais une collaborationniste qui avait retourné sa veste. Elle lui reprochait d'avoir nourri des Boches et d'avoir couché avec eux. De s'être enrichie grâce à eux, tandis que de nombreux Français crevaient de faim… Enfin, elle était l'amie de la « châtelaine » des Quatre-Vents, la pire des engeances à ses yeux…

Après cette charge violente, un silence pesant s'installa et les regards se portèrent sur Emma. On n'approuvait pas les propos outranciers de Marlène, cependant on souhaitait une explication.

Paul tenta une diversion. Ce n'était ni le lieu, ni le moment de tenir une telle discussion ! Mais Emma, qui y voyait une opportunité de crever l'abcès, souhaita répondre.

— C'est vrai, admit-elle, durant des mois j'ai tenu un bordel fréquenté par des Boches. Néanmoins, je n'ai couché avec aucun d'entre eux. En revanche, c'est vrai, je leur ai servi des repas. Enfin, je le reconnais, j'ai disposé d'un toit et n'ai pas crevé de faim. Comme mes enfants, Colette ou Fernand. Mais, Marlène, crois-tu que je l'ai fait uniquement pour nous mettre à l'abri ?

Comme elle s'était interrompue et que le silence perdurait, Paul intervint.

— Marlène, je comprends que le décès de ton compagnon te pousse à dénoncer ce qui te paraît injuste, mais je veux souligner qu'Emma a tenu ce rôle sur décision des plus hautes instances de la Résistance. Grâce à sa présence au cœur du dispositif allemand, elle nous a permis d'obtenir de nombreux renseignements qui ont ensuite servi à porter de rudes coups aux Boches. Ceux-ci relèvent du secret militaire. Mais sache qu'elle n'a jamais terni l'image de la France…

— Je le confirme ! lança Antonio. J'en ai été le témoin ! Ce débat n'a pas lieu d'être.

Marlène avait fixé Emma, les yeux embués.

— Admettons qu'à ta manière tu te battais aussi, répliqua-t-elle. Mais rien ne justifiera le fait que tu fréquentais la putain parisienne, qui se pavanait aux bras de son *fritz* en compagnie des collabos !

Plusieurs participants acquiescèrent. Oui, c'était une salope ! Comme les Déat, les Blanchard, les Bardeau et tant d'autres. La guerre finie on aurait sa peau, sûr ! Cette Marie-couche-toi-là serait fusillée !

Emma imposa le silence.

— Les propos que je vais tenir vont vous déplaire. Ils en révolteront certains, mais je me dois de rétablir l'entière vérité. Marie n'est pas exempte de défauts. Certes, elle a vécu avec un officier allemand, mais c'était par amour. En temps de paix, personne n'y aurait rien vu à redire. C'est vrai, elle a collaboré avec les Allemands et des Français qui ont trahi notre patrie. Elle a également fait du mal, à moi en particulier. Mais cela ne pèse rien au regard de sa prise de conscience et de son engagement, certes tardifs mais réels. Je ne peux passer sous silence ce qu'elle a fait pour moi, ma famille. Je lui dois la vie, mes enfants aussi. Si nous sommes là, avec Fernand et Colette, c'est parce qu'elle nous a prévenus de l'imminence de notre arrestation. C'est elle, au risque de sa vie, qui a organisé notre venue ici en prévenant Bertaud. Celui-ci peut le confirmer. Alors soyons charitables.

Un silence hostile succéda à son intervention. Les avis divergeaient. Cela se devinait dans les regards, les attitudes. Quelques-uns quittèrent les lieux sans un mot, témoignant ainsi de leur désapprobation. D'autres attendaient…

Fernand prit la parole.

— Personne ici n'a haï davantage cette femme que moi. Jusqu'à très peu, je désapprouvais la compréhension d'Emma à son égard. S'il n'avait tenu qu'à moi, je l'aurais tuée de mes propres mains. Cependant, c'est vrai, je lui dois la vie.

Colette s'apprêtait à s'exprimer à son tour quand Paul déclara, de crainte que la discussion ne dérapât.

— Il n'appartient à personne ici de juger qui que ce soit ! Ce lieu n'est en aucun cas un tribunal. Le jour venu, la justice tranchera. Que chacun reprenne ses occupations.

Il avait adopté un ton ferme, afin de couper court au débat. Tout le monde obtempéra et se dispersa en silence.

Paul entraîna Emma à l'écart.

— Je t'interdis de tenir de tels propos ici, lui dit-il, glacial. De ton seul point de vue, tu as peut-être raison s'agissant du comportement de Marie, mais si l'on s'en réfère aux intérêts supérieurs de la France, tu as tort. Cette femme a trahi son pays et mérite un châtiment. Si nous gagnons la guerre, elle sera jugée. Sache que je partage le sentiment de mes compagnons qui ont eu à souffrir des Boches, parfois dans leur propre chair. Pour eux, un Français qui a collaboré est un traître, c'est ainsi. Leur haine est légitime. Je ne reviendrai pas sur cette question…

Sur ces mots, d'une brutalité inhabituelle, il planta Emma pour rejoindre ses hommes.

Celle-ci ne réagit pas. Elle pressentait seulement que les lendemains de la guerre seraient sans doute difficiles à vivre. Mais sa détermination restait intacte. Elle ferait l'impossible pour sauver Marie…

Comme tous les matins, Marie buvait son café dans la véranda, sous l'œil vigilant d'un garde, un jeune civil allemand, membre du service de renseignement, qui lui avait été imposé après le suicide de Mayer. Sur ordre du commandant de La Vernière, il devait l'accompagner partout où elle se rendait.

Néanmoins, l'individu restait discret. La plupart du temps, il demeurait assis dans la cuisine, à lire ou à parler avec l'unique domestique, allemande elle aussi. Parfois, il disparaissait, sans que Marie s'expliquât pourquoi, puis il revenait. Le soir, il dormait sur le canapé du salon, devant lequel il avait installé un paravent.

Elle avait tenté de discuter avec lui, sans succès. Heureusement, quand elle recevait un visiteur, il n'assistait jamais à la conversation.

Cela tombait bien, dans une heure, elle allait recevoir Blanchard, qui avait obtenu un droit de visite. Malgré le mépris qu'elle éprouvait à son égard, elle se réjouissait de le voir. Cela la distrairait…

Elle était curieuse de savoir s'il allait fuir, comme beaucoup s'apprêtaient à le faire, ou bien s'il ferait mine de croire à la victoire des Allemands.

Comme Lou dormait encore, elle décida de se rendre dans la clairière où Mayer avait mis fin à ses jours. Après avoir enfilé un manteau, elle en informa le garde qui acquiesça d'un hochement de tête, puis elle sortit.

Le temps était à l'unisson de son humeur. Maussade. Sans doute allait-il pleuvoir ?

Elle avança jusqu'au lieu de la tragédie, sous l'œil indifférent des sentinelles qui faisaient les cent pas devant les Quatre-Vents.

Arrivée sur place, elle observa la campagne qui s'étendait à ses pieds, au-delà de La Vernière. Elle se rappela ses moments de bonheur auprès de Klaus, sa joie profonde à la naissance de Lou, les soirées brillantes aussi, où elle était admirée et crainte.

Elle ne regrettait aucun de ses choix, même si aujourd'hui, elle pensait différemment. Elle n'ignorait pas s'être lourdement trompée, mais elle était déterminée à l'assumer, jusqu'au bout. Cela ne tarderait pas : dès que les Allemands seraient partis, ce qui n'était qu'une question de semaines maintenant…

Bien sûr, elle pourrait négocier un *Ausweis* et se réfugier à l'étranger. Mais elle n'en éprouvait pas l'envie. Fuir n'était pas dans ses habitudes.

Aujourd'hui, elle désirait se racheter. Elle l'avait déjà fait en protégeant Emma et ses enfants, et elle le ferait encore si l'occasion se présentait.

Elle se rappela son escapade à la Coulisse, au lendemain de la mort de Klaus, malgré son désespoir, sa fatigue et les décisions qu'elle avait prises avec Emma. En particulier, la laisser convaincre Bertaud de la sauver avec les siens.

Maintenant sa conscience était apaisée.

Soudain, elle aperçut le véhicule de Blanchard qui gravissait le chemin des Quatre-Vents. Elle retourna vers la maison.

Elle arriva, alors qu'il se garait devant le perron. Il sortit du véhicule, souriant. Marie lui renvoya son sourire. Ils s'embrassèrent et elle le fit entrer. Ils s'installèrent dans la véranda. La domestique leur servit un café, puis regagna la cuisine. Le garde passa la tête. Il reconnut le notaire et disparut à son tour.

— On peut parler ? demanda ce dernier, soupçonneux. Ton cerbère n'écoute pas ?

— Aurais-tu des secrets d'État à me confier ? ironisa Marie.

— Tu n'as pas perdu ton humour !

Ils burent en silence, puis Marie l'interrogea.

— Que me vaut le plaisir de ta visite ?

Blanchard regarda au-dehors et croisa le regard de la sentinelle qui allait et venait dans le jardin.

— Je suis venu te faire une proposition, dit-il. Pour nous, il est temps de fuir. Tu es seule avec ta fille. De mon côté, je reçois des lettres de menace chez moi. Je ne sors plus guère. Partons ensemble. J'ai de l'argent. Énormément d'argent. Et des relations puissantes à l'étranger.

Marie lui sourit.

— Pourquoi insistes-tu ? C'est non. Pour le principe, d'abord. Et puis je n'ai aucune raison de t'accompagner. Je ne te tiens pas en haute estime…

Il ricana.

— Je le sais ! Mais quelle importance ? Ton mépris m'est indifférent. Tu ne vaux pas mieux que moi. Si je te fais cette proposition, c'est que nous avons partagé des moments uniques qui me sont chers… C'est la seule raison pour laquelle j'insiste. Les Allemands ont perdu la partie. Pense aussi à Lou ! Que deviendra-t-elle si…

— … je devais être condamnée ? Je ne m'en préoccupe pas. Elle aura sa vie, comme nous avons eu la nôtre. Quoi qu'il en soit, je préfère qu'elle garde le souvenir d'une mère qui aura reconnu et payé ses fautes, plutôt que celui d'une lâche…

Blanchard se leva et alla se camper devant la baie vitrée.

— Soit ! dit-il, avec une pointe de regret dans la voix.

— En revanche, reprit Marie, toi tu peux t'en aller. Tu le dois, tu n'auras aucune chance en restant…

Il haussa les épaules et se tourna vers elle.

— Décidément, tu ne comprendras jamais rien. Pour une fois, essaie de passer outre l'aversion que tu éprouves à mon égard…

— Que veux-tu dire ?

— Rien, répliqua Blanchard. Je vais y aller. En tout cas, si tu as besoin de quoi que ce soit, n'hésite pas.

Marie le raccompagna. Ils s'embrassèrent. Le notaire la dévisagea avec une intensité inhabituelle, puis grimpa dans la voiture.

Tandis qu'il redescendait vers La Vernière, il jeta un coup d'œil dans le rétroviseur. Debout sur le perron, Marie regardait dans sa direction. Son cœur se serra à l'idée que c'était peut-être la dernière fois qu'il la revoyait.

Comme le lui avait ordonné Paul, il repéra les nouveaux aménagements réalisés pour défendre les lieux. Le nombre de gardes, l'emplacement des mitrailleuses et la disposition des barbelés et autres fortifications autour du domaine.

Cette nuit-là, une réunion décisive rassemblant les responsables des maquis régionaux se tenait à la chartreuse de Bellary. Les axes routiers proches avaient été placés sous la surveillance de commandos.

La discussion, conduite par un délégué du CNR, dont on ignorait le véritable nom, commença vers minuit, quand les participants furent arrivés. Il informa l'assistance de la signature prochaine du Programme d'action de la Résistance, malgré les réticences de certains de ses membres.

Désormais, l'action militaire était privilégiée. On ne devait laisser aucun répit aux Allemands jusqu'à la victoire finale.

Aucun débat ne suivit son intervention. Si dans l'assemblée les avis divergeaient sur la manière d'envisager les lendemains de la guerre, tout le monde était unanime pour passer à l'offensive.

La question de savoir comment orchestrer des actions simultanées dans le département, voire au-delà, fut bientôt abordée.

Pour qu'elles fussent déterminantes, il convenait d'attaquer simultanément le siège de la *Kommandantur* à Nevers et d'autres lieux névralgiques, où la présence des Allemands était significative.

Afin d'empêcher ces derniers de rassembler des renforts et d'organiser une riposte, il fut décidé, pour le jour J, de couper les lignes téléphoniques et de rendre les routes inutilisables par les convois ennemis.

Les grandes lignes du plan furent adoptées vers 3 heures du matin. Les attaques auraient lieu à minuit, le 17 mars, à la fois à Nevers, Donzy, Châteauneuf et dans une douzaine d'autres endroits. L'objectif consistait à détruire les infrastructures de l'ennemi, éliminer le maximum de combattants et, dans la mesure du possible, libérer des camarades emprisonnés, en particulier à la Gestapo de Nevers.

Pour La Vernière, Paul détailla le plan élaboré avec ses lieutenants, sur la foi des renseignements rapportés par Blanchard lors d'une récente entrevue. Pour l'essentiel, la stratégie mise au point lors de la dernière intervention était maintenue. Toutefois, on investirait en force le bâtiment administratif afin d'épargner des vies.

On régla les questions de l'armement, de la répartition des effectifs et de la chaîne de commandement. Après quoi, les responsables de maquis furent conviés à désigner les représentants qui coordonneraient les préparatifs.

Comme cela se produisait de temps en temps, Emma et Paul se retrouvèrent à la nuit tombée dans la tente de ce dernier. Plus vaste que les autres, elle abritait le centre opérationnel et l'espace personnel de Paul, isolé par une bâche. Un matelas de récupération disposé sur un tapis de sol, une table et une chaise, ce qui lui permettait de travailler tard le soir.

Ses vêtements et sa trousse de toilette étaient rangés sur des étagères improvisées.

Emma adorait ces moments d'intimité. Ils lui permettaient d'oublier ses propres soucis et de vivre un tant soit peu ce qu'elle appelait sa vie de femme. D'ailleurs, chaque fois qu'elle venait, elle prenait soin de se maquiller et d'arranger sa mise.

Quand il leur arrivait de faire l'amour, c'était discrètement, par respect envers ceux qui les entouraient.

Leurs rencontres étaient autant d'occasions de rire et de faire des projets.

Conscients de la précarité de leur existence, ils voulaient prendre du bon temps, se faire plaisir et « bouffer la vie », comme le disait Paul.

Certes, ils gardaient en tête que Colliard, le mari d'Emma, pourrait revenir, mais ils avaient décidé ensemble de ne pas en tenir compte. Ils verraient le moment venu…

Ce soir-là, ils étaient en verve. Était-ce la survenue récente du printemps, ou le fait qu'ils envisageaient une issue heureuse au conflit ? Peu importait, ils étaient décidés à ne pas se laisser entamer par l'inquiétude et la morosité.

Emma racontait combien Martin et Madeleine s'étaient bien adaptés. Ils comprenaient la raison de leur présence ici et ne ronchonnaient jamais. Tout juste se chamaillaient-ils plus souvent qu'à leur tour ! Le fait d'avoir des copains dans le camp était aussi un atout. Sous la surveillance de Colette, tous apprenaient à survivre solidairement dans un milieu hostile et dangereux.

Récemment, la jeune femme avait proposé de leur donner des rudiments d'éducation, décision qui avait trouvé un écho immédiat parmi les adultes.

Se muer en institutrice l'avait métamorphosée. Elle rayonnait. Enceinte, passionnée par les enfants, portée par un idéal, elle avait enfin trouvé l'équilibre auquel elle aspirait.

Emma encensait la jeune femme avec un enthousiasme quasi maternel qui séduisait Paul. Il se demanda s'il aurait la même attitude compréhensive avec Martin et Madeleine, au cas où ils vivraient ensemble un jour. Il en doutait…

Toutefois, leurs discussions n'étaient pas exemptes de tension. En particulier, lorsqu'ils parlaient de Marie.

Ce fut le cas, un peu plus tard dans la soirée. Emma souhaitait qu'elle et Lou fussent épargnées lors de la prochaine attaque de La Vernière. Paul la rembarra sèchement. Il n'éprouvait aucune sympathie pour cette femme. Elle n'était qu'une collabo et méritait d'être traitée comme telle. Il ne ferait rien pour lui sauver la mise !

Emma insista. Marie l'avait sauvée avec ses enfants ! Depuis qu'elle avait reconnu ses erreurs, elle avait agi avec loyauté et dévouement. Elle méritait d'être ménagée.

Pour cela, il suffisait de l'extraire des Quatre-Vents au dernier moment et de la planquer, elle et sa fille, à la Coulisse. Bertaud le ferait, si Paul le lui ordonnait…

Finalement, ce dernier céda. Il ne le faisait pas pour Marie, mais par respect de la justice. Elle devait bénéficier d'un procès équitable, le jour venu.

Emma le remercia. Peu importait la raison qui justifiait son accord. Ce qui comptait, c'était que Marie et sa fille fussent vivantes après le 17 mars !

21

Arrivés devant la demeure de Blanchard, aux alentours de 23 heures, Paul et Antonio se cachèrent sous la porte cochère d'où ils pouvaient voir la façade. Un rai de lumière trahissait la présence du notaire au premier étage.

Après un temps d'observation, ils traversèrent la cour en quelques enjambées silencieuses et entrèrent dans la maison. Comme convenu, le portail et la porte étaient ouverts.

Peu confiants en la loyauté de Blanchard, ils grimpèrent, l'arme au poing, et surprirent ce dernier alors qu'il se servait un verre de whisky.

— Ah, vous voilà ! s'exclama-t-il. Mieux que des fantômes ! À croire que le couvre-feu ne sert à rien !

— C'est vrai, répliqua Paul, les temps ont changé. Maintenant, on peut se déplacer plus aisément avec l'aide des gens.

Blanchard rigola.

— Les Français… Toujours aussi lâches ! À se terrer quand les Allemands étaient vainqueurs, à résister quand il n'y a plus de risques !

Paul s'assit dans le canapé, face au notaire qui avait pris place dans un fauteuil. Par acquit de conscience,

Antonio fit le tour des pièces, puis revint dans le salon.

Il se tint ensuite debout, dans le dos de Blanchard, histoire de prévenir une agression de sa part.

— Pas la peine de prendre des précautions, railla celui-ci. Je n'ai rien d'un héros.

Paul profita de la présence d'une carafe d'eau et de verres sur la table basse pour se servir.

— On sait que tu n'en es pas un, dit-il. En revanche, j'espère que tu as le don d'observation. Tu vas nous redessiner le plan de La Vernière avec les nouvelles défenses mises en place par les Boches.

Il sortit un calepin et un stylo de sa poche qu'il tendit à Blanchard.

— Je vous les ai déjà fournies ! protesta ce dernier.

— Eh bien, recommence. Tu y es allé récemment, non ?

Blanchard s'empourpra.

— À croire que vous avez mis un espion dans ma poche !

— C'est un peu ça. Allez, au travail !

Antonio se rapprocha. Chaque fois que le notaire situait un poste de garde, des sentinelles, des emplacements de mitrailleuse, les deux hommes le questionnaient, exigeant des détails.

Quand ce fut terminé, Blanchard se cala dans son fauteuil, l'air satisfait.

— Pourquoi ces questions ? Vous n'avez pas l'intention d'attaquer à nouveau La Vernière ? C'est une armée qu'il faudrait pour les déloger et…

— Occupe-toi de tes oignons ! le coupa Antonio.

Blanchard leva les bras en signe d'apaisement.

— Soit ! C'est terminé ?

— Pas tout à fait, répondit Paul en se levant. Tu vas effectuer un autre travail pour nous…

— J'espère que cela sera enfin porté à mon crédit ! plaisanta Blanchard.

— Contente-toi d'être en vie ! l'interrompit Paul. Ta mission est simple. Tu rends visite à Marie et tu la convaincs d'aller se planquer à la Coulisse.

Blanchard se redressa.

— Quoi ! Vous la mettez à l'abri ! Elle a été l'une des collabos les plus engagées et…

— Tu es mal placé pour la juger ! l'interrompit Antonio.

— Je ne pourrais pas y arriver ! Elle est têtue comme une mule ! Je lui ai proposé de venir vivre ici, mais elle a refusé.

— Tu te démerdes pour organiser son évasion ! rétorqua Paul. Elle doit être à la Coulisse avant la fin de la semaine. Bertaud, l'épicier des Bertins, prendra le relais. C'est compris ?

— Pourquoi elle et pas moi ? gémit Blanchard, effondré dans son fauteuil.

— Tu n'oublies pas ! dit Antonio. La fin de la semaine !

Quand les deux hommes se furent éclipsés, Blanchard frappa du poing sur l'accoudoir de son fauteuil. Nom de Dieu ! Voilà qu'on protégeait Marie ! Et lui ? En quoi était-il pire qu'elle ?

Courroucé, il s'extirpa du siège et se servit un nouveau whisky. Ils n'avaient qu'à aller se faire foutre ! Dans ces conditions, il allait ficher le camp !

Mais bien vite, sa colère retomba. Partir ? Pour aller où ? En Suisse ? En Allemagne ? Seul ? Plus le temps passait, plus cette hypothèse lui paraissait dérisoire. Surtout depuis que Marie lui avait annoncé qu'elle resterait…

Le lendemain matin, lorsqu'il prit la direction de La Vernière, il se sentait particulièrement en forme.

Même s'il avait peu dormi, la nuit avait été bénéfique. À force d'explorer les recoins sombres de sa conscience, il commençait à s'expliquer son choix de rester en France, alors qu'il serait inévitablement condamné…

Arrivé aux Quatre-Vents, Marie sortit de la maison et s'approcha, avec ce sourire mi-joyeux mi-ironique qui l'avait toujours séduit.

— Encore une visite ! lui lança-t-elle, tandis qu'il descendait de la voiture. Tu vas finir par habiter ici !

Il l'embrassa.

— On peut marcher un peu ? proposa-t-il.

Elle accepta. Le temps était maussade, mais il faisait doux. Elle fit un signe de tête au garde pour lui indiquer qu'ils s'éloignaient. Indifférent, celui-ci acquiesça.

— Tu viens me parler des derniers événements ? ironisa-t-elle en prenant Blanchard par le bras.

— Lesquels ?

— Tu ne sais pas que Pucheu vient d'être condamné à mort à Alger ? Ils le fusillent dans quelques jours !

— Ma foi non !

— Tu devrais ! répliqua Marie en l'entraînant vers le bois, proche de la maison. Un signe supplémentaire que les carottes sont cuites !

Il haussa les épaules, puis se tourna vers elle.

— Écoute, j'ai un message à te transmettre de la part… de la Résistance.

Elle s'arrêta net.

— De la Résistance ? M'aurais-tu caché que tu en fais partie ?

Il ricana.

— D'une certaine manière, oui. Je n'ai pas eu le choix…

Il lui raconta comment Paul l'avait enrôlé de force… La surveillance constante dont il était l'objet… Les renseignements qu'il était contraint de donner…

— Eh bien, te voilà sauvé ! se réjouit Marie.

— Je crains que non, malheureusement. Mais l'essentiel n'est pas là. Ils me demandent de t'amener à la Coulisse avec Lou dans les deux jours. Ils viendront te récupérer. Du moins, je le suppose.

— Pourquoi voudraient-ils me sauver la mise ?

— Je l'ignore, mais c'est ainsi.

Ils s'engagèrent sur le chemin de La Vernière. Parfois, le soleil pointait entre les nuages. Des nuées d'insectes voletaient au-dessus de l'herbe recouverte de rosée. Ici et là, des oiseaux s'égaillaient dans le ciel, comme pour saluer l'arrivée du printemps.

Marie réfléchissait à voix haute. Que la Résistance voulût la protéger n'avait aucun sens ! À moins qu'Emma ne l'eût souhaité ?

Blanchard l'interrompit. Le plus important, c'était d'organiser sa fuite le plus vite possible. Ici, aux Quatre-Vents, elle était en danger. La Résistance envisageait vraisemblablement une nouvelle attaque de La Vernière !

Ils s'arrêtèrent à mi-chemin. En bas, des soldats allaient et venaient entre les bâtiments d'un pas nonchalant. Il était difficile de croire qu'on était en guerre.

— Soit, dit Marie. Après-demain soir, je m'arrangerai pour être avec Lou au croisement du chemin forestier et de la route nationale. Les Allemands n'y ont pas posté de sentinelle. Sois là vers 19 heures. On repartira par Châteauneuf. Le temps qu'on s'aperçoive de mon absence, nous aurons rejoint la Coulisse par les petites routes.

— Comment sais-tu qu'ils ne surveillent pas ce coin-là ? s'inquiéta Blanchard.

— Je vais souvent m'y balader. Il n'y a personne. Qui plus est, mon garde n'est pas méfiant. Il n'imagine pas que je puisse me sauver.

Ils rebroussèrent chemin. Marie s'appuyait sur le bras de Blanchard.

— Pourquoi fais-tu cela pour moi ? Avec tout ce que je t'ai dit et fait subir, tu devrais m'en vouloir…

Il la contempla, tout en avançant. Il affichait un sourire radieux, qui la décontenança.

— Tu ne t'en doutes pas ?

Elle secoua la tête.

— Je t'aime, Marie. Tout simplement.

— Mais je…

— Écoute-moi, pour une fois ! la coupa-t-il. Je t'ai aimée dès notre rencontre, et je n'ai jamais cessé depuis. À plusieurs reprises, je te l'ai avoué. Pas toujours de manière très fine, j'en conviens, mais c'était sincère…

— Je l'étais aussi en te repoussant…

— Je sais. Mais que faire ? J'ai tout essayé pour me détacher de toi. D'autres filles, la raillerie, te faire souffrir… Inutilement.

Ils gardèrent le silence durant un moment en grimpant vers les Quatre-Vents.

— Je suis désolée, finit par dire Marie.

— Ne le sois pas, répliqua Blanchard. Je ne regrette rien. Je comprends que t'aimer, même sans espoir de retour, a donné un sens à ma vie. Je ne vais pas me plaindre !

— Tu n'es pas sérieux ! se récria Marie. Tu prétendais que c'étaient l'argent, les femmes et le pouvoir qui te motivaient.

Il la dévisagea.

— Je me mentais…

L'émotion étreignit Marie.

— Fuis ! insista-t-elle, tandis qu'ils approchaient de la voiture. Ne t'occupe pas de moi. C'est sans espoir et tu ne me dois rien.

Il se contenta de sourire.

— Je serai au rendez-vous.

Avec une douceur qu'elle ne lui connaissait pas, il l'embrassa et monta dans son véhicule.

Le soir du 16 mars, Blanchard se trouvait au lieu de rendez-vous. Il n'en menait pas large. Qu'une patrouille allemande vînt à passer par hasard et le stratagème serait découvert ! De surcroît, Marie avait un quart d'heure de retard…

Il allait et venait devant la voiture, dont il avait laissé le moteur en marche, décidé à réussir. La sauver avec sa fille, c'était non seulement lui prouver son amour, mais aussi s'assurer sa propre rédemption.

Lorsqu'elle déboucha du bois, Lou dans un bras et un sac à l'épaule, il la pressa.

— Allons-y ! lança-t-il en s'installant au volant. Nous disposons de peu de temps…

Une demi-heure plus tard, ils arrivaient à la Coulisse. La nuit commençait à tomber.

Soudain, elle repéra une camionnette, garée un peu plus loin sur le chemin de la forêt des Bertranges.

— C'est qui ? s'inquiéta-t-elle, en serrant Lou contre elle.

Blanchard la rassura, c'était Bertaud ! Il devait leur donner un coup de main.

L'épicier fit entrer Marie dans le petit logis qui faisait face au bâtiment principal. Il lui transmit les consignes. Elle devrait rester cachée ici. Ne pas sortir. S'arranger pour que la petite ne criât pas, au risque d'alarmer le voisinage. L'attente ne serait pas longue. Tard dans la nuit, on viendrait la chercher pour la transférer dans une autre planque.

— Je vous remercie, dit-elle.

— Ce n'est pas nécessaire, lui rétorqua sèchement Bertaud. Si cela n'avait tenu qu'à moi, je n'aurais rien fait pour vous !

Puis il se tourna vers Blanchard. Celui-ci devait partir.

Il n'osa pas discuter. Il embrassa Marie et gagna son véhicule.

Le notaire parti, la jeune femme s'installa. Bertaud lui répéta les instructions. Comme elle le questionnait sur l'heure à laquelle on viendrait la chercher, il répondit qu'il l'ignorait. Elle devait attendre, c'était tout.

Après un bref salut, il sortit en refermant derrière lui.

Plus de trois heures que Marie attendait dans l'obscurité. Elle avait réussi à endormir Lou en lui donnant un biberon. Heureusement, elle en avait préparé quelques-uns à tout hasard.

Allongée avec la petite dans les bras, elle trouvait étrange de se retrouver dans cette maison quasi abandonnée, avec les Allemands à ses trousses.

Ridiculisé, le commandant de La Vernière devait être en train d'agonir d'injures son garde et les sentinelles... Cela la divertit un instant, puis elle songea aux événements de ces dernières semaines. La déprime et le suicide de Klaus... Son chagrin... Sa solitude aux Quatre-Vents... Et puis sa fuite, inimaginable...

En fait, c'était allé trop vite. Tout lui avait échappé !

Naguère, elle prétendait que chaque homme avait la maîtrise de son destin. Les derniers événements lui prouvaient le contraire. Elle avait été dépendante d'individus et de situations sur lesquels elle n'avait eu aucune prise et qui pourtant avaient déterminé son existence.

Avait-elle choisi d'aimer Klaus ? De collaborer ? Puis ensuite, de mépriser ceux mêmes qu'elle fréquentait alors ? De protéger Emma et ses enfants ?

Soudain, elle perçut un bruissement venant de l'extérieur. Instinctivement, elle se recroquevilla, Lou contre sa poitrine. La porte s'ouvrit. Les gonds grincèrent légèrement.

On alluma un briquet. Dans la lueur vacillante de la flamme, elle reconnut Emma et Paul, accompagnés d'un inconnu qui se présenta sous le nom d'Antonio.

Elle se leva. Lou émit quelques bruits sans toutefois se réveiller.

— Il faut y aller ! la pressa Emma en l'embrassant. On a de la chance. La lune est voilée par les nuages.

Elle expliqua à Marie qu'ils allaient les mener, elle et sa fille, dans un lieu où elles seraient en sécurité. Puis ils se mirent en route. Paul commanda aux femmes de marcher entre les hommes en file indienne et de respecter le silence.

Dans la forêt des Bertranges, ils suivirent divers chemins forestiers. Un bruit suspect et Paul leur ordonnait de se cacher sur les bas-côtés. L'alerte passée, ils repartaient.

La fatigue gagnait Marie. Lou pesait sur ses bras. Elle avait froid et faim, mais elle refusait de s'en plaindre. Déjà une chance qu'elles fussent vivantes !

Soudain, Paul fit signe de s'arrêter. Antonio abandonna le groupe et se fondit dans l'obscurité.

Marie ignorait où ils se trouvaient, mais elle s'en fichait. Elle n'avait qu'une envie, s'allonger et dormir.

Un sifflement discret avertit Paul que la voie était libre. Ils se remirent en route.

Un peu plus tard, ils accédaient à la cave de la scierie. Antonio alluma une lampe à pétrole.

Marie découvrit la pièce avec soulagement. C'était monacal. Une paillasse disposée dans un coin avec une pile de couvertures, des bouteilles de vin entreposées sur des étagères, des assiettes, des couverts et de la nourriture sur la table. C'était assez humide, mais une agréable odeur de bois rendait l'endroit plus supportable.

— Tu vas vivre ici avec Lou, jusqu'à ce qu'on t'emmène ailleurs, expliqua Emma. Tu ne risques rien, mais tu ne dois sortir sous aucun prétexte. On repassera plus tard t'apporter des vêtements, des linges pour la petite et à manger. Maintenant, on doit y aller.

Indifférents, les hommes étaient remontés, sans avoir salué Marie.

Avant de grimper à son tour, Emma l'embrassa.

— Tiens le coup. Et fais-moi confiance.

Peu après, la trappe retombait lourdement. Épuisée, incapable de réfléchir, Marie s'allongea avec Lou et lui donna un biberon. Elle s'endormit avec elle sans s'en rendre compte.

Le 18 mars au matin, au retour de l'attaque de La Vernière, Paul réunit les habitants du camp qui attendaient dans l'angoisse.

Le bilan était lourd. Une dizaine d'hommes avaient été tués, et les blessés étaient nombreux.

Il demanda une minute de silence, en hommage aux morts, dont cinq seulement avaient pu être ramenés. Celles et ceux qui avaient perdu un être cher s'éloignaient du groupe pour pleurer…

Il raconta ensuite comment les opérations s'étaient déroulées. C'était une victoire totale !

Empêchés d'appeler des renforts, les Allemands avaient subi d'énormes pertes. Les lieux étaient à nouveau dévastés et hors d'usage. Selon lui, les Boches seraient bientôt contraints de les abandonner.

Par ailleurs, le siège de la *Kommandantur* de Nevers, qui abritait les locaux de la Gestapo, avait été investi par la Résistance. De nombreux prisonniers avaient pu être libérés. Là aussi, les Allemands avaient subi des pertes sévères. Il attendait d'autres nouvelles concernant les opérations qui avaient été menées dans le département.

La partie n'était pas gagnée pour autant – les Allemands, aidés de la Milice, allaient riposter en organisant la terreur. On devait s'attendre à quantité d'arrestations, d'exécutions d'otages et à une présence plus forte des unités antiterroristes nouvellement constituées. D'ailleurs, ajouta-t-il, sur la foi de récents renseignements, le maréchal Keitel, chef de la Wehrmacht, venait d'autoriser les soldats allemands à éliminer les francs-tireurs. Ils n'auraient à craindre aucune sanction en cas de débordement. Autrement dit, les mesures de répression à l'égard de la population civile étaient couvertes par la hiérarchie militaire. Enfin, des cours martiales avaient été constituées et des dizaines de résistants avaient été condamnés puis exécutés.

Par prudence, il avait décidé de scinder le camp en unités plus restreintes. Les effectifs seraient répartis entre diverses positions dans la forêt, afin de mieux contrôler les routes forestières par lesquelles pouvait surgir l'ennemi.

Il fit également un exposé de la situation politique. Les forces françaises de l'intérieur étaient officiellement constituées. À Alger, le général de Gaulle avait fédéré les partis républicains et l'insurrection était un objectif proche.

Au plan international, les forces soviétiques progressaient sur le front de l'est, tandis que la bataille du Monte Cassino faisait rage…

Il fallait demeurer mobilisé et continuer à porter quotidiennement des coups à l'ennemi.

Lorsqu'il eut terminé, il fit signe à Emma de le rejoindre sous sa tente.

Dès qu'elle entra, il lui indiqua de s'asseoir sur l'unique chaise.

— J'ai une bonne nouvelle à t'annoncer, dit-il en allumant une cigarette. Marthe est vivante. Nos camarades l'ont récupérée dans la prison de la Gestapo à Nevers.

Emma ne put retenir ses larmes. Il s'approcha d'elle et la prit dans ses bras.

— Je voulais te l'annoncer en premier. Je savais combien tu serais heureuse de l'apprendre.

Emma pleurait tout en souriant. Elle allait revoir Marthe !

Paul remplit deux verres de vin, puis ils trinquèrent.

— Où est-elle ? questionna la jeune femme. On va la voir bientôt ?

— Malheureusement, non. On l'a récupérée dans un sale état. Elle a été transportée dans une antenne médicale de la Résistance pour y être soignée.

— C'est la providence ! Et Romain, Nicole, sont-ils vivants ?

— Ils ne figuraient pas parmi les rescapés. Ils ont dû être déportés en Allemagne ou peut-être exécutés. Je n'ai aucun moyen de le savoir pour l'instant.

— Je peux le dire aux autres ? demanda Emma.

— Bien sûr ! Ce n'est pas un secret militaire !

Elle l'embrassa, puis courut rejoindre Colette, Fernand et les enfants en remerciant Dieu pour ce miracle.

Cela faisait deux jours que Marie était enfermée dans sa cachette. Malgré ses conditions de vie pénibles, elle se réjouissait d'être là, vivante, avec Lou. Cet isolement forcé l'amenait à réfléchir sur elle-même et sa vie passée.

Maintenant, elle mesurait avec lucidité l'étendue de ses erreurs et était fermement décidée à en rendre compte. Elle ne craignait plus de devoir faire face, un jour, à un tribunal.

Bertaud était venu en fin d'après-midi lui apporter de la nourriture, de la boisson et des vêtements chauds.

Comme il n'y avait pas de danger, il lui avait permis de faire quelques pas avec sa fille autour de la trappe.

Revoir le jour, sentir l'odeur du bois coupé et apercevoir la forêt proche, l'avait ragaillardie. Lou semblait y prendre plaisir.

Indifférent, l'épicier se promenait un peu plus loin en fumant une cigarette.

— Vous ne m'aimez pas ? avait demandé Marie.

Ce dernier l'avait dévisagée, un brin méprisant.

— Non. Mais la question n'est pas là. Pendant que vous vous pavaniez là-haut, aux Quatre-Vents, en compagnie des Boches, des femmes et des hommes ont donné leur vie pour la liberté. Vous avez trahi !

Marie s'était approchée de lui en berçant Lou.

— Je me suis trompée, je le reconnais. Mais n'ai-je donc aucune circonstance atténuante ?

— Je l'ignore, avait répondu Bertaud en écrasant sa cigarette. Ce n'est pas à moi de le dire. Vous avez sollicité mon avis, je vous l'ai donné. Sachez que je viens ici parce qu'on me l'a ordonné. Vous avez de la chance qu'Emma vous protège. Sinon, il y a belle lurette qu'on vous aurait mis une balle dans la tête !

— Vous l'auriez fait, vous ?

Il avait planté son regard clair dans celui de la jeune femme.

— Oui. Plutôt deux fois qu'une.

— Vous avez sans doute raison…, avait répliqué Marie, en lui renvoyant un sourire. Merci de votre franchise.

Peu après, elle était redescendue dans la cave. Avant de fermer la trappe, Bertaud l'avait prévenue qu'Emma passerait à la tombée de la nuit.

22

Emma arriva à la scierie vers 19 heures. Elle était venue à vélo par la forêt des Bertranges en empruntant des chemins réputés sûrs.

En soulevant la trappe, elle s'annonça pour rassurer Marie. Celle-ci sortit, heureuse de se retrouver à l'air libre. Par chance, Lou dormait, ce qui lui donnait un moment de répit.

Elle s'assit sur le tapis de copeaux, avec une agréable sensation de liberté. Des effluves printaniers se mêlaient à ceux du bois humide.

Emma s'installa à son côté et lui montra ce qu'elle avait apporté. Du lait pour la petite, du saucisson et du pain, une bouteille de pétrole pour la lampe et des linges propres.

Comme Emma s'inquiétait de ses conditions de vie, Marie lui confia que l'essentiel de son temps était consacré à Lou, qui pleurait assez souvent.

— J'ai tellement peur dans ces cas qu'on l'entende…

— Personne ne vient ici, la rassura Emma. On croit les bâtiments abandonnés. De toute manière, cela ne va pas durer longtemps. Je vais convaincre Paul de te rapatrier dans le maquis.

— Je crains que cela soit impossible. Si je m'en réfère à Bertaud, on doit me haïr là-bas…

Emma posa une main sur la sienne.

— C'est certain. Il a déjà fallu que je bataille ferme pour qu'on te cache ici. Mais ne t'inquiète pas, je ne te laisserai pas tomber…

— Je t'en remercie. Mais, vraiment, je ne comprends pas pourquoi tu fais cela pour moi après ce que je t'ai fait endurer.

— Les enfants et moi te devons la vie. Colette et Fernand également. Et puis, c'est ainsi, j'ai de l'affection pour toi.

Marie l'embrassa.

— Je ne le mérite pas.

— C'est vrai. Mais je ne crois pas qu'il y ait d'un côté les innocents et de l'autre les coupables. Que celui qui n'a jamais péché lance la première pierre !

Elles éclatèrent de rire.

— Drôles de mots dans la bouche d'une mécréante comme toi ! plaisanta Marie.

— Cette guerre a bouleversé ma manière de penser. Je suis devenue plus tolérante. Mieux vaut pardonner.

— Je ne sais que penser moi-même. Depuis le suicide de Klaus, j'ai la sensation que les choses m'échappent. Je n'ai qu'une certitude, préserver l'avenir de Lou. Quant au reste…

Elles conservèrent le silence, à l'écoute de la rumeur forestière. Le frissonnement des feuillages, des craquements de branches et mille autres bruissements indéfinissables…

— Tu sais que Marthe est vivante ? dit Emma.

— Ce n'est pas vrai ! s'exclama Marie. Je suis tellement heureuse !

Emma lui rapporta les propos de Paul. Il fallait espérer que leur amie reviendrait sans tarder, guérie de ses blessures.

— J'aurais dû l'écouter quand elle me mettait en garde contre moi-même, regretta Marie. Peut-être n'aurais-je pas commis tant d'erreurs…

— Peu importe le passé ! Tu as vécu une belle histoire d'amour. Tu as une fille magnifique. C'est l'avenir qui compte, désormais.

Soudain, Lou se mit à pleurer. Marie se leva avec regret. Elle aurait aimé continuer à discuter avec Emma et profiter de sa lucidité pour faire le point sur sa vie et évacuer sa culpabilité.

Elle l'embrassa.

— Merci… Je me montrerai digne de ton amitié.

— Je n'en doute pas.

Le jour se levait sur le camp, quand Colette sentit les contractions se rapprocher. Elle réveilla Emma.

— Je crois que ça ne va pas tarder !

Laissant Fernand auprès d'elle, Emma courut chercher Pelat, le médecin du camp, qui avait rejoint le maquis un mois auparavant.

Comme elle le pressait, il tempéra son impatience.

— Allons ! Vous en avez eu deux, vous devriez le savoir.

Emma lui sourit.

— C'est un peu comme si c'était le mien, vous comprenez…

La nouvelle faisait déjà le tour du camp. Les femmes se réjouissaient. Né dans de telles circonstances, cet enfant serait un roc !

L'attente ne fut pas longue. Deux heures après, Emma annonçait la venue d'un petit bonhomme, prénommé Albert.

Alitée derrière un paravent, Colette se reposait dans les bras de Fernand, le nouveau-né sur son ventre. Elle rayonnait, malgré l'intense fatigue qui se lisait sur son visage.

Aussi heureux qu'elle, Fernand lui confia son désir de l'épouser dès la fin du conflit. Elle lui redemanda si cela ne le gênerait pas d'assumer un fils qui n'était pas le sien. Il la rassura. Il ne ferait aucune différence entre Albert et ceux qu'ils pourraient avoir ensemble plus tard.

Durant la matinée, ce fut un défilé ininterrompu. Femmes, hommes et enfants apportaient des cadeaux, modestes vu la situation, mais qui disaient combien elle était appréciée.

Vers midi, elle se retrouva seule avec Emma. Celle-ci prit Albert dans ses bras.

— Je suis tellement heureuse pour toi, dit-elle. C'est le plus beau moment dans la vie d'une femme…

— Je voulais vous remercier. Sans vous, je ne serais pas là !

Emma l'embrassa.

— Je te considère comme ma fille, ma chérie. À ce propos, si tu en es d'accord avec Fernand, vous serez les bienvenus à La Vernière. On verra comment s'organiser.

— Vous feriez cela ? s'exclama joyeusement Colette.

— Tu ne crois pas que je vais laisser filer une perle telle que toi !

— Je n'ai rien fait de spécial…

— Que tu penses ! Sans toi, je n'aurais pas tenu le coup !

Elle lui redonna Albert et se leva.

— Si tu as besoin de quoi que ce soit, appelle-moi.

Elle s'apprêtait à sortir quand Colette la rappela.

— On sera à nouveau heureux tous ensemble, n'est-ce pas ?

— Oui, répondit Emma. Je te le promets.

Au camp, en ce début d'avril, on commentait les dernières nouvelles, plutôt alarmantes.

Les Allemands et les miliciens avaient lancé une opération d'envergure sur le plateau des Glières, dans le Vercors. Les maquisards avaient dû battre en retraite en laissant près de deux cents morts sur le terrain. De plus en plus impliqué dans la collaboration, Laval avait félicité la Milice pour sa participation.

Par ailleurs, la répression allemande prenait des proportions jamais atteintes jusqu'ici. À Ascq, dans le Nord, quatre-vingt-six civils avaient été exécutés après le déraillement d'un train.

Heureusement, sur le front de l'est, l'armée allemande continuait de reculer…

En ce début d'après-midi, Emma aidait d'autres femmes au tri des munitions, larguées la veille dans un endroit tenu secret. Elles se réjouissaient. Cela témoignait de l'incapacité des Allemands à contrôler l'espace aérien.

Les enfants jouaient un peu plus loin. Colette, fatiguée, dormait avec Albert. À la demande de Paul, Fernand était parti en mission la veille pour établir le contact avec un réseau de la région de Bourges.

Il faisait beau. On sentait le printemps définitivement là. C'était tellement agréable que certains se prenaient à rêver que la guerre allait finir très vite…

Soudain, il y eut de l'agitation en bas du promontoire sur lequel était installé le campement. Un groupe de combattants, mené par Paul, gravissait la côte. Emma n'y prêta guère d'importance, jusqu'au moment où elle reconnut Marthe parmi eux.

Passé le moment de surprise, elle se précipita vers son amie et se jeta dans ses bras.

Marthe avait maigri. Ses traits s'étaient creusés. Ses yeux, toujours aussi pétillants, étaient enfoncés dans leur orbite et soulignés de cernes profonds. Sa démarche, hésitante, trahissait des blessures invisibles.

Les deux amies s'étreignirent longuement. C'était tellement inespéré !

Agglutinés autour d'elles, des hommes et des femmes exprimaient leur joie envers la rescapée, si populaire dans la région. Qui n'était pas passé, au moins une fois dans sa vie, au café de la Poste, à Donzy ?

Plus tard, Emma et Marthe s'isolèrent sous la tente de Paul. C'était tellement bon de se retrouver !

Marthe raconta ce qu'il s'était passé depuis son arrestation.

Elle avait été mise à l'isolement dans l'une des geôles, au sous-sol du siège de la Gestapo à Nevers.

Puis les interrogatoires avaient commencé sous la conduite d'agents allemands et collaborationnistes.

Leurs questions avaient trait à la Résistance, mais aussi au comportement de certains militaires allemands qui fréquentaient son établissement.

Au début, ses tortionnaires se contentaient de lui hurler dessus, de la menacer, de la molester. Puis, n'obtenant rien d'elle, ils en étaient venus à la frapper et à la priver de nourriture.

Plusieurs fois, elle avait perdu connaissance. Elle se raccrochait alors à la vie en évoquant ses souvenirs heureux.

Plus tard, sans qu'elle pût situer la date, elle avait été remise en cellule. Ses blessures s'étant infectées, on l'avait vaguement soignée, mais trop tard. Le mal était fait. Elle en garderait des stigmates toute sa vie…

Alors qu'on semblait l'avoir oubliée, elle avait été amenée devant un inconnu, un Français, entouré de sbires aux mines sinistres. Ce salopard, qui se prétendait être un « bon Français », l'avait interrogée sur les réseaux locaux de résistance. Après avoir tenu un café durant des années à Donzy, prétendait-il, elle connaissait forcément ceux qu'il recherchait ! Elle avait affirmé tout ignorer de ce qu'il lui demandait, ce qui lui avait valu d'être à nouveau torturée…

— Je te garantis que si je croise ce salaud, conclut-elle, je le tuerai de mes propres mains !

À son tour, Emma raconta ce qui s'était passé durant les derniers mois. Sa gestion du café, son engagement dans la Résistance, la mort d'Armand, sa relation amoureuse avec Paul…

Comme elle citait souvent Marie, elles en vinrent à évoquer sa proximité avec la collaboration et les

Allemands. Les choix douteux qu'elle avait faits. En un mot, sa trahison. Emma insistait sur son évolution, ses regrets, son implication pour les sauver, elle et ses enfants. Cela suffisait à effacer sa rancœur à son égard. Elle souhaitait vraiment que l'occasion lui fût donnée de se racheter.

Marthe était plus circonspecte. Ses sentiments à l'égard de son ancienne amie étaient tellement mêlés, contrastés, entiers, qu'elle ne savait que penser. C'était si douloureux.

— Je lui en veux tellement. Comment a-t-elle pu se fourvoyer ? Être aussi indifférente au sort de ceux qui luttaient pour la liberté ? Croire que la folie de Hitler pouvait mener à autre chose qu'au chaos ? Ceux qui ont donné leur vie pour notre pays, comme Romain et Nicole, sont en partie ses victimes. Je ne sais si j'arriverai un jour à lui pardonner. Pourtant, je l'aime toujours.

— Tu souhaiterais la rencontrer ?

— J'ignore si je parviendrai à lui parler… À la regarder autrement que comme une collabo… Plus tard, peut-être.

Emma lui confia qu'elle allait tenter de convaincre Paul de la rapatrier ici, en attendant la fin du conflit.

— Je crains qu'elle soit lynchée dès son arrivée.

— Il n'appartient à personne ici de la juger ! Cela regardera la justice.

— Tu as raison. Mais, quand nous sortirons de ce conflit, certains voudront régler leur compte aux traîtres. À ce sujet, qu'est devenu Blanchard ?

— Je pense qu'il doit chercher à s'enfuir… Il a beaucoup à se reprocher !

Marthe s'allongea sur la couche de Paul. Elle avait besoin de repos.

— Pour Marie, dit-elle, je te soutiendrai. Je crois que c'est une bonne idée qu'elle vienne ici…

Emma sortie, Marthe chercha une bonne position pour atténuer ses douleurs.

Puis elle ferma les yeux. Ses pensées s'envolèrent vers sa geôle, théâtre de tant de souffrances et de doutes. Mais elle se reprit. La porte de cette pièce devait être refermée. Elle devait songer à l'avenir. À ce qu'elle ferait dans les mois à venir pour construire une France nouvelle. Voilà quel devait être l'objet de ses pensées. Un objectif qui justifiait de pardonner à ceux qui, telle Marie, avaient fait tant de mal à leur pays…

Elle s'endormit sur cette certitude que rien n'était fichu. Que ce conflit, aussi dévastateur qu'il eût été, n'arrêterait pas le progrès.

Une semaine plus tard, en fin d'après-midi, Emma entreprit de convaincre les responsables du maquis de rapatrier Marie avec Lou.

Assistée de Marthe, elle comparut devant les membres du conseil, une dizaine d'hommes et deux femmes. La partie s'annonçait difficile. Beaucoup s'opposaient à ce que l'on facilitât la vie de cette « vendue aux Boches » qui avait indirectement du sang sur les mains.

Paul ouvrit la discussion sans donner son point de vue.

Après avoir posé l'enjeu du débat et justifié la présence de Marthe, au nom de son action en faveur de la Résistance, il passa la parole à Emma.

Celle-ci exposa que Marie l'avait sans cesse protégée en la prenant à son service, en lui proposant de tenir le café de la Poste et enfin en la prévenant de son imminente arrestation. Cela justifiait amplement qu'elle fût emprisonnée ici et qu'elle bénéficiât d'un procès équitable. Par ailleurs, Lou risquait de tomber malade…

Quand elle eut terminé, l'un des chefs du camp l'interpella avec virulence. Mayer était responsable de la mort de deux de ses proches, fusillés par les Allemands !

— Cette femme, conclut-il, n'a peut-être pas tué de ses propres mains, mais elle a vécu sans remords avec ceux qui l'ont fait. Elle a fréquenté les collabos. Je n'éprouve aucune pitié pour elle, Emma ! Malgré ce qu'elle a fait pour toi, elle mérite d'être punie.

Les autres allèrent dans le même sens. Cette femme méritait la mort.

Paul donna la parole à Marthe, qui s'était contentée d'écouter.

Le silence se fit. On connaissait ses états de service, ce qu'elle avait accompli pour la Résistance, son calvaire à la Gestapo où elle n'avait rien lâché de ce qu'elle savait. Bien qu'amaigrie et fatiguée, elle en imposait davantage qu'à l'époque où elle tenait le café de la Poste. À son corps défendant, elle était devenue un exemple, voire une légende.

Elle s'éclaircit la voix.

— Mes amis, commença-t-elle, si vos propos sont l'expression de la justice, arrêtez-moi. Moi aussi, j'ai collaboré avec les Boches, couché avec eux, bénéficié de leur protection. Pendant des mois, j'ai profité de la situation. Je mangeais plus qu'à ma faim, je faisais la fête avec eux et je gagnais de l'argent en leur offrant du sexe.

Des protestations s'élevèrent. Elle exagérait ! Sa situation n'était en rien comparable à celle de Marie !

Elle imposa le silence et reprit.

— Il est exact que cette femme a aimé un officier allemand. Mais je peux témoigner ici que c'était d'un amour sincère, dénué de tout intérêt ou calcul. Lou fut le fruit de cet amour. Alors, c'est vrai, Marie a profité de sa situation. De manière maladroite, provocante et immature. Mais a-t-elle tué volontairement ? Communiqué des secrets à l'ennemi ? Dénoncé quiconque ? S'est-elle enrichie ? A-t-elle tenté de fuir ? Non !

» Alors, posons-nous la question. Que pèsent ses erreurs, au regard des vies qu'elle a sauvées, au risque d'y perdre la sienne ? Si moi-même je suis vivante, c'est en partie grâce à elle, car j'ai su qu'elle était intervenue auprès de Mayer pour que je ne sois ni assassinée, ni déportée. Elle a protégé et sauvé Emma et ses enfants, Colette et Fernand. Enfin, de quel droit notre assemblée déciderait-elle de sa culpabilité ? Sommes-nous mandatés pour cela ? Je ne conteste en rien la valeur de l'engagement de chacun d'entre nous, mais nous ne sommes pas des juges. Pour l'heure, cette femme croupit dans une cave avec sa fille innocente. Ne nous comportons pas de la même façon que nos ennemis ! Prisonnière ici, elle pourra vivre décemment avec sa gamine jusqu'à ce que la justice statue sur son cas. Malgré mes souffrances, mon chagrin, ma colère envers ceux qui nous ont infligé tant de violences, je refuse d'entendre vos propos outranciers. Jamais je ne vous suivrai dans cette voie. Je refuse que l'avenir que nous préparons pour notre pays ait le visage de la haine et de la vengeance !

Un lourd silence ponctua son intervention. Aucun participant, convaincu ou non, n'osa reprendre la parole.

Paul proposa de passer à la délibération, puis au vote.

Épuisée, Marthe se leva en s'appuyant sur le bras d'Emma. Elles sortirent.

Peu après, Paul vint les rejoindre. Après une âpre discussion, la décision avait été prise de ramener Marie au camp où elle serait tenue à l'écart et surveillée.

Emma retenait sa joie. Une première étape était franchie. Au moins, Marie vivrait-elle avec Lou dans de meilleures conditions jusqu'à son procès.

À la mi-mai 1944, la situation avait considérablement évolué. Désormais, on savait que l'Allemagne avait perdu la guerre, même si celle-ci était loin d'être terminée. Les Alliés enfonçaient le front allemand en Italie. À l'est, les Russes avançaient inexorablement vers Berlin…

Dans la région, les accrochages entre Allemands et maquisards étaient fréquents et meurtriers.

La population civile devait faire face à la barbarie de l'occupant, mais aussi à celle des miliciens, mus par la haine, qui n'hésitaient pas à dénoncer, tuer et rapiner.

La préoccupation de Paul était de trouver de l'argent pour se procurer de la nourriture et des armes. En effet, celles qu'on leur expédiait étaient peu performantes et leur nombre insuffisant.

Dans ces conditions, il décida de mettre à nouveau Blanchard à contribution.

Un soir, sans crier gare, il déboula chez lui à La Charité, accompagné d'Antonio.

Lorsqu'ils toquèrent à sa porte, le notaire sursauta. Ceux qui s'annonçaient pouvaient être des résistants ou un inconnu, déterminés à le tuer… Depuis le temps qu'on le menaçait en lançant des pierres contre ses fenêtres ou en glissant des lettres anonymes dans sa boîte à lettres, quelqu'un allait finir par passer à l'acte !

Préparé au pire, il descendit ouvrir.

Paul et ses compagnons s'engouffrèrent dans le corridor et refermèrent derrière eux. Blanchard était soulagé. Eux avaient besoin de lui, ils ne le tueraient pas tout de suite !

Il leur proposa de monter à l'étage pour trinquer à la victoire, la leur, évidemment !

— Nous ne sommes pas là pour ça, dit Paul en le poussant vers l'étude. Mais pour ton fric !

Dans le bureau, Blanchard ouvrit le coffre, sortit les liasses de billets qu'il contenait et les empila sur la table, excepté une.

— Pour vivre jusqu'à ma mort, ironisa-t-il, ce devrait être suffisant !

Il poussa l'argent vers Paul.

— C'est tout ce qu'il me reste. J'ai dépensé le reste.

— N'essaie pas de nous berner ! le menaça Antonio. Un gars comme toi assure ses arrières !

— Vérifiez, vous pouvez retourner la maison !

Paul rangeait les liasses dans un sac.

— Au fond, j'aurais financé la Résistance ! lâcha Blanchard.

— Avec de l'argent volé ! ricana Antonio.

— Et déjà volé par d'autres ! répliqua Blanchard en laissant échapper un petit rire.

Il leur proposa à nouveau de monter prendre un verre. Ils refusèrent.

— Tu ne nous reverras plus ! lui lança Paul en quittant le bureau. Tu es libre !

Blanchard éclata de rire.

— Tu parles d'une liberté !

Les deux hommes sortirent sans le saluer.

Blanchard s'approcha de la fenêtre et souleva les rideaux. Il les regarda sortir du jardin et refermer le portail. Et s'ils revenaient le tuer, maintenant qu'il avait avoué ne plus posséder d'argent ?

Il grimpa à l'étage, puis s'affala dans un fauteuil.

L'idée de s'échapper lui traversa l'esprit. Avec un peu d'intelligence, il pourrait tromper la surveillance dont il était l'objet. Il rejoindrait Nevers et…

Il n'alla pas plus loin. Il avait renoncé à fuir et savait pourquoi. Il n'imaginait pas une existence ailleurs, sans Marie. Avoir découvert qu'il l'aimait le réconfortait suffisamment pour attendre l'inéluctable.

Il se servit un whisky. Mieux valait préparer son testament. Qu'au moins sa mort servît à quelqu'un et lui permît de racheter ses fautes… Il se reprit. Quelles fautes ? Il avait choisi son camp, en avait profité. Il n'était coupable de rien !

Il gagna son bureau et se mit à rédiger ses dernières volontés.

23

Le jour du débarquement de Normandie, une guerre totale contre l'occupant fut engagée par les maquis du département.

Les consignes de Londres étaient claires : empêcher la circulation des convois ennemis sur les voies ferrées, intensifier les embuscades sur les routes, attaquer les *Kommandantur* et les casernements des miliciens.

Malgré les pertes nombreuses, les massacres de civils effectués par les Allemands, pas un jour ne passait sans qu'une opération fût lancée.

Désormais le commandement des maquis était unifié. Les combattants étaient formés à la guérilla par des militaires. L'armement était renouvelé grâce aux parachutages et à l'abandon de matériels par la Wehrmacht.

Le 16 juillet, Nevers fut bombardé par les Alliés. Cent soixante et un civils y trouvèrent la mort, des centaines d'immeubles furent détruits. Le coup de grâce fut donné le 3 septembre lorsque l'opération se répéta.

Trois jours plus tard, incapables de résister à la pression conjuguée de la Résistance et des Alliés, les Allemands entamaient leur retraite.

Lorsque la région fut sécurisée, Emma revint à La Vernière avec Marthe, Colette, Fernand et les enfants, pour y reprendre une vie normale.

Quand elle avait proposé à Marthe de s'y établir le temps qu'elle voudrait, celle-ci avait accepté avec joie. Participer à la reconstruction du domaine l'emballait, d'autant qu'elle ne reprendrait pas le café de Donzy et son ancien métier.

Le cas de Marie avait été tranché par l'état-major du maquis, désormais installé sur le domaine. Elle serait assignée aux Quatre-Vents en attendant son procès.

Une chance pour elle ! En effet, en ces premiers jours de liberté, l'épuration battait son plein.

Étrangement, Blanchard n'avait pas encore été inquiété. Terré dans sa maison, presque serein, il attendait la balle qui mettrait fin à ses jours. Il ne regrettait rien, excepté son extrême solitude et l'impossibilité dans laquelle il serait de se justifier.

Aussi, fut-il soulagé lorsque le 7 septembre dans l'après-midi, Paul et ses compagnons vinrent l'arrêter en emportant avec eux un maximum de dossiers saisis dans son bureau. Ils l'informèrent qu'il serait jugé par une cour martiale, à La Vernière.

Considérablement amaigri, il se montra très affable avec eux et les remercia de lui avoir évité une exécution sommaire par quelques revanchards qui auraient de surcroît saccagé sa maison.

Lors de son transfert, personne ne l'injuria, ni le frappa. Paul y tenait. La haine à l'égard du notaire, fût-elle légitime, ne devait pas se substituer à la justice.

À son arrivée à La Vernière, où les travaux de restauration avaient débuté, avec l'aide de volontaires du maquis, Blanchard éprouva une joie inattendue. Il mourrait dans un lieu cher à son cœur. Il fut doublement heureux d'apprendre qu'il serait interné aux Quatre-Vents, avec Marie.

Comme Paul s'en étonnait, celui-ci lui confia les sentiments qu'il éprouvait pour la jeune femme. Il le supplia d'intercéder en sa faveur pour qu'il pût la rencontrer avant de mourir. Paul lui promit de faire son possible.

À La Vernière, l'heure était à la remise en état des bâtiments fortement endommagés et au nettoyage du domaine. On avait commencé par effacer toute trace du passage des Allemands. Drapeaux, uniformes, armes, barbelés et miradors avaient été systématiquement détruits ou brûlés.

La main-d'œuvre était nombreuse et enthousiaste. Les repas étaient partagés en commun et on dormait à la bonne franquette. On retrouvait le bonheur de vivre librement. Les enfants, insouciants, jouaient au milieu des gravats.

La maison, qui abritait jadis les ouvriers, avait moins souffert que les autres. Les femmes nettoyèrent les chambres afin d'y loger tous celles et ceux qui ne savaient pas où aller, ni quoi faire de leur liberté.

L'état-major du maquis s'était installé dans l'ancienne grange, dont l'accès était interdit.

Paul et ses hommes y harmonisaient leur stratégie avec celles d'autres maquis afin de continuer la lutte. En effet, si les Allemands se retiraient, ils engageaient encore des combats avec la Résistance et massacraient des populations civiles, comme à Dun-les-Places.

C'était là aussi que siégerait la cour martiale qui jugerait les collaborationnistes emprisonnés aux Quatre-Vents.

Paul s'était vainement opposé à la constitution de ce tribunal sans fondement juridique. Il jugeait préférable de remettre les prévenus à la gendarmerie pour qu'ils fussent déférés devant des tribunaux légaux. Ses compagnons s'y étaient opposés. L'heure n'était pas au respect du droit, mais à la vengeance.

Paul avait alors argumenté pour qu'au moins un délai leur fût accordé afin de préparer leur défense. Cela lui avait été accordé pour Marie. Quant à Blanchard, qui était juriste de formation, il n'avait besoin ni de temps, ni d'un avocat pour se défendre.

Outrées par cette décision, Emma et Marthe avaient demandé à être entendues, mais leurs interlocuteurs s'étaient montrés intraitables. La culpabilité du notaire était établie. Ici même, des gens pouvaient prouver qu'il avait dénoncé d'innombrables innocents pour accaparer leur patrimoine. Dans ces conditions, la pitié n'était pas de mise !

Blanchard fut jugé deux jours plus tard.

Avec une superbe étonnante et en s'appuyant sur une solide argumentation juridique, il railla ce tribunal improvisé, qui ressemblait à s'y méprendre aux cours d'exception que Pétain et sa clique avaient instituées naguère pour juger les opposants au régime de Vichy.

Cependant, il ne réfuta aucune des accusations portées contre lui. Mieux, en s'aidant des dossiers que les maquisards avaient saisis dans son étude, il détailla les opérations frauduleuses qu'il avait montées. Il reconnut qu'il militait auprès de Déat. Enfin, il assura qu'il aurait pu fuir, mais qu'il se l'était interdit pour des raisons personnelles.

Quand on lui passa la parole, juste avant la sentence, il se montra digne et concis. Il n'avait véritablement adhéré à aucune idéologie particulière. Ses actes avaient été exclusivement commandés par l'attrait du gain et du pouvoir. Il avait joué, il avait perdu.

S'attendant à une diatribe politique, ses accusateurs en furent presque déçus.

Sa seule requête fut de pouvoir saluer Marie avant le grand saut, ce qui lui fut accordé.

La délibération fut courte et le verdict sans surprise. Condamné à mort, il serait fusillé le lendemain matin.

Quand on lui proposa l'assistance d'un prêtre, il refusa dans un éclat de rire, en moquant cette nouvelle alliance du goupillon et du républicain.

L'entrevue entre Blanchard et Marie eut lieu le soir, dans la cuisine des Quatre-Vents.

Après s'être embrassés, ils s'attablèrent, l'un à côté de l'autre. Blanchard lui annonça qu'il serait exécuté au lever du jour, puis il sortit une enveloppe de sa poche et la lui donna.

— Garde-la précieusement, dit-il. Tu y trouveras les indications nécessaires pour récupérer ma fortune.

Attendrie, Marie lui prit la main.

— C'est gentil, répondit-elle, mais tes biens seront saisis. D'autre part, je crains de te rejoindre dans peu de temps. Je n'imagine pas qu'on…

— Tu t'en sortiras, l'interrompit-il. Tu t'en es toujours sortie !

Il lui redit qu'il l'aimait depuis ces jours lointains où ils avaient été amants. Il regrettait aussi qu'elle ne fût pas partie avec lui, car il ne doutait pas qu'ils auraient été heureux.

Sur ces mots, il posa un baiser délicat sur ses lèvres et quitta la pièce en lui adressant un dernier sourire.

À l'aube, il fut conduit au champ des Bleuets, derrière la grange. Il refusa qu'on l'attachât et lui bandât les yeux. Il mourut en se réjouissant que les hirondelles fussent de retour…

Dans les semaines qui suivirent, les opérations militaires de la Résistance se raréfièrent. L'occupant s'était retiré du territoire et les Français, sous l'impulsion du Gouvernement provisoire, commençaient à se préoccuper de la reconstruction et de l'avenir.

Malgré les haines, l'épuration sauvage des premiers jours cessa. Les collaborationnistes étaient désormais déférés devant des cours de justice légales, où ils pouvaient faire valoir leurs droits.

À La Vernière, les travaux avaient pris de l'ampleur. Nombre de résistants désarmés, jeunes pour la plupart, avaient accepté de restaurer bénévolement le domaine, quitte à être embauchés plus tard pour participer à son exploitation.

Paul avait rendu ses armes et s'était remis au travail pour préparer la prochaine saison. Les tâches ne manquaient pas. Il fallait trouver des machines et des outils en état de marche, s'approvisionner en engrais, acheter du bétail et se procurer de la nourriture, ce qui était difficile. Heureusement, les exploitants de la région, confrontés aux mêmes problèmes, s'étaient entendus dès les premiers jours de paix pour fonctionner en coopérative.

Marie avait intercédé auprès des autorités pour prendre part aux travaux de reconstruction, plutôt que de rester internée avec sa fille en attendant son procès. Emma et Marthe avaient appuyé sa demande et s'étaient portées garantes de sa loyauté.

Un mois plus tard, elle fut déférée devant la cour de justice de la Nièvre. Elle refusa un avocat et organisa sa propre défense. Elle s'appuierait sur les nombreux témoignages qui lui étaient favorables, en particulier ceux d'Emma et de Marthe. Même Paul viendrait parler en sa faveur.

Les juges lui reprochèrent d'avoir épousé un officier allemand et d'avoir fréquenté des collaborationnistes. Des témoignages accablants furent produits contre elle. On ne donnait pas cher de sa peau…

Toutefois, lorsque la cour eut entendu les témoignages en sa faveur, ainsi que sa brillante plaidoirie, ils furent suffisamment ébranlés pour ne la condamner qu'à l'assignation à résidence à La Vernière et à dix ans de privation de ses droits civiques.

Au sortir du tribunal, elle rejoignit Emma, Paul et Marthe. Le retour fut joyeux. Ensemble, ils allaient ressusciter La Vernière qui s'était retrouvée à un moment ou un autre au cœur de leur existence.

Ils en feraient le symbole de cet avenir radieux dont ils rêvaient, pour eux et pour le pays.

Épilogue

Emma, Marthe et Marie décidèrent de vivre ensemble à La Vernière.

Emma s'installa en bas avec Paul, tandis que les deux autres femmes convinrent d'habiter aux Quatre-Vents avec Lou.

Lorsque Colette eut épousé Fernand, Emma lui offrit la maison de la Coulisse et lui proposa de ne plus être à son service, ce qu'elle refusa.

Marthe, de son côté, donna le café de Donzy à Fernand qui le géra avec succès jusqu'à sa retraite. Elle entreprit de savoir ce que Romain et Nicole étaient devenus. Malgré ses démarches, on ne retrouva pas leur trace. Sans doute avaient-ils été déportés et exterminés…

Marie refusa l'argent que lui avait légué Blanchard et en redonna l'essentiel aux autorités, afin que les familles qu'il avait spoliées fussent dédommagées. L'essentiel seulement, car sans le dire à Emma, elle en garda une partie pour financer les travaux de réfection de La Vernière.

Emma et Paul se marièrent après la guerre, mais n'eurent pas d'enfant. On n'en connut jamais la raison.

Au cours de l'hiver 1945, un homme d'une grande maigreur se présenta à La Vernière et demanda à voir Emma en tête à tête. Il expliqua à la jeune femme qu'il revenait du camp de Buchenwald, où il avait partagé les dernières heures du Dr Colliard, qu'il présenta comme un héros. Jusqu'à sa mort, expliqua-t-il, et bien qu'il sût que c'était illusoire, il avait prodigué des soins à ses compagnons d'infortune avec les moyens du bord.

Juste avant d'expirer, il avait confié son alliance à l'inconnu en lui faisant promettre que s'il en réchappait, il la remettrait à Emma.

Malgré l'insistance de celle-ci pour qu'il restât dîner à La Vernière, l'homme ne s'attarda pas, au prétexte, dit-il, qu'il n'était pas encore revenu dans le monde des vivants…

Emma porta cette alliance à la main droite jusqu'à la fin de sa vie.

Étonnamment, Marthe et Marie demeurèrent célibataires, ce qui ne signifie pas qu'elles n'entretinrent pas quelques liaisons, ici et là. Mais, excepté Emma qui n'en parla jamais à quiconque, pas même à Paul, personne n'en connut le détail.

Choyés par une famille composée de personnalités aussi riches et diverses, les trois enfants grandirent dans une atmosphère joyeuse et équilibrée qui les aida à oublier les drames et les horreurs de la guerre.

Brillants l'un et l'autre, Martin et Madeleine refusèrent de reprendre le domaine et devinrent tous deux médecins. Une manière d'honorer leur père qui demeura une énigme pour eux, malgré les confidences d'Emma et de ceux qui l'avaient connu.

Le destin de Lou, malgré l'amour dont elle fut entourée, fut plus chaotique. Tourmentée par l'histoire de ses origines, elle quitta le domaine et gagna Paris. Après quelques vaines tentatives pour entamer une carrière de comédienne, elle entreprit des études pour devenir institutrice, et partit enseigner au Sénégal.

Le domaine de La Vernière retrouva sa splendeur passée en 1948. Emma le dirigea avec talent jusqu'à sa mort en 1987, deux ans après Paul, décédé en plein champ d'une crise cardiaque durant les moissons.

Selon une convention passée entre Emma, Marie et Marthe, le domaine revint aux enfants d'Emma après son décès. Mais toute survivante aurait la jouissance des Quatre-Vents jusqu'à son propre décès.

Marthe mourut en 1988, emportée par une pneumonie.

Cette année-là, Marie habitait toujours aux Quatre-Vents où Colette s'occupait d'elle avec dévouement…

Composition et mise en pages : FACOMPO, LISIEUX

Achevé d'imprimer par Cayfosa
en avril 2014
pour le compte de France Loisirs, Paris

Numéro d'éditeur : 76663
Dépôt légal : avril 2014

Imprimé en Espagne